JOCELYN NICOLE JOHNSON

LA MIA MONTICELLO E ALTRE STORIE

Traduzione di Leonardo Taiuti

RACCONTI
BOMPIANI

www.giunti.it
www.bompiani.it

Johnson, Jocelyn Nicole, *My Monticello*

This edition is published by arrangement with
DeFiore and Company Literary Management, Inc.

Via Bolognese 165 – 50139 Firenze – Italia
Via G.B. Pirelli 30 – 20124 Milano – Italia

ISBN 978-88-301-0615-4

Prima edizione: marzo 2023

Ai miei genitori,
che mi hanno avuto in Virginia
e ne hanno fatto la nostra casa

NEGRO DI CONTROLLO

Quando leggerai queste parole può darsi che tu abbia capito. Forse te l'ha detto tua madre, anche se era al corrente solo dell'ipotesi che avevo formulato più e più volte, e non del mio scopo né delle mie vere intenzioni. Sta di fatto che la verità potrebbe esserti entrata dentro comunque.

Ossia che io sono tuo padre, che tu sei mio figlio.

Con queste pagine scritte a macchina intendo rivelare la verità, tutta quanta. Ti prego però di non scambiare la mia lettera per chissà quale ambigua confessione. Non posso permettermi alcuna forma di rammarico in questa faccenda. Spero che finirai per capirmi, l'ho fatto per un fine più grande.

Perché vedi, mi serviva un Negro di Controllo, per quanto possa sembrare grottesco.

Devi sapere che il giorno in cui sei nato io c'ero, un riflesso dietro il vetro della nursery. Sono venuto a guardarti mentre tua madre riposava in compagnia del marito, quell'uomo che almeno per qualche tempo devi aver accettato come tuo padre. Mi è parso che anche tu mi abbia visto, più che me la mia sagoma sfocata. Il parto (naturale, vaginale) era avvenuto nell'ospedale dell'università. Ho preso nota del tuo peso (3 chili, 37 grammi), del tuo colore (scuro e florido) e del tuo carattere (in apparenza tranquillo) come fossero cosa mia.

Ho anche contribuito a pagare il nido, quando ancora eri un pulcino con quei Pampers bianchi tutti gonfi. La struttura era al limitare del campus. Le studentesse come tua madre potevano iscrivere i figli e continuare a lavorare o studiare. Mentre i docenti, come me, potevano farsi dei giretti guidati e osservare dal vetro a specchio unidirezionale. Ho preso appunti mentali sulla stanza piena di bambini, un arcobaleno di facce, ma il mio sguardo indugiava su di te: sulla tua pelle di mogano e sugli occhi scuri, attenti. Sulle tue dita grassocce che stringevano cubi delle costruzioni nel tentativo di creare qualcosa di robusto, di vero. Col tempo sono diventato bravo a reggere il sentimento che mi ispiravi, un orgoglio penetrante che mi riempiva il petto e traboccava in un desiderio doloroso.

Ti ricordi la stagione nella Little League, quando giocavate al Washington Park, accanto alla fermata dell'autobus? Riuscivo sempre a distinguerti fra gli altri, soprattutto da lontano. Te ne stavi sul piatto, con le braccia piegate e lo sguardo fisso sulla palla bianca, ben deciso a spedirla oltre ogni limite possibile.

Quello che voglio dire in realtà è che ti ho tenuto d'occhio per tutto questo tempo, o meglio, ti ho fatto tenere d'occhio da altri. Il mio assistente ha fatto un tirocinio con la tua insegnante di quinta elementare. Uno dei miei studenti ti ha fatto da tutor alle medie quando gli ho suggerito di "restituire qualcosa". Mi ha raccontato diversi aneddoti sui tuoi progressi, senza mai sospettare che fossi mio. Quando eri in seconda liceo ho assoldato uno studente universitario, un giovanotto già maggiorenne ma abbastanza magrolino da passare per uno di diciassette anni. Per te era David della contea accanto. Dietro mio ordine è diventato tuo amico, ti ha spinto a cominciare col nuoto (tenendoti lontano dall'insidioso cliché della pallacanestro). Mi spediva stampate della vostra corrispondenza, in cui ho avuto un assaggio del gergo che usavi, ho visto il tuo sorriso un po' storto nelle foto del cellulare.

Ora che lo sai potresti sentirti manipolato. Violato, perfino. Ma sono quasi certo che la mia voglia di plasmare e formare, i miei tentativi spesso falliti di proteggerti non siano poi così diversi da quelli di qualsiasi altro genitore.

Tutti hanno una genesi, e questa è la tua: sei nato come un pensiero fatto e finito e mi sei uscito dalla testa. Anzi, no, sei stato più che altro una schiera di domande in marcia decisa verso una batosta epocale. Era il 1985, anni prima che tu nascessi, ed ero appena venuto a lavorare qui al campus. Mia madre era morta all'inizio del semestre autunnale col corpo invaso da un cancro che le era stato diagnosticato solo dopo morta. Come in preda a uno stordimento, sono andato a sud per seppellirla, perdendomi l'inizio dei primi corsi, e sono tornato appena possibile. Sono rimasto via appena otto giorni, ma un picco di freddo aveva sparso tutte le foglie sul prato in cortile. Il primo pomeriggio dal mio ritorno ero in ufficio che sistemavo le mie cose sulla scrivania con le maniche della camicia rimboccate e la schiena rivolta alla porta. Entra uno e trasalisce quando mi giro a guardarlo, e quindi trasalisco anch'io. Nel giro di pochi minuti scopro che era un collega anziano del mio dipartimento, insegnava storia. Si era preso un anno sabbatico ed era venuto nel mio ufficio per darmi il benvenuto. "Scusami" mi ha detto. "Cerco il professor Adams, amico. Sai dove posso trovarlo?" Mi sono reso conto un attimo prima di lui di quello che era appena successo, e mi sono sforzato di ridere per metterlo a suo agio, anche se temo che la risata mi sia uscita un po' strozzata. Mi aveva scambiato per un bidello.

Poi però la settimana dopo eccomi di fronte ai miei giovani, brillanti studenti. Per la prima volta da non so quanto mi sono sentito, se non a posto, quantomeno nel posto giusto. Dopo qualche tempo, a un seminario mattutino, ricordo di aver ritirato i primi elaborati dei ragazzi col cuore pieno di speranza. Tema: i pensatori del Diciannovesimo secolo. Nella piletta di fogli ho trovato un disegno, niente nome nell'angolo, consegnato di proposito o per sbaglio, difficile a dirsi. Non era niente, in realtà, solo una vignetta tracciata a matita con mano incerta e intitolata "Ironia". Raffigurava un professore di storia chino su un leggio, che mi somigliava abbastanza (stessa giacca e stesso farfallino), solo con un che di primitivo nei tratti del volto. Il fumetto di un pensiero si librava sopra la classe di studenti: "Una scimmia che insegna Darwin all'uomo."

Che vuoi che sia, mi dicevo quel pomeriggio mentre rientravo a casa, anche se in realtà mi sentivo – stanco. Che importanza ha, ricordo di aver pensato. Che importanza hanno i risultati che ottengo, se mi esprimo correttamente o se sto attento quando i pregiudizi brutali comunque resistono? Se perfino qui non riescono a sforzarsi di vedermi, e vedono al mio posto un riflesso obliquo là dove credevo di esserci io? Mia madre diceva sempre, Lavora sodo, Cornelius. Lavora il doppio degli altri e potresti ricavarne qualcosa. E invece eccomi qua, ormai adulto, a chiedermi cos'era che avrei potuto ricavarne, e che cosa mi sarà precluso per sempre.

Mi è venuto in mente in quel momento che avevo bisogno di guardare la vita di un altro che si realizzava: la vita di un ragazzo nero non troppo diverso da me però migliore, un afroamericano che a parte il colore della pelle sarebbe stato l'equivalente degli Americani Caucasici Medi che affollavano i miei corsi. ACM, li chiamavo, e mi domandavo se sarebbero mai stati all'altezza avendo quell'impeccabile giovanotto come termine di paragone. Anzi, no, non erano loro: era la mia adorata nazione che volevo mettere alla prova. Alle giuste condizioni, l'America era in grado di estendere la sua promessa di Vita e Libertà anche al sottoscritto, a una persona come me? Avevo bisogno di un metro di paragone, un Negro di Controllo. E visto quello che insegno no, non mi sfuggiva la cacofonia di quelle due parole accostate, con la prima che si trascinava dietro come un ceppo arrugginito l'arcaico identificatore.

Queste parole mi sono rimaste dentro, e tu da loro sei cresciuto.

È stato l'inizio della mia vera ricerca, di un secondo lavoro segreto che tenevo nascosto fra i rigori del primo. La sera e nel finesettimana setacciavo gli scaffali della biblioteca, sfogliavo riviste e pubblicazioni accademiche. Mi concentravo sugli ACM contemporanei, cercavo schemi ripetuti, cause ed effetti. L'accesso di un ACM a un'adeguata alimentazione infantile contrapposto a richiami disciplinari sfociati in sospensioni alla scuola primaria. Il tempo trascorso da un ACM con suo padre (immaginavo a guardare le partite, a fare due lanci) contrapposto ai rapporti della polizia per reati di vandalismo minore, per quelle palle da baseball che rompevano la finestra di un vicino di casa. Ero deciso a calcolare il rapporto tra sostegno e azione, *re*-azione, autonomia in quei giovani uomini. A un certo punto mi è venuto in mente di lavorare al contrario. Ho raccolto campioni di una cerchia più ristretta, venticinque fascicoli presi in prestito dagli archivi dell'università e selezionati da un bacino casuale più ampio. Ciascuno di quegli ACM veniva da una famiglia dal reddito medio-alto, aveva un quoziente intellettivo nella media o leggermente superiore, oltre a un volto che stando alla fotografia del documento studentesco rasentava la simmetria. Nella mia ricerca finalizzata a comprenderli meglio mi sono messo in contatto con istituti scolastici periferici, ho intervistato insegnanti, allenatori, perfino genitori, sempre per telefono – sono stato ben poco onesto, lo ammetto. I miei ACM erano tutti "bravi" ragazzi promettenti, ma avevano i loro difetti, se andavi a grattare la superficie. Quella mia opera di scavo ha portato alla luce disturbi da deficit dell'attenzione, depressione, vandalismo, abuso di alcol e droga. In svariati casi ho trovato le prove di trasgressioni più gravi: aggressione e percosse, accuse di reati a sfondo sessuale. Nessuno di quei giovani era perfetto, però ognuno lasciava intravedere qualcosa, e quel potenziale nel complesso bastava a proteggerli e a tenere a galla le loro giovani esistenze proiettate verso il futuro. Cinque anni della mia vita trascorsi a meravigliarmi della resilienza della loro.

Mi restava solo da monitorare un ragazzo che mediamente avesse goduto delle medesime opportunità concesse ai miei ACM. Assistenza prenatale e visite regolari dal dentista. Una madre e un padre (o una figura paterna) istruiti. Scuole ben finanziate e una residenza situata in un "buon" quartiere sicuro. Dal canto suo il ragazzo in questione avrebbe dovuto prendere regolarmente voti alti, esprimersi come si deve, tenere i pantaloni a un'altezza accettabile intorno ai fianchi. Avrebbe dovuto sfoggiare un carattere misurato, anzi, per sicurezza, due volte più misurato rispetto ai brillanti coetanei che si dava la pena di imitare.

Il mio obiettivo era seguire nel dettaglio il percorso esistenziale anche di quel ragazzo nero, uno di cui potessi *dimostrare* la notevole correttezza e onestà a tal punto che l'America non potesse trovarvi difetti, a meno che non ve li proiettassimo noi, intesi come nazione nel suo insieme.

Più o meno in quel periodo ho conosciuto tua madre.

Che posso dire? A suo modo era una forza della natura, nonché l'unica donna di colore al corso di studi ambientali di quell'anno. L'ho notata un pomeriggio di pioggia in un'aula male illuminata. C'era la porta socchiusa e lei era alla cattedra che faceva le prove di una presentazione, con le slide PowerPoint che sfarfallavano come impazzite alle sue spalle e le proiettavano luci e ombre sul viso. Una diapositiva dopo l'altra di coste spianate e mari in rialzo. Mi ha guardato ma non ha perso la compostezza. Sarebbe passato appena un anno da quell'incontro prima che tu nascessi.

La nostra prima notte insieme tua madre mi ha informato di essere sposata, e che intendeva restarlo, il che fu per me un sollievo. Quei primi anni difficili mi avevano reso un solitario. Eppure abbiamo continuato a vederci, sporadicamente, fino a primavera inoltrata. Voleva un figlio, lo sapevo, e io ero quasi sicuro che il motivo per cui non ne arrivavano fosse il marito, ma per non ferirlo nell'orgoglio lei dava la colpa a entrambi. Quell'inverno, quando ho scoperto che stavi crescendo dentro di lei, in parte mio, un maschio, ci siamo messi d'accordo. Io avrei contribuito economicamente e mantenuto il segreto sulla mia paternità. Lei ti avrebbe cresciuto nelle vicinanze e si sarebbe presa a cuore le mie richieste nei tuoi confronti. Sapeva dei miei ACM, ma non che mi serviva un ragazzo con cui metterli a confronto. L'ho capito subito che saresti stato tu.

Oggi esistono parecchi studi sul costo della razza in questa grande nazione. Il più convincente è il lavoro dei dipartimenti di sociologia e antropologia culturale. I ricercatori spediscono curricula identici, o fanno le stesse richieste di mutuo, e in metà dei casi inseriscono nomi dal sapore "etnico". Chiedono a soggetti neri e bianchi di osservare altri soggetti neri e bianchi mentre ricevono un'iniezione dolorosa. L'ago penetra nel muscolo e i ricercatori prendono nota della quantità di sudore che cola dai pori di chi guarda. Controllano chi ottiene il lavoro e il mutuo, chi si aggiudica la fetta più grande di empatia umida e salata. Ricerca dopo ricerca appuntano il colore dei bersagli in forma umana a cui la polizia spara a prescindere da quanto siano innocue le sagome degli oggetti che tengono in mano. Tutti questi studi sono più che validi, lo ammetto, ma mi chiedo se hanno un qualche difetto che fa sì che i risultati siano fin troppo facili da ignorare.

La mia ricerca, al contrario, è stata più personale, tanto che a volte mi ha sfidato a ripercorrere la mia storia. Quant'è stata diversa la mia vita da quelle degli ACM, e anche dalla tua. Sei cresciuto in quella strada senza uscita costeggiata dagli alberi, mentre io sono nato nella minuscola stanza di un bilocale sulle colline sabbiose del South Carolina. Ero un bambino studioso dalla pelle scura, figlio unico, come te. Mia madre non aveva soldi, ma quasi nessuno ne aveva. Di certo non la gente di colore che conoscevamo noi, l'unico genere di paragone che si azzardava a quei tempi. La maggior parte dei miei compagni di scuola però aveva un padre, e il mio era andato a lavorare al nord, a Chicago, senza più fare ritorno. Era sostanzialmente uno sconosciuto. Eppure crescendo ho patito molto il suo abbandono, come una fame. Una fame che placavo leggendo.

Ho giocato a baseball come te, anche se per poco. L'estate in cui ho compiuto dieci anni sono entrato nella Negro Youth League. Ci sono andato per la promessa delle uniformi, che ho scoperto essere scarti sudaticci recuperati in qualche chiesa di bianchi. A ogni modo avevano lo stemma cucito sul petto, e sotto il mio sentivo nel cuore una forma di legittimazione. Al primo allenamento sono riuscito a fare una battuta decente, producendo uno schiocco gradevole come di un'ascia che fende il legno. Dopo sarei dovuto venire via con gli altri, invece me ne sono andato per conto mio, ripercorrendo nella mente quell'insignificante vittoria fino a renderla epica, degna di un romanzo. Ho preso a vagare dietro la White Knoll, poi ho attraversato la Main sempre con la testa fra le nuvole. Mi sono reso conto di dov'ero solo quando ho sentito le portiere delle macchine chiudersi alle mie spalle e percepito le gelide ombre di sconosciuti. Tre ragazzi bianchi mi avevano circondato, bloccandomi ogni via d'uscita. "Dove pensa di andare questo ragazzino?" ha detto quello con gli scarponi da lavoro.

Mentre me le davano di santa ragione non ho potuto fare a meno di pensare a un ragazzo che conoscevamo tutti, Tully Jones: qualche estate prima l'avevano ritrovato che galleggiava nel fiume, con la testa sfondata. Quando questi mi avranno ammazzato trascineranno anche il mio corpo giù al fiume? ricordo di aver pensato. Vi prego, non tenetemi con la testa sotto quell'acqua fangosa, io neanche so nuotare! Perché non avevo imparato a nuotare? E come avrebbe fatto la mamma a trovare il mio corpo? E se avesse pensato che ero scappato anch'io come mio padre? Così da vicino gli uomini puzzavano di brandy alla pesca, quello che bevevano i padri dei miei compagni di classe il venerdì sera, sotto i sicomori. Quando hanno finito di farmi quello che mi hanno fatto sono rimasto giù, col petto e la guancia nella sabbia, a fingermi morto mentre loro se ne tornavano barcollando alla macchina, senza fiato. Ho continuato a fare il morto anche dopo che se ne sono andati schizzandomi addosso uno spruzzo di ghiaia pungente, come se fossi affondato davvero in quell'acqua infinita e avessi la pelle rugosa e soffice destinata a staccarsi o a finire mangiata dai gamberi d'acqua dolce, quelle creature microscopiche che affollavano il fondale limaccioso, finché nessuno sarebbe più stato in grado di capire di che colore ero, oppure non sarebbe stato più di nessuna importanza.

L'autunno seguente la mamma ha insistito perché andassi in un collegio diverse miglia fuori città. Non avrei abitato nel dormitorio con gli altri. Mi alzavo prima dell'alba, camminavo fino all'autostrada e salivo in macchina con un diacono della nostra chiesa, un signore anziano che sapeva di lucidante. Era il custode del collegio e l'unico volto bruno a onorare quei corridoi a parte il mio. Durante la giornata non ci guardavamo neanche. Avvertivo sempre con chiarezza la sua presenza, quando ci capitava di essere nella stessa stanza, ma non posavo mai lo sguardo su di lui se non quando eravamo ben lontani da quel posto, e anche allora lo facevo con una sorta di vergogna.

Il preside dell'istituto, l'uomo che aveva approvato la mia ammissione, era stato "al nord" per un certo numero di anni. Il suo cognome era il nome della scuola, e lo sapevano tutti che erano i soldi della sua famiglia a impedire a quel collegio morente di chiudere una volta per tutte. Alle assemblee questo preside trovava sempre una scusa per farmi sfilare sul palco – il mio improbabile eloquio, la brutta piega della mia uniforme – sprezzante o inconsapevole del disprezzo che la mia persona ispirava. Anche il ragazzo più ottuso si mostrava ingegnoso nella crudeltà. La mamma lavorava come cuoca e domestica nella residenza di città del preside, e per questo motivo gli altri mi deridevano brutalmente. Che potevo farci, era vero: la mia iscrizione le era costata la schiena curva, le mani masticate dalla varechina. Mandarmi lì doveva essere stato un atto di fede o di disperazione, come quando infili un messaggio nella bottiglia e la scagli in acque agitate.

A ogni modo ho continuato ad aggrapparmi alla possibilità di ricevere un'istruzione, tanto che a diciassette anni sono partito per frequentare un piccolo college per soli neri e dopo mi sono spinto più a nord per la specialistica. I ragazzi con cui ero cresciuto sono rimasti quasi tutti dov'erano. Hanno sposato una ragazza di chiesa, hanno sgobbato per raggranellare di che vivere o anche solo tirare avanti. Alcuni li hanno spediti in Vietnam, altri hanno manifestato in città più grandi, affrontando gli idranti e i cani poliziotto. Io mi sono dedicato alla verità intellettuale, e ho passato la maggior parte della vita adulta qui, in questo stimato istituto. Quando sei nato mi sono comprato una casa, un modesto bungalow con due stanze da letto, ma in un buon quartiere non lontano dal campus. Potrei andare al lavoro a piedi, e di tanto in tanto lo faccio. Ogni volta che cammino la mia mente inizia a vagare. A tratti temo di essere stato troppo indulgente verso me stesso nella mia opera di ricerca, egoista in questa paternità segreta. Camminando penso che il mondo oggi è certo un posto migliore di quanto non sia stato per le persone di colore. Non sono forse io stesso la prova vivente che confuta le mie teorie? Non posso ritenermi soddisfatto?

Poi però, come la corrente, lo sento di nuovo, anche adesso. Magari è la guardia all'alimentari del campus, che mi segue ogni volta che entro per comprare un cartone di latte da mettere nel tè. O la coppia di giovani mamme che fanno il giro largo con i passeggini quando mi incrociano sul prato. Più che altro provo un crescente senso di disagio per la mia carriera. Sì, mi hanno assunto. Sì, sono riuscito a tenere la testa fuori dall'acqua, ma negli ultimi anni in commissione mi hanno affibbiato gli incarichi più umili e riempito la giornata di corsi base, neanche fossi un professore a contratto. Certo, potrebbe benissimo essere per colpa di qualche mancanza nelle mie prestazioni, il fatto di non aver pubblicato niente come certi colleghi in fondo al corridoio, ad esempio, il fatto che la mia ricerca segreta ha messo in ombra il lavoro ufficiale. Ma come faccio a saperlo? Come fanno gli altri a capire se ottengono più o meno di quanto meritano? Di una cosa sono sicuro, a settembre, era una serata fresca, un'auto della polizia mi ha seguito mentre tornavo a casa a piedi. Seguivano me, il professor Cornelius Adams, un signore sulla sessantina, con cappotto e mocassini, la ventiquattrore sottobraccio. Come ben sai le volanti pattugliano spesso il perimetro del campus, pronte a zittire le feste delle confraternite e scortare in sicurezza le matricole ubriache. A me hanno solo sfanalato. Quando mi sono voltato, quello dal lato del passeggero, un agente nero, ha gridato dal finestrino. Dove stavo andando, voleva sapere. Prima che trovassi le parole per rispondere dev'essergli arrivata una chiamata più urgente, perché hanno acceso subito sirena e lampeggianti e sono filati via.

Ti spiego come si sono svolte le nostre due vite: a dieci anni io mi dibattevo sotto i colpi di un paio di scarponi da lavoro mentre tu sfrecciavi sulla teleferica di un rinomato campo estivo. A dodici, mentre io tra un sussulto e l'altro rileggevo polizieschi malconci tornando a casa in auto da quel collegio, la tua squadra di baseball è arrivata seconda al campionato regionale. Hai portato a casa un trofeo, tua madre ti ha fatto una foto mentre lo mostravi. Me l'ha anche mandata.

Man mano che crescevi ho continuato a far chiari a tua madre certi miei desideri che ti riguardavano – sui tuoi amici, la tua istruzione, sulla lunghezza e il taglio dei capelli. Solo una volta si è davvero stizzita per un mio intervento, quando ho insistito perché all'ultimo anno lasciassi la squadra di nuoto. All'inizio il nuoto andava bene, poi però ti sei qualificato per il campionato statale e avevi uno stile così aggraziato che un coach importante ha iniziato a corteggiarti. Hai preso lezioni private per una stagione intera, ti sei rasato i capelli, ti svegliavi sempre prima dell'alba. In acqua eri straordinario, diceva tua madre: avresti potuto vincere una borsa di studio, o qualcosa di più, quindi perché non lasciarti continuare? Capivo che correva con la fantasia, immaginava te, il suo bambino nero, ammantato di rosso, bianco e blu con l'oro al collo. In tutta franchezza anch'io mi baloccavo con quella fantasia, ma alla fine dei conti non potevo consentire una deviazione così vistosa. Quando eri piccolo, temevo che sprofondassi al di sotto dei miei ACM, che saresti stato trascinato in basso. E invece ti vedevo volare, troppo in alto per stabilire paragoni credibili. A tua madre non ho detto niente di tutto ciò. Mi sono limitato a ricordarle la mia incrollabile discrezione: non avevo forse tenuto fede al nostro patto per tutti quegli anni? Quando gliel'ho detto mi ha riagganciato in faccia e per un bel po' non ci siamo parlati, ma ben presto ho scoperto che avevi smesso di nuotare.

Per questo sono rimasto sorpreso quando ad agosto tua madre mi ha chiamato per informarmi che ti saresti trasferito qui per concludere il percorso di studi. La sorpresa l'ho provata solo nel sentire la sua voce: sapevo già che saresti venuto, l'avevo letto sul tuo profilo social. Forse questo tuo ritorno è stato un esempio di memoria muscolare dopo i tanti anni trascorsi qui, prima al nido poi dopo, negli ufficetti angusti con tua madre. È altrettanto possibile che ti sia fatto convincere dagli untuosi kit di reclutamento che ho fatto recapitare ogni semestre nella vostra casella postale. Per due anni hai vissuto in un altro Stato, frequentando quell'istituto, e mentre eri via ti ho seguito al meglio delle mie possibilità, anche se non con l'attenzione che avrei voluto. Come un qualsiasi genitore con un figlio che parte per il college, anch'io sono stato costretto in parte a rinunciare a influenzarti, malgrado quella distanza mi deprimesse. Bevevi troppo?, mi domandavo. Avevi fatto a botte, o ti eri innamorato? Un giorno sono venuto al tuo campus ma l'ho trovato sconcertante, e poi non ti ho neanche visto. Da quella volta ti ho osservato da una distanza di sicurezza, monitorando i rapporti della polizia e iscrivendomi ai siti web della città e dell'istituto. Speravo di cogliere un barlume della tua vita. Somigliava a quelle dei miei ACM, quei ragazzi che avevo studiato con tanto ardore negli anni passati, con le loro scappatelle etiliche, i loro cuori impavidi?

Una cosa è certa: quando ti ho visto qui al campus eri tanto alto e aggraziato. Ho fatto due conti, la tua età a confronto con la mia, e dovevi avere ventun anni compiuti da poco. Qualsiasi altra cosa fosse successa nel frattempo, eri diventato un uomo. Vederti così sicuro di te ha risvegliato qualcosa dentro di me. Al diavolo quegli aneddoti tragici di altri paesi e città, di ragazzi perduti e imprigionati: loro non erano te, non erano miei. La tua vittoria lasciava intravedere una speranza, e le loro morti cadevano nell'oblio. Mi sono reso conto che non eri mai stato uno nella media: eri più come un verso poetico troppo alto perché potessi decifrarlo. Mi sono convinto che fossi riuscito a scavalcare il filo invisibile di una trappola, e che puntassi dritto a un futuro sconfinato e affidabile. Anche se io non potevo far parte di quel futuro, avrei forse potuto godere di ciò che prometteva. Ero quasi pronto a rinunciare alle mie domande, o ad affermare che avevano ricevuto una risposta positiva – quelle mie domande che da sempre vertevano sulla speranza.

Poi, però. Sappiamo entrambi cos'è successo poi.

Appena ho saputo cosa ti avevano fatto ho scritto per tutta quella prima, lunga notte e ho annullato i corsi del giorno dopo. Decenni di ricerca sono confluiti in un'unica lettera colma d'angoscia in cui elencavo le differenze che ora riuscivo a misurare dal tuo volto. Ho scritto del fardello della Razza, che distorce la vita dei neri e dei bianchi. Non ho parlato direttamente del mio esperimento. Anzi, ho usato quello che ti è successo come àncora per le mie scoperte. Mai avrei potuto prevedere che il mio saggio avrebbe avuto una tale diffusione, che nel giro di una settimana mi avrebbero invitato in svariate reti televisive e a una manciata di programmi radiofonici nazionali. In uno studio di registrazione dopo l'altro ho esposto la mia meticolosa argomentazione, sostenuta dai dati e da eventi a cui avevo assistito di persona. Pensavo che li avrei convinti; invece mi interrompevano raccontando altri aneddoti, traendo conclusioni opposte. Pensavo che mi avrebbero creduto; invece citavano qualche frase indisciplinata del mio saggio solo per dimostrare che ero arrabbiato e irrazionale. Mi sono ritrovato con la casella di posta inondata da un lato da minacce di morte, dall'altro da smielate lettere d'amore di madri e sorelle, di padri e figli. Malgrado tutto, ieri sera mi hanno cercato con una proposta di pubblicazione, e non una prestigiosa casa editrice universitaria come avevo sempre immaginato, ma un grosso editore tradizionale noto per i suoi polizieschi, che mi proponeva un contratto per due libri. Forse riuscirò finalmente a scrivere quello che voglio – sempre se la cosa ti sta bene – su quello che mi hanno fatto, sulle cose che ho fatto io.

Quanto a ciò che ti è capitato: ho visto anch'io le foto, come tutti, ho letto ogni resoconto. Ho studiato il video di quel telefonino, un sanguinoso fotogramma dopo l'altro. Ecco il tuo viso, nel quale ho sempre riconosciuto frammenti del mio. Ecco il tuo sangue, troppo rosso, che cola. Anche quando sei disteso a terra immobile, bloccato sul marciapiede, i poliziotti gridano ordini cadenzati. Sembra che abbiano un disperato bisogno che tu obbedisca. La fotocamera si sposta e vedo anche loro, passano camminando lentamente con le scarpe da ginnastica immacolate, i berretti da basket di sbieco. Qualcuno sembra sollevato che lì per terra ci sia tu, altri mimano finti gesti da gang che capiscono solo loro. La polizia ha rilasciato una dichiarazione prima che spuntasse il video, a sfidare il fatto che oggigiorno c'è sempre un video da qualche parte. Avevi l'aria pericolosa, hanno detto, e ripenso a quando eri un neonato in fasce. Temevano per la loro incolumità, hanno detto, e questo forse è vero. Dopo, in una conferenza stampa, hanno ammesso che il documento ce l'avevi, ma qualcosa non gli tornava. Era di uno Stato vicino, non lo conoscevano. Non sembrava che fossi chi dicevi di essere.

A parte tutto, io sono giunto a una verità diversa, che deve ancora apparire in una pubblicazione. Sapevo che avevano scelto te fra tutti gli studenti sfatti che facevano baldoria per la strada davanti ai locali per gli universitari. Lo sapevo perché avevo lavorato fino a tardi quella sera, la prima serata mite di primavera. Avevo deciso di tornare a casa a piedi attraversando quella fiera della gioventù, ed è stato solo per puro caso che ti ho visto davanti a quel locale d'angolo. Eri lì, nella calca di studenti, ti dondolavi al ritmo di una musica che sgorgava da una veranda aperta. Hai girato la testa verso di me: anche tu mi hai visto? Mi hai riconosciuto? Non riesco a spiegarlo come si deve, ma è bene che tu sappia che sono stato io a telefonare al distretto di polizia, dicendo di aver visto un "giovanotto sospetto" all'angolo tra la University e la Quattordicesima. Ho chiamato, è vero, ma non ho specificato la tua altezza, il tuo colore. Dopo sono corso a casa, rassicurandomi. Non ne verrà fuori niente, mi dicevo, e finalmente riuscirò a voltare pagina, nel bene o nel male. Figlio mio, credi, ti prego, almeno a questo se non ad altro di quello che ho scritto: era una prova per loro, per il mondo! Non per te!

Anche qui però occorre fare un passo indietro e ricordarsi che quanto è stato fatto era in nome di un fine più grande: che un giorno cioè i figli dei nostri figli possano essere risparmiati. Tua madre mi diceva sempre, Pensala come ti pare, ma le acque stanno salendo. Presto saremo tutti bagnati allo stesso modo, e insieme annasperemo in cerca d'aria...

L'altro giorno ti ho rivisto, eri sul prato alla manifestazione studentesca. All'inizio non ti ho riconosciuto, con quella fasciatura bianca di traverso sulla fronte e le spalle curve come le tieni ora. Poi però ti hanno spinto davanti, e la piccola folla è cresciuta per darti supporto. Ho letto che ci sono state altre manifestazioni in altri campus dell'East Coast. Un arcobaleno di facce che cantavano e urlavano come davanti a una moltitudine di spettatori. Quando ti ho visto, ho capito che ti saresti ripreso, ed è stato come tornare a respirare dopo tanto tempo. Ancora più nel profondo però sentivo come una benedizione che presto potrebbe rendermi libero. Perché guardati; guarda cos'hai ottenuto, malgrado tutto. Sei arrivato fin qui proprio come *loro*. E io ti ho visto, figlio mio, trasfigurato e selvaggio – libero, perfino – almeno per un istante.

LA VIRGINIA NON È CASA TUA

Ti hanno affibbiato quel nome alla nascita, ma la Virginia non è mai stata casa tua. Leggiti *La nausea* di Sartre e datti un nome nuovo. Annuncialo a gran voce allo specchio macchiato del bagno, come un'incoronazione. Apri la bocca poi sistema la lingua dietro i denti. Già che ci sei, datti da fare per aggiustare certi altri difetti di pronuncia da campagnola. Sfrega via la puzza di letame dai vestiti e, mentre il tuo giovane corpo zangola sul lavello, bisbiglia senza sosta il tuo nuovo nome ancora segreto. Convinciti che se riesci a cambiare quello, puoi cambiare tutto.

Non appena il tuo furtivo corpo di ragazzina comincerà a dispiegarsi, fatti una coda bella stretta così i ragazzi non ti tireranno giù per i capelli sotto le tribune. Inizia a mettere le camicie di flanella sbiadita che usava tuo padre nella stalla per prevenire gli inviti a una catena di balli di carta velina. Non abbassare la cresta quando dicono *Chi ti credi di essere* ogni volta che saggi sulla lingua qualche parola dolce e allungata. Non accettare i muffiti libri dei canti, le salvezze sotto i tendoni, l'ostinazione con cui la mamma corteggia il paradiso come un amante sdegnoso. Non soffrire troppo per le mucche da latte sui pascoli, bestie dalle costole sottili che premono sottopelle. Studia francese, chiudi le porte a chiave e confida nella te stessa sedicenne.

Compila una sfilza di domande d'iscrizione, ma non dirlo alla mamma quando vinci una borsa di studio in un college femminile nella parte centrale dello Stato. Lascia invece che la porta a zanzariera si chiuda alle tue spalle con uno schiocco. Goditi l'aria fresca che ti accarezza mentre corri scalza sui campi dismessi. Supera il recinto, dove c'è tuo padre che bada ai loro cavalli più feroci, e raggiungi le rive fangose del torrente. Col respiro che ti brucia i polmoni e il costato stretto in una morsa, ulula vittoriosa dentro il cielo notturno.

All'orientamento per le matricole mastica e inghiotti il primo cartellino col nome che ti hanno dato. Scrivitene uno nuovo. Un giorno non lontano lo renderai ufficiale, questo nuovo nome che ti sei scelta. Sorridi con moderazione così che nessuno possa contestarti l'inclinazione dei canini, quegli incisivi nascosti, bianchi come il latte appena munto perché, come dice tua madre, nell'acqua del pozzo c'era il fluoro. Come dice tua madre, non si aspettava una bambina scura come te, figurarsi con la carnagione di papà. Come dice tua madre, a questo mondo nulla è garantito.

Di' alle altre ragazze che hai perso i genitori quando ti chiedono perché non torni a casa per il Ringraziamento. Nei mesi a seguire ti inviteranno: in un cottage sul Cape, in una brownstone a Georgetown per Capodanno. Queste giovani donne che rimuginano sui menu della mensa, che non s'immaginano cosa significa inventarsi una cena con gli avanzi. Prendi nota del peso dell'argenteria di famiglia, della destrezza delle mani nere dei maggiordomi avvolte nei polsini bianchi inamidati. Prendi nota della sfilza di prime edizioni sulle mensole dei camini dei loro genitori. Leggi Camus e Kafka fino a ridurli in pezzi. Leggi Simone de Beauvoir.

Sgobba ogni giorno di più e appena puoi trasferisciti in una scuola più grande, con un dipartimento linguistico. Non agitarti se si trova ancora nello Stato che ti ha dato il nome

– *Virginia* o *Ginny*, come ti chiamava la tua unica amica delle elementari, quella col viso dolce. Una di quelle ragazzine con cui sei venuta su, che si mettevano in ghingheri alla luce dei fari dei pick-up e che sono state abbandonate, incinte, prima di raggiungere l'età legale per bere.

Studia le tue nuove compagne di stanza venute dalla periferia ma non seguirle alle feste inzuppate di birra. Invece, prendi un Greyhound e vai alla manifestazione alla Casa Bianca. Guida un coro contro le bombe che vengono sganciate su un deserto che non sai bene quale sia. Agita i pugni contro quegli uomini avidi in completo decisi a divorare il mondo prima che tu possa anche solo assaggiarlo.

Fai il doppio turno nel finesettimana al country club alla periferia della tua cittadina universitaria nei Blue Ridge. I tragitti ripidi e tortuosi in bicicletta ti fanno sentire come se non avessi mai lasciato il posto che ti ha cresciuta. Porta vassoi a grandi tavoli rotondi: gin tonic, cocktail di gamberoni, cordon bleu di pollo. Coppie antiche girano nei loro completi tre pezzi e in abiti luccicanti di bigiotteria. Tutta quella pompa e tu coi tuoi maglioni neri con lo scollo a V e i leggings aderenti, i capelli che ti ricadono sempre sfatti intorno alla faccia. Gli uomini ti adocchiano la scollatura. Alcuni ti pizzicano il sedere, dicono, *Sorridi, che ti costa?* Ora attenta, perché appena le mogli guardano da un'altra parte tornano indietro e lasciano altri soldi sul tuo tavolo. Risparmia ogni maledetto penny e comprati un biglietto aereo per l'Europa.

Prendi treni da Firenze a Praga, da Praga a Monaco. Di' a te stessa, *Sono qui, sono qui*, come una canzone. Di' a te stessa che lì ci sono Storia e Cultura e Potere. Lì ci sono gli antichi scrittori che hanno scritto libri che sei convinta ti abbiano salvato. Ed eccoti col tuo taccuino seduta in un bar all'aperto: se tieni la bocca come si deve ti senti quasi al posto giusto. Lascia perdere se i sampietrini per terra ti ricordano il tuo vialetto pieno di buche, o se i piumini dell'ostello richiamano la trapunta muffita della mamma. Scatta a sedere nella cuccetta quando bussano nella notte e il tuo treno attraversa l'ennesimo confine. Brusche voci straniere ordinano, *Passaporte!* Consegna il tuo nome completo e legale.

Fuori da una discoteca di Parigi, stringiti a un uomo bellissimo dai capelli scuri. Lui ti sussurra il nome che hai scelto e il suo accento lo fa nuovo. Quando ti chiede di dove sei, elenca una sfilza di città che speri di visitare presto. Digli Londra. Digli Barcellona. Digli Tangeri. Corri a casa sua e lascia che ti prenda – una scossa di piacere come tuffarsi in acqua di sorgente. Grida una serie di ineleganti *rrrrrr* seguite da un singhiozzo liberato.

Girati dall'altra parte, incrocia lo sguardo di un altro, meno bello però artista, un fotografo di buona famiglia francese. Non andare a letto subito con questo secondo uomo. Stai con lui nell'immenso appartamento dei suoi in città, le stanze incorniciate da drappi di velluto disposte sotto lampadari polverosi. Rimani con lui ben oltre il giorno del volo perdendo l'ultimo semestre autunnale. Prometti a te stessa che a primavera tornerai per laurearti.

Quando quest'uomo ti interroga sugli Stati Uniti, rispondigli come se l'America fosse un sogno che ancora sogni. Chiudi gli occhi ed evoca ampi spazi aperti e paesini sonnacchiosi. Fai apparire per lui città, vie costeggiate di locali, palchi fumosi su cui si esibiscono uomini dalla pelle bruna come quella di tuo padre, col corpo arricciato su un rullante o un sax. Parla in francese di Arte e Ambizione, quelle parole straniere che ti scuotono dentro nei luoghi più avidi. Fagli lampeggiare i tuoi incisivi storti e spera che veda quello che vuoi mostrare.

Sposa quest'uomo nel giro di nove mesi, con una cerimonia secolare e intima a casa dei tuoi genitori. Gli animali sono stati venduti o sepolti, ma c'è ancora un campo. Di' a te stessa che è solo per una manciata di giorni, ci sta che il tuo futuro marito avesse bisogno di vedere questo posto. Non tremare dentro quelle quattro pareti sbucciate quando senti la voce solitaria di papà echeggiare nel corridoio semibuio. Non spaventarti quando la mamma ti mette in mano una vecchia Bibbia lacera. Fotografie d'argento sfregano tra pagine ingiallite, i tuoi antenati materni austeri e brillanti la cui vita è terminata qui dove è iniziata la tua.

I tuoi genitori dimostrano più dei loro anni, i volti rugosi e corrucciati. Si astengono dall'utilizzare il tuo nuovo nome ma trattengono anche il vecchio nel profondo della gola. Lascia che la bambina della chiesa di tua madre sparga i petali per terra. Lascia che papà ti accompagni lungo la navata erbosa, solenne in completo scuro, con le scarpe tanto lucide che brillano. Senti come ti stringe la spalla cosparsa di cipria come a voler condividere qualcosa attraverso la pressione del pollice. Il tuo nuovo marito sembra trovare tutto ciò affascinante, perfino il nuovo A&P giù in città, perfino il prosciutto marinato nella Coca di tua madre. Mentre cammini con lui sulla riva fangosa fa il verso a tuo padre che dice *pultroppo* al posto di *purtroppo*.

Affitta una casa vicino a Washington, appena fuori dalla Beltway: lì c'è un'agenzia chic che vuole rappresentare le opere di tuo marito. Convinciti che saranno altri sei mesi in Virginia, un anno al massimo. Tuo marito fotografa costruzioni imponenti: ponti, facciate. È già fuori dalla porta prima che il giorno sfoderi il suo fulgore e lavora fino al tramonto, quando il giorno è quasi di nuovo dorato.

Metropolitana per Foggy Bottom, per Dupont Circle. Attraversa le porte automatiche, sali ed esci in un caldo estivo da palude. Non stizzirti per la senzatetto vicino all'uscita il cui volto di luna ti ricorda tua madre se fosse sporca e liberata. Non fissare la cameriera che ti serve nella sala da tè, con i capelli tagliati corti e la pelle d'ebano, anche se il suo sguardo indugia su di te un attimo di troppo.

Arriva l'inverno. Metro fino al National Mall vuoto di turisti. Eccoti, un puntino luminoso, una donna sola in un vasto paesaggio grigio. Sfilati i guanti rossi, soffia aria calda nei palmi rosati. Scarabocchia quello che ti ricordi dell'unica volta che sei stata in Europa: una storia – speri – su una ragazza scappata di casa.

Arriva la primavera, riaffiora da un incubo in cui stai annegando per ritrovarti con una nausea incomprensibile. Tuo marito è a Roma a fotografare rovine famose. Accetta che sia colpa tua, dopo tutti questi anni di attenzione maniacale. Sei stata avventata come hai voluto, come se al desiderio non ci fosse fine. Come se il fardello smanioso del corpo straniero di tuo marito potesse liberarti dal tuo.

La maternità si palesa sotto forma di un dolore sordo alle viscere. Al telefono tuo marito è estasiato: tornerà nel giro di cinque giorni, sette al massimo. Riaggancia e chiama la mamma, che prende a singhiozzare – di gioia? Di sofferenza? Mangia girelle srotolate e mortadella fritta tagliata spessa. Non domandarti, E adesso dove sto andando?

Abbandonati a un travaglio straziante, apriti in due e dai alla luce un figlio. Diciotto mesi dopo aspetta una bambina. Scegli il nome del maschio, un arguto nome francese, ma lascia che sia tuo marito a scegliere quello della femmina. Non suona male come nome la prima volta che lo dice, ma ci vuole un attimo perché tua figlia ne cavi un diminutivo, brioso e provinciale. La carriera di tuo marito non fa che migliorare, e i suoi evocativi paesaggi marini popolano le pareti delle gallerie. Mentre la sua agenzia lo spedisce ai quattro angoli del mondo, a te è imposto il compito di rimanere a casa a crescere i bambini. Piantati le unghie nelle cosce ogni notte ma senza mai mostrare i lividi color inchiostro.

Lascia che tuo marito ti compri una casa nei sobborghi, un avamposto da cui crescere queste creature belle e incostanti. Ogni volta che è a casa, presentagli l'ennesima petizione. Digli che potresti benissimo abitare a Bordeaux, o a Bruxelles. Digli che abiteresti volentieri a Madrid. Non importa se conosci già la risposta standard, che se lavora dagli States lo pagano di più.

Insisti per fare un lungo viaggio in Europa ogni estate, anche se lui ti ricorda quanto resta grande il mondo. Fermati vicino a La Rochelle, non lontano dall'acqua, dove vive la madre di tuo marito. Sua madre, che sostiene che il vostro matrimonio sia stato *trop loin*, che si veste di lino fragrante e stampa baci asciutti sulle guance dei bambini. Da che la conosci ha sempre avuto la stessa domestica, una signora nordafricana che pulisce e cucina e fa la spesa come una moglie. Ogni volta che vedi questa donna assoggettata, prova sdegno e profonda invidia.

Questi primi anni sono impegnativi: resisti! I bambini ti implorano di giocare a gattoni. Corrono strillando ad accogliere il padre ogni volta che spalanca la porta. Osserva l'entusiasmo con cui li prende in braccio e lo stanco bacetto sulla guancia che riserva a te. In preda al jet lag lui crolla sul letto matrimoniale, lasciandoti i bagagli da disfare. Molto più tardi ti svegli alla luce del suo cellulare, il bagliore azzurro nei suoi occhi e il letto che condividete che ondeggia sotto i suoi ritmi vogliosi. Consenti anche a te stessa di provare qualcosa, una tristezza pulsante, una fiammella di desiderio. Anche se, prima che tu possa sussurrare il suo nome, lui emette un gemito fremente e si abbandona al sonno.

Fai caso alla velocità con la quale si srotolano gli anni: i bambini raddoppiano, poi triplicano. Il maschio ha cinque anni, la femmina dieci, il maschio quindici. Tuo marito è diventato calvo; ciononostante le donne vanno in estasi per quella mascella pungente e il petto muscoloso. Lo senti per la strada, che impreca sotto i baffi davanti alla finestra aperta della camera. Quella stessa mattina trovi una pila di fogli in fondo all'armadio, diari vecchi e dimenticati pieni delle tue orrende parole bramose.

Fissa inebetita quelle inutili storie randagie e non rispondere al telefono quando squilla. La voce della mamma si innalza dalla segreteria per dirti che tuo padre se n'è andato. Ti senti intorpidita e allo stesso tempo slegata, come se fosse stata lasciata andare la corda invisibile che ti ancorava. Dopo il funerale in città allo stop tuo marito ti passa una mano sul ginocchio avvolto nella calza. Credi che stia cercando di consolarti anche quando dice, *Pensi che dovremmo trasferirci qui? Per tua madre.*

Giura a te stessa che non tornerai mai a vivere qui ma rispondi ogni sera alle telefonate della mamma. Le piccole cose che dice a loro modo hanno senso, ma prese tutte insieme sono un'assurdità. Tuo marito è a casa da sei settimane di fila, e la sua presenza instancabile ti sciupa la routine. Girati quando accenna alla possibilità di traslocare da tua madre, anche se lo fa sembrare un numero acrobatico che potrebbe salvarti. Ascoltalo mentre parla del lavoro che sta calando, delle rate del mutuo, della distanza sempre più ampia fra voi.

Metti in vendita la casa giusto per vedere che ne viene fuori – cos'altro puoi fare? Accetta l'offerta più alta e consenti a tuo marito di chiamarla libertà. Tuo figlio, alto quanto te, stringe i pugni quando glielo dici. Storce la bocca come se dentro ci fossero dei legnetti in fiamme. Tua figlia si chiude in camera sbattendo la porta, ti lascia lì a guardarla vibrare. Appoggia l'orecchio e sentila miagolare al telefono con il ragazzo delle medie, una persona che non conoscerai mai.

Quelle prime settimane di nuovo lì sono impegnative: resisti. La vecchia casa cadente è un circo e la confusione della mamma l'attrazione grottesca più recente. Guardala inciampare sui nomi dei bambini, comportarsi anche lei come una bambina certi giorni. In una tetra notte d'inverno se ne va, anche se ti rendi conto che è sparita solo quando il telefono fisso in cucina inizia a sbraitare. In linea c'è una coppia di individui che a sentirli sembrano di città. Devono aver comprato la casa dei tuoi ex vicini. Esci di corsa e trova la mamma nella luce dei fari inquisitori dell'auto, da sola in un boschetto di pini – un fiotto di sollievo. Tua madre, sempre più piccola, che gira su se stessa ammantata in una coperta muscosa, con le scarpe sporche di tuo figlio sulle mani come fetide muffole.

Trasferisci la mamma in casa di riposo e valla a trovare ogni giorno. Anche se ogni volta che entri il suo corpo è preso dall'agitazione. Fai una pausa, non tornare, un giorno poi un altro, finché non passa una settimana. La prima volta che torni la mamma afferra il braccio di un infermiere di passaggio. La senti implorare quell'estraneo in uniforme di dirle chi cavolo sei.

Tuo marito accetta qualche lavoro sporadico su e giù lungo la costa. Va in auto a Lexington, a Front Royal, piantandoti lì senza macchina. Scatta ritratti e foto di sagre di paese e matrimoni, tutte intime, effimere. Alla fine appende le macchine fotografiche al chiodo e ti ricorda che ha sempre adorato il jazz. Usa ciò che resta dei tuoi risparmi per aprire un negozio di dischi introvabili in un centro commerciale in città.

I ragazzi frequentano il tuo ex liceo, le classi da cui un tempo hai architettato la fuga. Ogni giorno diventano meno legati a te, e ti lasciano libere grandi fette della giornata. Una piovosa mattina di primavera, dopo aver accompagnato tuo marito, raduni una piletta frusciante di moduli d'iscrizione. Ti dici che sono per tua figlia, ma a lei non li mostri. Cosa potresti fare qui senza qualifiche di sorta, senza nemmeno aver preso la laurea? L'impiegata? La segretaria? Puoi tornare a servire ai tavoli?

Concima le azalee selvagge della mamma. Resuscita l'orto che ti nutriva da piccola. Fabbrica aiuole rialzate con le traversine che trovi abbandonate dietro il capanno. Pranza sulla veranda laterale – pane bianco e pomodoro a fette – con i capelli al naturale sciolti che ti sfiorano le spalle, il viso rivolto alla brezza.

Quando torni alla casa di riposo la mamma ti vola incontro con la sedia a rotelle. Ti stringe con una ferocia tale che ti sembra di conoscerla solo ora, questa donna che ti ha cresciuto. Ci sono delle lettere, ti dice, in casa. Lettere che il tuo solitario e stoico padre ti aveva scritto tanto tempo fa. *Promettimi che le troverai*, dice la mamma, sempre stringendoti. Sostieni il suo sguardo annebbiato. Lascia che il suo alito caldo ti appanni il viso.

Fruga nei cassetti, rovescia i bauli, lascia ogni cosa spalancata e buttata all'aria. Dopo giorni di ricerche vane, ammetti di volerci credere. A letto, nella luce ocra della lampada, leggi di ghiacciai che si sciolgono e ondate di rifugiati in tutta Europa. Quando tuo marito ti domanda cos'hai, mostragli le vecchie ferite ancora aperte. Guardalo e implora, *Portami via*, anche se non sai bene dove sia possibile andare. Tuo marito ti risponde in francese, così in fretta che non afferri le parole. Gli chiedi di ripetere, lui si allunga oltre il tuo corpo. Un clic improvviso e fa piombare la camera nell'oscurità.

Ora che tu e tuo marito vi siete separati definitivamente, compila tutte le domande d'ammissione. Senza agenzie di collocamento e referenze serve di nuovo il tuo nome ufficiale. Per tutto questo tempo ti sei detta che l'avresti cambiato, e ora senti che è troppo tardi. Uscendo di buon passo dal nuovo Super Walmart non rimuginare troppo sulle ragazze con l'accento forte che lavorano tre casse di fila. Sono arrivate dall'Etiopia? Dall'Egitto? Com'è possibile che siano più a casa di te, lì nel tuo paesello appollaiato su una collina in mezzo al niente? Tieni le buste pesanti in equilibrio nell'incavo del gomito e datti un pizzicotto forte per non piangere. I tuoi figli quasi adulti ti camminano accanto come sonnambuli, la femmina è al secondo anno, il maschio è all'ultimo e presto andrà al college in un altro Stato. Tengono gli occhi incollati ai telefonini, che tu non approvi. Quei dispositivi sono regali del padre, per restare in contatto ora che è tornato in Europa.

Continua a muoverti e a guardare davanti a te, quando senti qualcuno che ti chiama: "Virginia! Virginia!" La voce si avvicina anche se affretti il passo. "Ginny! Non ci credo!" Avverti un caldo rossore farsi strada nel tuo petto. È una che conoscevi da ragazza, ha la faccia colorita ed è ancora carina, pur se gonfiata dagli anni. Lascia che il tuo corpo si giri, che le tue braccia schizzino per aria, e pazienza se le buste della spesa ti cadono ai piedi. Piombale addosso e ulula, più forte che puoi, "Non mi chiamo Virginia, cazzo!" Ruggisci sul volto vitreo del nipotino che questa donna tiene in braccio e cerca di proteggere. Fai un respiro interminabile e stentato, poi strattona le braccia della tua capricciosa progenie. Sbatti la portiera dell'auto e sfreccia via in un fetore d'olio bruciato. Osserva la scena nello specchietto: bocche spalancate, gli occhi umidi di tua figlia e tutta la spesa buttata che non puoi permetterti di ricomprare.

Renditi conto che sono reali, e che presto le troverai: le lettere di tuo padre. Le scoprirai in un baule antico, laccato di muffa, che gli aveva regalato la sua gente. Ogni singola lettera trasuderà un desiderio caparbio e tenace, ognuna sarà indirizzata a te e scritta a mano. Virginia, confesserai allo specchio appannato del bagno, il tuo riflesso più in carne, macchie dell'età sbocciate sul dorso delle mani. Guarderai meglio e ti stupirai di quanto in fretta sia passato il tempo, di quanto resti impercettibile il segno che hai lasciato nel mondo.

Di' a te stessa che puoi sempre ricominciare, c'è ancora tempo! Stavolta scalerai una montagna in Asia. Veleggerai fino in Antartide per assistere al pianto della grande calotta glaciale. Stavolta volerai in Africa per seguire la corsa degli ultimi elefanti selvatici – hai letto che hanno un linguaggio segreto, fatto di ultrasuoni, come il canto delle balene. Intonerai per loro un lamento funebre e bacerai la polvere. Appoggerai un orecchio umile al suolo e resterai in ascolto.

QUALCOSA DI DOLCE SULLA LINGUA

Ci mollavano lì troppo presto. Le mamme si allungavano sul seggiolino a strofinarci via il sonno dalle guance, le unghie come un bacio tagliente. Se ne andavano e noi ci avviavamo verso la scuola, premevamo le fronti sul vetro delle doppie porte, ancora chiuse. Nell'attesa davamo calci agli zaini, prendevamo a sassate il cartellone sul ciglio della strada. LA CONOSCENZA È POTERE, c'era scritto. SCUOLA ELEMENTARE JOHN HENRY JAMES.

Altre volte ci riversavamo fuori dagli scuolabus, le voci alzate come una TV lasciata accesa col volume al massimo. Le minacce degli autisti ci facevano un baffo: neanche sapevano come ci chiamavamo. Sfilavamo lungo l'ampio ingresso, tutti braccia e gambe, le scarpe un po' più strette del giorno prima. Le mamme ce lo dicevano, *Cresci come la gramigna, ragazzo mio. Devi imparare a comportarti meglio. Non so più come fare con te.*

Dieci anni e già i re della scuola, sapevamo tenere testa a chiunque. Ci tiravamo su il cappuccio, ci rifiutavamo di aprir bocca. A gomitate ci facevamo largo nella fila per la colazione, chiedendoci a gran voce, *Perché Richard Lordly ha tutti quei libri? Quanti finali diversi ci saranno mai? Perché Aaliyah e Khaliah stanno sempre appiccicate, manco fossero fuse? Come ha fatto Ciccio Rod'ney a diventare così grasso? Sai come gli caricano il piatto ogni sera!*

Dicevamo *Rod'ney* come andava detto, due sillabe separate. La prima come una cosa fresca andata a male, *rot* e subito dopo *nii*.

Melvin Moses Green si piazzava in mezzo alla fila e abbrancava la testa di Ciccio Rod'ney stringendola nella morsa del bicipite muscoloso. E giù ceffoni sulla striscia di pelle nuda del collo. Ciccio Rod'ney avanzava barcollando, col vassoio che reggeva un bicchiere vacillante di frutta e latte, gli occhi lucidi per il dolore ma sempre col sorriso. Si comportava come fossero amiconi, come se cazzeggiassero e basta.

Anche Melvin Moses Green era in classe nostra, ma lo chiamavamo solo Moses. Marrone chiaro e più alto di noi d'una testa, in palestra, o a ricreazione, attirava sempre lo sguardo. Non potevi non vedere quanto era forte con quelle cosce dure da giocatore di football, i bicipiti gonfi. Moses era l'ultimo di una sfilza di fratelli che la sera non mettevano più piede fuori di casa dopo che il padre era rientrato. Nel bagno dei maschi al piano di sopra Moses ci chiamava soldati, ci ordinava di tirarci su la maglietta. A gomiti stretti e occhi chiusi ci preparavamo ai colpi che si abbattevano sulle costole, sullo stomaco. Ci voltavamo per farci colpire alle reni, così forte che ci sfuggivano dalle labbra grugniti strozzati. Picchiava senza pietà, con grande cura, come se cercasse di farci vedere chissà che. Le lacrime ci colavano dagli occhi e s'impigliavano tra le ciglia. Dopo buttavamo fuori l'aria e ridevamo.

Certi giorni arrivavamo a scuola super tardi perché le nostre mamme facevano il secondo turno all'ospedale o al carcere minorile. Certi giorni dormivano della grossa e non ci riusciva di svegliarle. Oppure ci svegliavamo e non c'era nessuno, neanche fuori. All'angolo c'era il dietro dell'autobus che rimpicciolìva sempre di più lasciandoci lì. I nostri fratellini e le sorelline ci guardavano come a dire, E ora che si fa?

Ogni volta che facevamo tardi a scuola dovevamo passare dall'ufficio del preside, e il vice ci faceva un discorsetto serio. L'assistente scolastico chiedeva, *Tutto bene?* La segretaria ci consegnava i cartoncini rosa del ritardo che facevamo vedere a tutti quelli che passavano in corridoio. Li tenevamo su, della serie, Non ci provare, bello, sono libero! Anche quando eravamo in ritardo di pochi minuti c'era la porta chiusa della classe a bloccarci. Dal vetro vedevamo che avevano cominciato senza di noi. Volevamo essere da un'altra parte. Avremmo dato qualsiasi cosa per essere già dentro.

In piedi, rivolti alla bandiera, diceva il preside. *Mano sul cuore*. Premevamo le dita sui punti doloranti dove Moses ce le aveva date il giorno prima. Recitavamo il giuramento, mimando con le labbra o borbottando o pronunciando ogni parola. Solo Cherida Smith, chiara di pelle con i nastri rosa fra i capelli, aveva il permesso di restare seduta. Cherida appiccicava la guancia grassa al banco e buttava gli occhi indietro come se giocasse a fare lo zombie e stesse vincendo. Lo sapevamo che aveva il Tipo 2 e che la mandavano dall'infermiera per ogni cavolata. E la madre era morta a settembre. Se ti muore la mamma, ti lasciano fare quasi tutto.

Al giuramento puntavamo Richard Lordly. Lord Richard, lo chiamavamo. Ancora non sapevamo cosa sarebbe successo, quello che avremmo fatto. Lord Richard tirava sempre su una torre di libri, lucidi volumi con la copertina rigida e altri di fantascienza spessi con la copertina morbida. La famiglia arrivava dall'Africa, da un posto tutto polvere e fame, altrimenti che senso aveva venire qui? Schifavamo la pelle di Richard, nera come una lavagna, lo prendevamo in giro per come parlava, come una canzone suonata con un martello su uno xilofono di legno all'ora di musica. Al giuramento Lord Richard borbottava le parole manco fossero una preghiera antica. Oppure faceva il saluto tutto serio, con quel suo micropetto in fuori, la mano dritta sulla fronte e i tacchi che sbattevano piano. Richard faceva tipo, *Ah-tennn-ti!*, poi si piegava in due con le risate che schizzavano fuori tra i denti gialli. Quando faceva così non c'era verso di non mettersi a ridere con lui, pure gli insegnanti. Certi giorni Richard stringeva forte gli occhi e dondolava le braccia qua e là come una signora bianca che balla. Gli passava sulla faccia un sorrisetto sognante ed eravamo sicuri che stesse ripensando a una storia sconclusionata ma bella presa da uno di quei libri che si portava in giro. C'immaginavamo le parole che si formavano e combattevano e vincevano. Gli insegnanti dicevano che Richard "farà grandi cose".

* * *

Ci facevano leggere dei paragrafi stampati e poi rispondere a mano a una serie di domande secche. A matematica facevamo le equazioni, qualcuna la beccavamo pure, ma ci rifiutavamo di mostrargliele. Tiravamo la palla rosso mattone nel canestro in palestra e tutti esultavano. La incastravamo fra le travi e tutti gemevano. Infilavamo la matita nel temperino per sentire quel lungo piagnucolio elettrico, per vedere lo sbuffo di fumo metallico. Quanta pressione ci vuole, ci chiedevamo, per rompere una cosa?

Stringevamo forte le cosce, supplicavamo gli insegnanti di farci andare in bagno. Quelli alzavano gli occhi al cielo e noi, *È urgente!* Quando finalmente ci davano il permesso facevamo il giro passando dal corridoio più lontano. Andavamo nei bagni più in basso e ci mettevamo a tirare i mozziconi di matita sulle piastrelle macchiate del soffitto finché non ci pioveva la polvere in testa. Poi tornavamo, dopo un bel po', ma la porta chiusa della classe ci bloccava di nuovo. Alla fine la spalancavamo così forte che il pomello picchiava sul muro liscio e bianco dietro, e tutti ridevano. Annunciavamo subito che ci serviva una mano, ma gli insegnanti avevano da fare con gli altri.

Le prof erano secche come chiodi o sempre col muso oppure grandi e grosse col sorriso di rossetto. Si mettevano vestiti stampati, appendevano il cardigan dietro la sedia. Prendevamo in mano le foto incorniciate che avevano sulla cattedra, il marito con la faccia rosa, i bambini biondi cicciotti, le spiagge dietro. E allora pensavamo ai nostri padri, a quando ci avevano portato a fare il pieno dal benzinaio sulla Fifth facendoci sedere davanti. Dal finestrino tirato giù, mentre facevano benzina, li sorprendevamo a guardarci con un'aria come dire, Ti voglio bene, figlio mio, ti voglio bene, ti voglio bene… *Fai il bravo con tua madre*, ci dicevano. *Sii forte, hai capito?*

Avevamo bocche vivaci, denti traballanti, lingue taglienti. *Tua madre è un cesso*, dicevamo, stringendo i pugni come fossimo pronti. *Se non chiudi la bocca*, dicevamo, *ti suono come un tamburo cherokee*. Stavamo studiando le colonie della Virginia.

In fondo alla classe c'era Ciccio Rod'ney che provava a far incazzare Lord Richard. Ma Richard teneva gli occhi incollati al libro aperto sulle ginocchia. *Sei un ciccione*, diceva Rod'ney, anche se Richard era così magro che certe volte ci veniva fame solo a guardarlo. *Sei un ciccione, hai le tette con le tette! Ti serve un cavolo di reggiseno!* Quando Rod'ney diceva roba simile lo guardavamo da capo a piedi, con quei riccioletti come panna che si leva nel latte e il petto cascante. Scuotevamo la testa e non si poteva non ridere.

E rideva pure Rod'ney, come se pensasse che ridevamo con lui.

Quella prof di sostegno, quella che manco conoscevamo, ci è venuta vicino.

State disturbando, ci ha detto.

Tornate al posto. Subito.

Piantatela di dare fastidio a tutti.

* * *

All'una ci davano il pranzo gratis sui vassoi di polistirolo. Tenevamo in equilibrio il peso del semifreddo ai frutti di bosco, delle pere dure nei sacchetti di plastica e dell'insalata affogata nella salsa ranch. Ci sembrava già tanto, ma dopo avevamo ancora fame.

Mateo un giorno ha tirato fuori un sacchetto di Takis e noi subito ad allungare le mani vogliose. *Eddai, ce n'è per tutti!* Dopo ci siamo leccati il peperoncino bruciante dalle dita. Abbiamo fatto a pezzi la busta e ci siamo messi la stagnola sui denti davanti, come le dentiere d'argento che avevano i nostri zii. Poi a ricreazione abbiamo fatto ciao ciao a Latrell, che era rimasto impigliato con una treccia in un giunto della cupola metallica mentre si arrampicava ed era come se fosse finito in prigione. Ci siamo soffocati di risate con Aaliyah, che aveva fatto un volo così brutto dall'altalena cigolante da scordarsi di respirare ancora. Era lì stesa di schiena sul terriccio vicino alla recinzione con Khaliah che piagnucolava, *Respira, bella, respira!*

È stato il giorno che Melvin Moses Green ci ha portato in quel nascondiglio tra i cespugli. Si è messo a fare avanti e indietro davanti alla riga storta che avevamo formato, la schiena dritta come un palo sotto la maglietta verde smorto senza logo. *Siete soldati, voi, giusto?*, cantilenava, e volevamo rispondergli, Amen! Invece abbiamo tirato indietro le spalle lasciando che il sole ci rovesciasse addosso il fuoco. Moses ha teso verso di noi le braccia muscolose, poi le ha incrociate di scatto sul petto come una X o uno scudo. *Siete guerrieri, giusto?* ha ruggito, e aveva la voce carica e tesa come qualcosa che sta per scoppiare.

Giusto! abbiamo risposto, con la voce acuta e stretta in gola.

Rispondendo a Moses pensavamo ai commando col fango sulle guance che vedevamo la sera tardi nella stanza della

TV quando non ci riusciva di dormire. Pensavamo ai nostri cugini più grandi, ragazzi che facevano gruppo agli angoli, che avevano mani agitate, nervose. Incrociando le braccine secche sul petto smunto pensavamo a quello stupidone di Richard che faceva il saluto alla bandiera al giuramento. Eravamo fradici di sudore. Ci tiravamo il collo della maglietta provando a farci vento.

Quando do il segnale, ha detto Moses, *sapete cosa fare*.

Abbiamo annuito come se sapessimo.

* * *

Dopo ricreazione c'era educazione artistica o ginnastica o musica. Rientrando abbiamo scoperto che quel giorno avevamo biblioteca. La prof ci aspettava in cima alle scale, la faccia rossa e tonda, le mani sulla ringhiera. *Quasi nessuno di voi ha riportato i libri*, ci ha detto mentre salivamo lentissimi. *Se non li restituite, oggi non ve ne faccio prendere altri.*

Ci ha detto di sederci ai tavoli da lettura e di rimanere in "silenzio assoluto".

Ci siamo sparpagliati fra i tavoli bassi e rotondi con il condizionatore che annaspava. Il sudore si raffreddava sul collo e sulla faccia. Nella testa ci rimbalzava il silenzio. Aspettavamo, chiedendoci che fine aveva fatto Moses. Ed era vero che Richard mangiava solo una volta al giorno quand'era al suo paese come aveva detto la prima volta che era venuto in classe? Cherida ci aveva preso in giro quando aveva detto che l'infermiera le dava sempre qualcosa di buono? Dei cracker o un succo di frutta. Una manciata di Jolly Rancher rosse. Cherida giurava che se aspettava troppo cominciavano a tremarle le mani. Le pulsava forte la testa e doveva mettersi sdraiata per un bel po'. Ci diceva che a volte le veniva così fame che niente al mondo poteva soddisfarla. Una volta che sua mamma era ancora viva l'avevano portata di corsa all'ospedale, come se quella fame sconfinata sperasse di portarsela via lontano.

Silenzio e meraviglia riecheggiavano tutto intorno. Per riempirli facevamo piccoli rumori. Avvicinavamo le teste e bisbigliavamo. Sfogliavamo le pagine sbrindellate delle riviste.

Zitti, diceva la prof.

Noi continuavamo a parlare a bassa voce.

Lord Richard doveva aver restituito i libri, o magari avevano chiuso un occhio. Faceva il giro della biblioteca passando le mani sui dorsi di libri che di sicuro aveva già letto. *Zitti, zitti*, mugugnava nell'aria.

A quel punto ci siamo messi a cantare a bocca chiusa. All'inizio era uno solo, poi la gola di tutti si è riempita di quella vibrazione pura. Perfino le femmine canticchiavano. Perfino Cherida, sotto i suoi fiocchi rosa chiaro. Ci siamo messi a canticchiare quella canzone che sapevamo tutti, quella che andava alla radio dalla mattina alla sera. Eravamo una cosa sola e il nostro inno sommesso si diffondeva nello spazio ampio. Ci tremava la lingua, ma da fuori era Silenzio Assoluto. La prof non capiva chi era che cantava. Si piegava su un tavolo o l'altro e ci zittiva.

Qualcuno ha tossito e via, tutti a tossire. Perché resistere a quel prurito, quella secchezza che ci saliva in gola?

Zitti! Dico sul serio!, ha detto la prof.

Ci mette in castigo per aver tossito?, ha detto Ciccio Rod'ney, e abbiamo riso tutti.

Mentre ridevamo e tossivamo e cantavamo a bocca chiusa la prof è andata dall'altra parte della stanza a prendere il computer dei prestiti. Dietro di lei Rod'ney si è illuminato tutto.

È stato in quel momento che si è messo a cantare, a urlare a squarciagola le parole che fino a quel momento ci eravamo tenuti dentro. Aveva una bella voce e abbiamo iniziato tutti a muoverci a tempo. Anche quei pochi che aspettavano in fila per prendere un libro in prestito. Anche quelli che avevano il turno per scegliere sugli scaffali.

Falla finita, Rod'ney!, ha ordinato la prof, ma si è impappinata sulla *d* e sembrava che avesse detto tutto un altro nome. Lui non ha smesso e gli è corsa incontro, ma Rod'ney si è infilato sotto il tavolo rotondo ed è spuntato fuori dall'altra parte, sempre ululando la canzone.

La prof è rimasta a bocca aperta. Ci ha fulminato con gli occhi ma non ha detto una parola.

In quel momento Melvin Moses Green è tornato da chissà dove. Ha iniziato subito a dondolarsi a ritmo con la canzone. È saltato sul tavolo più vicino, ha fatto un paio di mosse del video. Il tavolo tremava e oscillava sotto di lui, ma Moses cavalcava l'onda. Abbiamo applaudito.

È stato in quel preciso istante che la prof ci ha veramente aiutato a riempire quel silenzio incerto e infranto. Tutta rossa in faccia, con gli occhi fuori dalla testa, si è girata per farsi vedere da tutti. *NON URLATE!*, ha urlato. *Smettetela di urlare o vedrete! Siete tremendi, tutti quanti! Finirete nei guai che neanche ve lo immaginate!*

Com'è che ci dice Non urlate, abbiamo detto noi, *quando l'unica che urla qui dentro è lei?*

La prof ha ignorato la domanda e s'è messa a correre verso Moses. Lui era ancora sul tavolo, pestava i piedi e ballava sorridendo. *Scendi! È pericoloso*, l'ha implorato lei, ma Melvin Moses Green non aveva l'aria di uno che ha fretta. *Fila dal preside!*, gli ha detto. *Immediatamente!*

Perché ci manda proprio Moses, abbiamo detto noi, *se siamo tutti in piedi a fare casino?*

SUBITO!, ha strillato lei, afferrando Moses per un braccio per tirarlo giù o per tenerlo. Appena l'ha toccato abbiamo smesso di cantare. Ci si è seccata la voce in gola. Quando l'ha toccato, Moses è come esploso e rinato.

Si è liberato dalla presa ed è saltato giù dal tavolo a peso morto facendo un gran rumore. Con le braccia gonfie ha preso il tavolo su cui stava ballando e l'ha ribaltato. Poi ha caricato la prof, col petto in avanti sotto la maglietta verde lacera. I pugni erano stretti ma il braccio era tirato all'indietro. Lo sentivamo quanta voglia aveva di dargliele. Invece no, ha ribaltato lo scaffale lì accanto. Tutti i libri per terra. Noi c'eravamo già spostati, ma Lord Richard era il più vicino. Ha avuto appena il tempo di saltare via.

Ma che fai?, ha detto. Come se volesse saperlo davvero. Come se la sua domanda meritasse una risposta.

Noialtri ci studiavamo le scarpe, con quel macello di libri aperti tutto intorno. Moses calpestava i dorsi fragili.

La voce della prof è uscita sottile: *Vai dal preside, Melvin.*

Moses ha continuato ad andare in giro sbuffando neanche avesse appena finito la corsa a ostacoli all'ora di ginnastica. Volevamo andare da lui, ma vedevamo che stringeva i pugni e lo sapevamo quant'erano potenti. La prof ha premuto il pulsante dell'emergenza sul muro, e ancora Moses si rifiutava di andare.

Il vicepreside e l'assistente sono venuti a prenderlo.

Dopo un po' ce l'hanno rimandato.

* * *

Eravamo stanchi a furia di canticchiare e tossire. Sfiniti da tanto danzare e poi ululare e poi guardare per terra. Rimaneva l'ultima ora di lezione. Ci faceva male la gola. Volevamo qualcosa di dolce sulla lingua.

Con la testa china sul banco ci siamo trovati in tasca dei pezzetti di stagnola avanzati, e ci siamo messi a stropicciarli con le dita finché la prof ci ha visto e ci ha costretto a buttarli via.

Altri cinque minuti, ha detto, quasi allegra. *Poi possiamo levare le tende e andarcene a casa.*

Non vedevamo l'ora di toglierci di lì. Non volevamo davvero andare via.

È ora, ha detto alla fine la prof, in piedi vicino alla porta col suo vestito verde a righe, come la buccia del cocomero. *Se riuscite a mettervi in fila tutti voltati di qua e in silenzio ho degli adesivi per voi!*

Perché vuole sempre che ci giriamo dalla stessa parte e stiamo zitti?, le abbiamo detto. *Perché crede che vogliamo quegli adesivi pallosi?* Però li volevamo, quegli adesivi. Anche dopo che li ha messi via.

Pian piano abbiamo radunato la nostra roba e formato la fila. Partiva dalla porta dietro la prof e girava intorno ai banchi fino alla parete in fondo. Ci siamo raggruppati a bande, uno con le braccia intorno al collo dell'altro. Khaliah e Aaliyah si tenevano per mano, come sempre, ma la famiglia di Aaliyah stava per essere sfrattata e prima della fine della settimana avrebbe smesso di venire. Moses camminava avanti e indietro lungo la fila tutta annodata, tenendo la mano in alto per rifilare un ceffone al primo collo che vedeva scoperto. Noi ridevamo e tiravamo su il colletto il più possibile cercando di non trasalire quando lo vedevamo arrivare.

Mettiti in fila, Melvin, ha detto la prof. *Non hai già creato abbastanza problemi oggi?*

Moses si è buttato in mezzo alla fila tirandosi l'orlo sbrindellato della maglietta. *Faccio solo un po' lo scemo*, ha detto.

Quando la fila sembrava quasi pronta, Cherida si è alzata barcollando dal posto. Era aggrappata a uno zainetto fucsia di Dora l'Esploratrice, di quelli che vendevano al Family Dollar. Barcollava come un'ubriaca, la mano sulla fronte. *Mi sa che devo andare dall'infermiera*, ha detto con un filo di voce. Perché, ci domandavamo noialtri, ogni volta che qualcuno chiedeva di andare dall'infermiera gli insegnanti scuotevano la testa come se non ci credessero, come se del nostro dolore non ci si potesse fidare?

Bugiarda!, abbiamo gridato, convinti di pensarlo veramente. *Vuole solo farci perdere l'autobus!*

Per una volta la prof non ci ha fatto aspettare mentre cercava la piletta dei permessi e scriveva il giorno e l'ora. Ha alzato una mano verso Cherida. *Puoi resistere un minutino, tesoro.*

Cherida ha sgranato gli occhi.

Ha fatto un passo indietro.

Poi le è venuto il singhiozzo.

La lasci andare!, abbiamo implorato noi, facendo marcia indietro, pentiti di qualsiasi cosa avessimo pensato di sapere. *Deve lasciarla andare dall'infermiera! Subito!*

Vieni qui, Cherida, vicino a me, ha detto la prof.

Appena è suonata la campanella Cherida e la prof sono uscite per prime e noi dietro. Eravamo quasi sulla porta quando Moses ha bloccato l'uscita. Ha incrociato le braccia sul petto, come aveva fatto prima a ricreazione. Ci siamo guardati intorno per vedere chi era rimasto, sperando di non essere gli ultimi a capire.

I nostri occhi si sono fermati su Rod'ney, fermo dall'altra parte della porta. Rideva guardando Moses come se sapesse che stava per combinare qualcosa. Ma Moses l'ha accompagnato fuori tenendogli un braccio sulle spalle. Senza più Rod'ney siamo rimasti lì confusi finché Moses non si è girato e ha alzato un dito tremante facendoci guardare verso Richard Lordly, che se ne stava impalato in fondo alla fila. Leggeva le parole del suo libro a occhi stretti, come se non fosse nemmeno lì con noi.

Allora abbiamo deglutito. Abbiamo capito.

Pensavamo che Moses ci avrebbe guidato, invece ha solo detto, *Veloce!*

Richard era ancora a capo chino.

Uno di noi ha mollato un pugno e ha colpito Richard sulla bocca con tanta forza che abbiamo visto un lampo giallo. Richard è barcollato all'indietro, con gli occhi sgranati come a dire Perché, una mano sulla faccia insanguinata. Poi ci siamo buttati tutti. Pugni. Gomiti. Ginocchia. Denti. Non c'eravamo resi conto di quanta fame avevamo. Non avevamo mai sentito una pelle così preziosa sotto la nostra.

Moses si dondolava sui talloni e rideva. Il suo sguardo guizzava tra la classe e il corridoio per controllare che non arrivasse nessuno. Richard Lordly era a terra, e noi ancora avanti a dargliele, come se volessimo prepararlo a qualcosa. Abbiamo smesso solo quando Moses ci ha chiamato per nome. Senza fiato, abbiamo guardato il ragazzo distrutto ai nostri piedi. La sua faccia rigata di sale. Gli occhi di vetro. Un sapore amaro ci è salito dentro. Poi, uno per uno, siamo corsi a raggiungere gli altri in fila.

COMPRARE CASA PRIMA DELL'APOCALISSE

• Guarda ogni giorno gli annunci online.

• Trova una casa prima dei quaranta, prima dell'imminente condanna.

• Lascia perdere la storia che la casa è un investimento, la convinzione che in generale le cose andranno meglio.

• Trova una casa in collina, lontana dalla strada, un bel ranch robusto di mattoni o una casetta pittoresca che ha bisogno di qualche lavoretto.

• Cerca fuori Richmond, non troppo lontano dalla città, visto che La Piccolina sta ancora finendo la scuola d'arte. Vai di pendolarismo, sveglia prima dell'alba e chilometri fino a Williamsburg. Fregatene del tragitto lungo, delle luci che hai lasciato accese, del gabinetto rotto che il padrone di casa non si decide a far riparare e che perde, perde sempre.

• Fai di tutto per trovare qualcosa a un indirizzo che porti il nome di (ma che in verità non sia vicino a) un ampio corso d'acqua. Appomattox Drive. James River Road. Chesapeake Way. Riprova in quel complesso privato, quello con la guardiola esterna e la sbarra zebrata che blocca l'ingresso. Quel fragile braccio protettivo che potrebbe farti scudo (a te e alla Piccolina) dal mondo che divampa. Non fare caso alla guardia scura di pelle, che non ti fa nemmeno entrare visto che non le mostri il volantino per la cosiddetta open house.

• Vai dalla signora matura del credito cooperativo, quella con l'accento affascinante che decide sui mutui. Quella che ti ricorda tua madre, se solo tua madre fosse stata bruna e sudamericana, invece che nera e della Carolina con un'acconciatura stile Uhura. Fatti i capelli lisci come ossa, una sola treccia con sotto il costante pizzicore delle treccine aderenti, come qualcosa di vero ma nascosto. Spiega alla signora matura della banca che guadagni bene, non c'è bisogno di specificare che è un terzo di quanto prendono gli altri in ufficio, e tu lo sai bene perché ti occupi della contabilità. Confidale che all'orizzonte c'è un compleanno di quelli importanti. Chiedile che cosa può fare, sul serio, per te.

• Quando ti svegli di soprassalto in piena notte controlla il tuo merito creditizio con quell'app sul telefono. Controlla a che velocità sta bruciando la foresta amazzonica. Controlla quante centinaia di specie sono andate perse o in cenere nelle ultime ventiquattr'ore. Controlla i prodotti che hai salvato nel carrello, pronti a essere spediti a un tuo cenno. Controlla se La Piccolina ha risposto e assicurati che il tuo ex di tempo fa, suo padre, rimanga nell'ovest, con tutti quegli Stati a fare da argine tra voi. Guarda le fotografie che ha postato di recente a braccetto con una ventiduenne. La boccuccia di ciliegia. Le ciglia beffarde. Gli occhi umidi da cerbiatta. Ha lo sguardo vago che avevi tu un tempo, tradisce la stessa brace di paura. Gira il telefono a faccia in giù sulle lenzuola per smorzarne il bagliore e fissa il soffitto buio. Riprendi il telefono, aggiorna, aggiorna, per vedere se è cambiato qualcosa.

• Guarda per l'ennesima volta *Terminator 2*, in palestra, sul tapis roulant, sul cellulare che tieni in mano. Ammira l'eroina, Sarah Connor, madre single molto determinata che racconta fuori campo la fine dell'umanità. Corri più in fretta notando quanto è solida lei a furia di allenarsi nel sanatorio in pantaloni della tuta e canottierina bianca. I tizi con le chiavi sogghignano come a dire *Stupida pazza*, ma tu sai che sta solo affrontando la verità della rovina imminente. Immagina te stessa nei panni di una Sarah Connor nera, con gli occhi aperti, almeno, fisico d'acciaio e sempre all'erta. Aumenta la pendenza, la velocità, e corri.

• Trova una casa su una collina, che abbia un canale di scolo bello ampio, a distanza di sicurezza dalla strada. Controlla che non ci siano perdite nel seminterrato ancora da finire. Guarda che abbia una camera da letto che si riempia di luce, finestre grandi che si aprano a farfalla dandoti una bella visuale sul vialetto. Immaginati incorniciata in una lastra di vetro, una dea condannata in pantaloni da yoga, gilet di finta pelliccia e sandali Birkenstock. La canna liscia di un fucile appoggiata alla spalla, pronta a scacciare una ghenga di uomini vogliosi oltre il confine della tua proprietà.

• Chiedi all'agente immobiliare col suo tailleur rosso scuro della crepa che serpeggia sulle piastrelle in un angolo della cucina. Chiedile delle persiane con la vernice scrostata: magari contengono piombo? Valutati questi e altri difetti, secondo lei i proprietari sarebbero disposti ad abbassare il prezzo? Potrebbero aggiungere al pacchetto anche quel generatore lucido di ragnatele che sta nell'angolo della cantina ancora grezzo? Spiega: sei in cerca di un posto particolare, una casa con una stufa a legna, un sistema di filtraggio dell'acqua a gravità. Non confessarle che il tuo attuale padrone di casa ha bloccato il tuo numero mentre l'appartamento seminterrato che hai preso in affitto da lui si sta riempiendo lentamente d'acqua. Ci sono rivoletti che imperlano la parete est, e una lanugine tipo muffa ti invade le narici. Certe notti ti svegli galleggiando, col naso che sfiora il soffitto.

• Fai scorta di occhiali da lettura, e filo interdentale, e barattoli di vaselina col tappo blu – non c'è alcun bisogno di consumarsi gli occhi con i messaggini, di ritrovarsi senza denti o in cenere anche se stai precipitando a gran velocità verso la fine. Fai scorta di carta igienica, e di munizioni, e di quei cereali dolci color pastello che La Piccolina adorava quando aveva nove anni. Fai scorta di pillole del giorno dopo (finché ancora puoi) e pianta un olmo rosso nell'orto davanti alla cucina, insieme alla belladonna e all'oleandro bianco. Preparati all'emergenza nell'emergenza, a quando le orde verranno a picchiare alla porta e scoprirai di sentirti anche tu talmente sola, talmente affamata che correrai ad aprirgli.

• Riesuma il vecchio grammofono di Pa' e caricalo con la manovella finché dai suoi dischi polverosi s'innalzerà della musica gorgheggiante. La sua Ella. Il suo Billie. I suoi Earth, Wind & Fire. Canta Ray Charles, *Take me home, country roads*, come a scimmiottare l'incomprensibile nostalgia di Pa' per luoghi che non l'hanno mai accolto: l'ospedale in Virginia, ad esempio, che ha posticipato l'operazione finché le sue gambe non sono avvizzite e gli sono morte sotto. Quegli avvilenti moncherini, il parassita della febbre, una puzza come di acqua stagnante. Comincia sempre con un respiro ansante e finisce con l'aria che esce piano.

• Impacchetta la carta ruvida per acquerelli della Piccolina, e mettici insieme i tuoi scarni kit da cucito e le forbici a zig-zag di Ma' venate di ruggine. Sforzati di ricordare che va tutto insieme, che ogni pezzo per quanto traballante si collega o si attacca a un altro. Quando ti svegli di soprassalto nelle tenebre, sforzati di indovinare dove scorreranno prima le lacrime, e quanto a fondo. Immagina dove potreste (tu e la tua dolce bambina, se solo rispondesse) nascondervi un altro po' dalla rovina.

• Cerca pavimenti di legno massiccio e alberi resistenti, un pergolato con viti rampicanti. Cerca una chiazza di sole che possa nutrire un orticello. Apri il rubinetto più vicino: quanto impiega l'acqua a scaldarsi?

• Implora La Piccolina di perdonarti per esserti persa la sua prima mostra importante, anche se eri bloccata nel traffico. Anche se ti ha detto "non c'è problema". Diciannove anni e ancora quelle guanciotte rubizze, quel modo agitato di muovere braccia e gambe sotto la canottierina nera e i pantaloncini strappati. La sua pelle marrone chiaro, più scura della tua, i capelli tinti sulle punte. Il modo casuale che ha di acconciarli in trecce gemelle ritte ai lati come una Pippi Calzelunghe nera. Studia i suoi vecchi post in cerca di una traccia di speranza, le sue sculture di carta cucita, le installazioni pericolanti, anche se non le aggiorna da mesi.

• Impara ad accendere il fuoco, pulire una ferita, spellare, eviscerare e rendere grazie per un esserino un tempo vivo. Allenati con quelle vecchie mosse di autodifesa, una serie di kata, una specie di danza. Ricordati di quell'unica presa salda che ha cavato una rara espressione sconvolta dai tratti del tuo ex. Ogni tanto puoi sovvertire una cosa usando contro di essa la sua stessa forza bruta, anche se forse non è questo il caso. Chiediti se vuoi che i tuoi ultimi anni decenti siano anni da stupida pazza alla Sarah Connor, o se preferisci spegnerti lentamente tra quegli inebrianti sprechi che ancora sono tanto apprezzati nelle vetrine illuminate di Hanover Street.

• Libera i capelli appena riesci, quando vedrai gli scaffali del Farm Fresh lasciati incolti e il tuo ufficio sprangherà le porte. Valuta le trecce, come quelle che porta tua figlia, o un bell'afro vaporoso come aveva Angela Davis nei manifesti da ricercata degli anni settanta. Porta i sandali Birko-Flor con i calzini verde muschio dell'Esercito, perché tanto ormai che cazzo te ne frega? Perché ormai tanto vale essere libera. Posa la mano sul tuo nuovo tatuaggio della falena luna, quello che ti ha inciso sul cuore il giovane fratello al laboratorio. Ricordati di come ha tracciato ogni linea, sottile e bollente, e che dopo pochi attimi i segni si sono alzati da soli come Lazzaro.

• Vota, ma non aspettarti che questo ti salvi.

• Manifesta, ma non aspettarti che questo ti salvi.

• Prega, ma non aspettarti che questo ti salvi.

• Implora La Piccolina di perdonarti per aver sposato suo padre quando eri giovanissima, più giovane di lei adesso. Implorala di perdonarti per averla fatta nascere in un mondo in cui l'uomo che giurava di amarti ti ha regalato solo lividi viola sul collo. Supplicala di perdonarti per quell'infanzia giocata a nascondino, quando i divani su cui dormivate puzzavano o di muffa o di fumo. Per le stazioni delle corriere e i pasti alle macchinette, anche se ora col senno di poi è stato come un addestramento…

• Implorala di perdonarti per non aver pregato manifestato votato o lavorato abbastanza presto o con abbastanza impegno da darle la possibilità di possedere un giorno qualcosa di suo: una casa, lussureggiante e selvatica, che possa sostenerla e fornirle riparo.

• Trova una casa su una collina ora che il tasso di interesse è basso. Respira, controlla gli annunci. Aggiorna, aggiorna, aggiorna.

IL RE DI XANDRIA

Il signor Attah pensa a questo luogo d'esilio come a Xandria perché Alex è il nome del suo unico figlio, la sua ultima speranza. Il ragazzo ha tredici anni, fa ancora le medie, ma il signor Attah ha anche una figlia. Justina fa i doppi turni in cartoleria, esce di casa con un paio di pantaloni verde oliva e i mocassini lucidi come se fosse un uomo. Ogni volta che la vede sente un colibrì fremergli in gola. La sua bambina impantanata in quell'umile mestiere, un mestiere che però è meglio del suo visto che il signor Attah è disoccupato, ha perso il lavoro ma i suoi figli non devono saperlo.

A casa, nella periferia di Lagos, prima che la moglie venisse strappata via da questa terra, quando Justina ancora si copriva i capelli di stoffa colorata e Alex indossava l'uniforme scolastica, il signor Attah era il patriarca. Si presentava al lavoro col petto in fuori e si piazzava dietro la scrivania di mogano lucido. Ricorda ancora i gerani in vaso vicino alla finestra che la signora Ibeh innaffiava prima di portargli il tè. Il signor Attah rimpiange tutto questo, perfino il cigolio del ventilatore alla finestra e il panorama mutevole della laguna. Ora lui e i figli sono bloccati lì a Xandria, in questo posto nuovo e incomprensibile. Justina si è fatta petulante e grassa come un manzo; ogni volta che lo guarda, il signor Attah avvizzisce sotto il suo sguardo.

Ma c'è sempre Alex: suo figlio.

Quest'estate è cresciuto di colpo e il signor Attah non può che ammirare la sua nuova, bella figura sottile. Una fila di foruncoli punteggia il cranio perfetto del ragazzo dove il berretto da baseball posa come una corona. "Cappellino, papi," lo corregge Alex. "Non si dice berretto da baseball, cappellino." La cadenza ritmata svanisce in fretta, e le nuove storie che racconta sono condite di motti che il signor Attah non sa decifrare. Eppure, se Alex riuscirà a brillare in questo posto, allora forse il signor Attah potrebbe recuperare una parvenza di dignità e diventare l'uomo che una volta immaginava di essere.

Ora Alex frequenta la W. E. B. Du Bois Middle, una scuola fra gli alberi, non lontano dall'autostrada. Oggi il signor Attah si trova nell'ufficio del preside, in attesa di essere ricevuto. La segretaria lo osserva, forse perché è la seconda volta che si rifiuta di sedersi sulla sedia bassa spinta in un angolo. Preferisce andare avanti e indietro, fermandosi a studiare i volti incorniciati degli ex presidi, uomini catturati in fotografie austere sotto le quali una placca sbandiera le date dei rispettivi mandati. Il signor Attah si porta una mano al mento e scruta la porta chiusa dell'attuale preside.

L'ufficio è oggetto di ripetuti attacchi, e difatti l'attimo dopo arriva l'ennesima madre americana, una di quelle signore altere che lavorano, e ostenta la propria autorità come un distintivo. La segretaria dal volto roseo cinguetta un benvenuto, porge senza indugio un registro. La donna posa un bacio sui capelli color sabbia del figlio e il signor Attah si rende conto di essersi fermato a fissare quella madre col suo ragazzo, quell'unione solenne, con un secco sfarfallio d'agitazione in gola.

"Signor Attah?"

L'attuale preside deve aver aperto la porta dell'ufficio, in silenzio, mentre lui aveva la guardia abbassata, perché adesso la vede incorniciata dagli stipiti. Tutti quei vecchi in fotografia, e la preside è una donna. La signora Vasquez, un cognome che gli si apre alto in gola, come il canto di un uccello.

Troppo magra, è questa la prima cosa che nota subito: qualcuno dovrebbe cucinare e darle da mangiare dei begli stufati densi. Porta il tailleur con la gonna e le scarpe col tacco sottile. Il volto splende di un luminoso bronzo e i capelli sono lunghi il giusto. Oggi li porta raccolti in uno chignon a spirale come la conchiglia di un mollusco.

"Entri, prego. Si sieda."

Il signor Attah sa che non chiuderà la porta per via di quanto è successo l'ultima volta che è venuto. L'ultima volta si sono visti insieme a un'insegnante pallida con la coda di cavallo, una signorina che ha manifestato profonda preoccupazione per suo figlio. Arrivati al succo della questione, alla sostanza nuda e cruda, forse i toni si erano un po' alzati. Forse la signora Vasquez l'aveva accusato di comportarsi in maniera "irrazionale", o aveva detto "impudente"? A un certo punto aveva minacciato di chiamare le autorità, guardandolo quel giorno non come un uomo, ma come fosse un cinghiale selvatico nella boscaglia. Se prima aveva alzato la voce, se magari i suoi pugni avevano picchiato uno scaffale, era stato solo perché nessuno capiva ciò che tentava di dire.

In ogni caso oggi si sarebbe controllato, ha dato la sua parola. Anche se l'hanno fatto attendere un'eternità, lì a languire sotto la fila di cornici in un ufficio che odora di qualche detergente industriale che gli punge gli occhi.

La signora Vasquez prende posto dietro la scrivania, incrocia le caviglie nude. "Ha poi riflettuto su Alex?" dice. "Su quello di cui abbiamo discusso l'altra volta?"

Il signor Attah non può farne a meno: a quell'evocazione del nome del figlio la sua mente prende subito a vagare. Vede Alex a quattro, cinque anni, sulla spiaggia nel Golfo di Guinea, l'orlo dei pantaloncini scurito dall'acqua dell'oceano. Poi di nuovo Alex sul baratro degli undici anni che indietreggia in giardino alla notizia che sua madre è stata uccisa. Era giù nel Delta a trovare la sua gente, e si trovava per caso nel mercato gremito quando un bambino aveva fatto saltare l'esplosivo grezzo che portava appiccicato al petto.

Per mesi dopo la morte della moglie il signor Attah si era svegliato ogni mattina in preda alla febbre, non riusciva a bere il tè a mezzogiorno, e la sera, quando il mondo si era ormai raffreddato piombando in un indifferente torpore, ancora si sentiva scottare. Riposare gli occhi sollecitava visioni strazianti. Si catapultava a sedere sbattendo le palpebre nel buio. Perfino gli oggetti più ordinari della stanza lo tradivano: il comodino, il cassettone abbinato, la specchiera della moglie. Era una donna maestosa; certe sere davanti allo specchio canticchiava tra sé una melodia intensa e dolce come nettare. "Ora calmati, Papi," gli diceva sempre. "Se anche bruci di rabbia non cuoci le patate."

Senza di lei il signor Attah aveva scoperto di non riuscire ad andare avanti. Una sensazione come di impaccio, di non sapere cosa fare. Doveva andare via, ma dove? Quando si erano sposati, sua moglie diceva sempre che un giorno si sarebbero trasferiti negli States, che gli avrebbe dato figli robusti. Il signor Attah aveva deciso di portarci i suoi figli veri, in pellegrinaggio. Aveva un cugino che studiava in un posto vicino alla capitale, Alexandria, che forse era stata chiamata così per suo figlio.

Ci erano voluti tutti i risparmi, le proprietà di famiglia convogliate in segreto, svariate surreali visite al consolato e diciotto mesi interi prima che il signor Attah e i figli si imbarcassero su un jumbo di linea diretto in Europa, sulla via per l'America. La signora Ibeh aveva procurato loro i biglietti per il volo internazionale senza sapere che sarebbe stato il suo ultimo atto ufficiale. Al principio il signor Attah aveva in mente di andare e tornare. Nella valigetta da diplomatico aveva messo i documenti di famiglia, tutti in ordine, tre mesi, i visti. Era stato solo al decollo che si era reso conto che Alex era in aria per la prima volta. "Voliamo sull'acqua come i tarabusi, Papi," aveva detto, e a lui era sembrato così piccolo, lì, con la fronte premuta sul finestrino circolare del velivolo.

Ora il signor Attah si accorge che la signora Vasquez sta ancora parlando; parla e ha parlato finora e le sue visioni di Alex svaniscono meste. Afferra solo la coda strisciante del discorso. "... consentendo ad Alex di ricevere l'istruzione che è chiaro gli farebbe bene..."

"Sì, sì," taglia corto lui, alzando la voce. "Mio figlio Alex è speciale. È coraggioso, dico bene? E forte..."

"Ne sono certa, ma guardi qui, questa valutazione..." Gli allunga una cartellina, che lui mette via subito.

"Voialtri mi state dicendo che mio figlio non impara, ma se non impara – se! – allora forse siete voi che non fate bene il vostro lavoro, ossia insegnargli. Quello che non vedete è che tutto considerato questo ragazzo, questo giovane uomo, potrebbe essere brilla..."

Il signor Attah alza lo sguardo e scopre che la signora Vasquez ha di nuovo quell'espressione, paura mista a qualcos'altro. Le delicate caviglie non sono più accavallate e le mani esitano a mezz'aria come quelle di quei poveri vigili, giù a casa, che agli incroci provano invano a dirigere le motociclette e gli autobus stracarichi.

E lui è in piedi. È un problema, questa sua incapacità di mantenere la calma. È rimasto seduto per un po' ma adesso è in piedi che si torce le mani, con il colibrì che gli trema nel pomo d'Adamo, un suono come un ululato.

"Voialtri..." riprende, poi però non riesce a trovare una frase adeguata da collegare. "Ora vado, devo andare..." mormora.

Poi è fuori dall'ufficio.

Poi è di nuovo all'aperto.

* * *

È solo ottobre qui a Xandria e già la temperatura è precipitata. Il signor Attah si allontana di gran carriera dalla scuola, con il freddo che gli brucia la pelle esposta del viso. Il cielo, pesante e grigio ardesia, lo opprime, e quando prova a riprendere fiato, l'aria gelida scatena un attacco di tosse. Raggiunge la sua Hyundai e mentre cerca le chiavi si rende conto con una risata amara che piove! Una pioggia di tutto rispetto, anche se fa così freddo che dovrebbe tradursi in neve.

Infila le chiavi nel quadro, ordina al motore di accendersi. Quello geme, si avvia, ma quando preme il tasto su cui è chiaramente indicato "caldo", dalla bocchetta scivola fuori aria polare. Preme di nuovo, perentorio – "Caldo, accidenti a te, caldo!" – e per buona misura aziona anche la leva del tergicristalli. Le fragili braccia cigolando spazzano il suo campo visivo. Un misero quarto di serbatoio rimasto. Allungandosi sopra il sedile del passeggero, il signor Attah apre il portaoggetti.

Due settimane fa il signor Attah ha caricato sulla Hyundai una sfilza di carte, spostandole dal loro cassetto nella cucina dell'appartamento. I documenti di viaggio e le carte d'identità false, le richieste d'asilo fresche di inoltro coi loro box di spunta, domande come sabbie mobili. Il trasferimento è avvenuto una sera. La figlia del signor Attah era appena entrata in casa, cinguettando un brano pop che lui aveva riconosciuto dai tempi di casa. La nascita di un'idea grandiosa e terribile gli aveva subito procurato il mal di testa. Era corso fuori, ma sotto la luce sfarfallante di un lampione si era reso conto di stringere al petto un mucchio di documenti. Suo cugino aveva giurato di aiutarlo a compilarli, ma finora quell'imbecille era riuscito solo ad attirarlo a una cena "di networking" – tutti uomini nigeriani, tutti di Lagos – dove aveva riesumato a ripetizione il nome della sua adorata moglie defunta insieme alle circostanze cruente del suo decesso. E l'aveva sospinto verso il suo ex impiego, un lavoro sporco che il signor Attah disprezzava ma di cui aveva bisogno per tirare avanti. Un lavoro che non aveva più. Fuori dall'appartamento, mentre ancora cullava quei documenti, l'idea originaria era finita di nuovo sepolta sotto i pensieri, e non era riuscito a recuperarla anche se ci aveva provato a lungo seduto nella sua Hyundai.

Da quella sera il signor Attah ha tenuto certi documenti, insieme a un libretto sempre più sottile di traveler's cheques, chiusi nel cruscotto come se l'auto fosse il suo studio. Li passa al vaglio, trova una stampata degli orari di lavoro della figlia che ogni domenica mattina le chiede di fornirgli.

Ora come ora il signor Attah non vorrebbe altro che tornare nel loro angusto appartamento e provare a riposare gli occhi. Consultando i documenti però si rende conto che non può. Il turno di Justina comincia nel tardo pomeriggio, quindi è molto probabile che sia ancora lì a occupare il divano masticando i suoi preziosi semi di girasole con i piedi in alto come una sovrana.

Prima che arrivasse questo freddo pungente, il signor Attah avrebbe potuto andare al laghetto delle Royal Suites, dove aveva il vecchio lavoro. Ci andava tutte le mattine, fino a quello specchio d'acqua, dopo un rapido infruttuoso giro in cerca di lavoro da un albergo all'altro. Il laghetto delle Royal Suites si trova di là da un parcheggio custodito, e per entrare serve una tessera visitatore. Ma il custode nella guardiola era nato nel continente che il signor Attah chiama casa, e quell'uomo, seppur estraneo sotto ogni altro aspetto, lasciava passare lui e la sua Hyundai anche dopo che lui aveva perso il lavoro. Quasi sempre il signor Attah seguiva il nero sentiero asfaltato fino all'acqua, dove l'unico ad avventurarsi era lui. Nessuno, tra i turisti e gli uomini d'affari dell'albergo, ci andava mai. Nessuno degli impiegati, e di certo nessuna delle donne che lavoravano nell'"ospitalità", quelle tribù di imperscrutabili donne dal volto dorato arrivate da El Salvador, dal Guatemala, che spettegolavano nella loro lingua. Dopo un turno particolarmente pesante il signor Attah aveva chiesto a una delle responsabili che cosa c'era di preciso di "ospitale" nell'atto di grattare via escrementi dalle piastrelle e quando poteva sperare di essere promosso a una posizione più dignitosa. La donna, che aveva metà dei suoi anni e la camicia stropicciata, aveva risposto in modo enigmatico, "Ho sentito parlare di te". Dopo qualche giorno, quando il signor Attah era arrivato all'ingresso di servizio, gli era stato comunicato che lo "lasciavano andare". "Andare dove?" aveva chiesto lui ingenuamente una prima volta e poi, man mano che la consapevolezza montava in lui, con rabbia.

Era il momento di tornare a casa. Il signor Attah se n'era reso conto allora. A dirla tutta gli mancava casa, gli mancava perfino la qualità degli ingorghi, la polvere sottile nell'aria. Ma come poteva tornare povero e sconfitto? E anche se fosse riuscito a pagare i biglietti, cos'avrebbe potuto fare per i documenti scaduti? L'avrebbero ammanettato al gate e schiacciato sul pavimento davanti al suo unico figlio maschio? Quel giorno, e per una lunga sfilza di altri giorni, il signor Attah era andato a sedersi su una panchina in riva al laghetto, a guardare la fontana spruzzare futilmente acqua come un uomo che si dibatte per non annegare. L'ultima volta aveva visto uno stormo di cigni minori. Nella loro grande migrazione dovevano essersi persi e aver deciso per errore di posarsi lì. Impassibili, galleggiavano pigri, il piumaggio niveo che spezzava la pelle del laghetto.

Oramai però è diventato troppo freddo, e la fontana è stata spenta per la stagione. L'ultima volta che è passato non ha visto gli uccelli. Immagina che siano volati via nel loro impeccabile cuneo fino a luoghi più miti, oppure che siano stati raccolti, eliminati.

L'assenza dei cigni spinge il signor Attah a immaginarsi di fare qualcosa di istintivo, o irrazionale.

Il luogo di lavoro della figlia è vasto quanto un magazzino, infilato tra un ristorante cinese da asporto e un salone di bellezza, e quando il signor Attah arriva il parcheggio è perlopiù deserto. Si ferma nel punto più lontano, perché non ha benzina da sprecare. Tecnicamente è un negozio che vende carta, ma qui a Xandria anche i rivenditori traboccano di indecisione. Carta, sì, di ogni colore e impilata in alte risme, ma ci sono anche elastici colorati avviluppati in grumi grossi come pompelmi. Ci sono tubi trasparenti pieni di pretzel duri pensati per una qualche occasione bizzarra che non gli riesce neppure di immaginare. Il signor Attah gironzola nelle corsie. Così può ammazzare un po' di tempo, come ha già fatto spesso.

Di fronte a uno scaffale sperduto si ferma a esaminare le file di cuscinetti da mettere sotto i polsi PER SCRIVERE ALLA TASTIERA NEL COMFORT PIÙ TOTALE! Così almeno dice l'etichetta.

"Ah, signor Attah! Mi pareva che fosse lei!"

Riconosce subito la voce e si volta verso l'accorata stretta di mano che è certo la accompagnerà.

"Signor Kosta!" risponde, le mani già racchiuse nella calda presa del direttore. Gli uomini si stringono vigorosamente la mano, quasi come se – il signor Attah ne è certo – si preparassero a un abbraccio fraterno.

Il signor Kosta non è alto, ma è robusto e ha una pancia da re. Il suo volto è del giallo translucido della buccia di cipolla. Una volta ha invitato a pranzo il signor Attah (lì accanto, nella rosticceria cinese, ma tant'è!). Hanno conversato amabilmente di politica e affari, il signor Kosta fissato con i tormenti di Atene, dov'è nato. Il tutto bevendo un tè così bollente che il signor Attah sentiva deformarsi il bicchiere di polistirolo in cui l'avevano versato.

Il signor Kosta si porta una mano al viso, annuisce. "Vediamo... ergonomia... Trova altre soluzioni per l'ufficio nella corsia sette-A. Dipende da cosa cerca..."

Il signor Attah sente il labbro superiore ritirarsi allegramente sulle gengive. Il suo mento sprofonda in un cenno d'assenso. "Sì, sì!" si sorprende a dire, anche se la parola *ergonomia* gli sfugge. "Trovo tutto!" dice, sperando che il signor Kosta non gli chieda altro su quello che cerca. Il signor Attah si fa più vicino. "La ragazza, Justina, lavora?" dice. "Continua a comportarsi... come si deve?"

Sono mesi ormai che Justina fa turni regolari nel reparto cartoleria. A ogni modo il signor Attah fa questa domanda come se la figlia fosse in prova, come se toccasse a lui e al signor Kosta portare a termine la valutazione. Eppure prova un moto di orgoglio paterno quando il signor Kosta conferma che la condotta di Justina è irreprensibile. "Sua figlia è una gran lavoratrice!" Il signor Kosta gli dà una pacca sulla spalla.

"Brav'uomo," risponde il signor Attah, con la voce che sale di tono come quella di un ragazzo. "Credo che potrei prendermi il resto della mattinata, fino a dopo pranzo, cioè. Le andrebbe... come dicono qui... di mangiare un boccone?" Non appena il signor Attah pronuncia queste parole, fredde perline di sudore gli affiorano all'attaccatura dei capelli. Che cosa gli è venuto in mente? Può permettersi a stento di mangiare lui. Però forse ne varrebbe la pena, mettersi a sedere e parlare e mangiare come un uomo...

Ma il signor Kosta declina, sorridente ma fermo. Quel rifiuto porta il signor Attah a dubitare della magnanimità passata dell'uomo: non è che per tutto questo tempo il signor Kosta l'ha solo preso in giro? Poi il signor Kosta gli afferra di nuovo la mano, una stretta calda, di complicità.

"Un'altra volta, signor Attah," dice il capo di sua figlia.

* * *

Certi giorni capitano momenti interlocutori nei quali Justina probabilmente sta andando al lavoro e Alex non è ancora tornato da scuola, momenti in cui il signor Attah non sa se può rientrare o meno. Questo perché ha detto al ragazzo, e solo al ragazzo, che il suo turno al lavoro è cambiato. Il falso chiarimento serviva solo a giustificare la sua eventuale presenza in casa nel primo pomeriggio. Ma ora che l'ha detto il signor Attah si rende conto che quasi a ogni ora del giorno almeno uno dei suoi due figli si aspetta di non trovarlo. Guardando il signor Kosta allontanarsi, il signor Attah sente di non poter più rimanere nel negozio, ma al contempo non può neppure rientrare nel loro soffocante appartamento. Si fa strada verso le casse, si appropria del telefono fisso e chiede alla donna che lavora lì di comporre il numero della scuola di Alex.

Giunto all'istituto, trova una muraglia di autobus gialli in attesa di rientrare al deposito. Stavolta la segretaria lo accoglie subito. "La stanno aspettando." Fa il giro della scrivania e si allontana a grandi passi dall'ufficio della preside tanto che il signor Attah deve affrettarsi per starle dietro nel labirinto di corridoi. Cerca il figlio con lo sguardo, ma intravede solo il ragazzino con i capelli color sabbia, quello baciato con tanta voluttà dalla madre.

La segretaria si ferma dinanzi alla porta, spinge per aprirla. L'intera stanza ammutolisce.

Appena lui entra una voce di donna strombazza: "Ah, signor Attah! È arrivato."

Ora vede la preside Vasquez quasi al centro di una sala conferenze. Al suo fianco l'insegnante-giovane con la coda di cavallo che ha provato a confonderlo con quelle affermazioni sugli insuccessi del figlio diverse settimane fa. La stanza è affollata di persone disposte intorno a un lungo tavolo ovale. Ci sono lo psicologo Hayes e l'infermiera Calhoun. C'è l'insegnante responsabile della classe di suo figlio, il nome gli passa accanto con un ronzio come un insetto. C'è il Mediatore Familiare della Città di Alexandria, insieme all'agente di polizia della scuola, in uniforme, che la signora Vasquez ammette di aver convocato. Il signor Attah scruta ciascuna di quelle persone.

Si è radunato un numero impressionante di individui. *Per me*, pensa il signor Attah, il petto gonfio di antico orgoglio.

La signora Vasquez si schiarisce la voce. "Si sieda," dice.

Il signor Attah si guarda di nuovo intorno e comincia a capire. Questi xandriani, coi loro distintivi e i loro titoli, sono venuti quasi di sicuro a minacciare, a sminuire. Risponde con la sua voce più contegnosa. "Preferisco stare in piedi," dice.

Poi, in rapida successione, quei funzionari espongono la loro presentazione. Insinuano che Alex sia "immaturo", "poco concentrato", mentre le loro occhiate furtive deridono il suo affetto per il ragazzo. Dicono che ad Alex servono sostegno e ulteriori valutazioni, alla fine delle quali i suoi documenti scolastici potrebbero riportare la dicitura "difficoltà nell'apprendimento". Si alternano alla lavagna che stride, e le loro affermazioni schizzano verso il signor Attah come schegge di granata, penetrandogli nella pelle esposta di collo e volto.

Infine la signora Vasquez offre una conclusione. "Tutto questo per dire che Alex è quantomeno di intelligenza normale."

"Certo! Certo!" dicono gli altri.

Ma ora il signor Attah tossisce, fatica a respirare. Nella stanza il caldo si è fatto insopportabile, così strizza le palpebre. Nell'oscurità che ne segue una lunga nota funebre gli invade il corpo. Non è una melodia, è più un'assenza di musica: il trillo spettrale del silenzio che segue un clamore osceno e brutale.

Finalmente il signor Attah sente la propria voce levarsi e scintillare. "Mi avete convocato per dirmi questo?" mugghia. "Razza di idioti! Teste bacate! Ma lo sapete chi sono io?"

Quando riapre gli occhi vede soltanto facce bianche, enormi occhi bianchi. L'agente in uniforme ha fatto un passo avanti, il volto cinereo e galleggiante sopra l'uniforme blu. Il signor Attah chiude gli occhi e rilassa la mascella: oggi non riusciranno a farlo tacere.

"Volete sminuire me..." dice loro il signor Attah con voce enorme. "Solo perché non vado giù a quella risma di traditori perdigiorno! Che razza di persona farebbe una cosa del genere... un bambino che fa saltare in aria una madre! No... non mi tocchi... No, ascoltatemi voi: mio figlio è perfetto così com'è!"

Ora il signor Attah si rende conto di aver inalato tutta l'aria nella stanza. Ancora in piedi, la espelle, e sente il cuore un po' meno esausto. Qualcuno bussa facendo tremare la porta.

Apre gli occhi e c'è Alex, il suo Alex, che entra nella stanza.

Il ragazzo ha lo zaino che gli penzola molle dalla spalla. Il giaccone comprato per la scuola gli si gonfia intorno, rosso cardinale anche se lui lo voleva nero. Deve aver sentito il baccano: è a testa bassa. Si studia i piedi nelle Nike Air Pegasus.

"Figliolo."

Prima che il signor Attah possa aggiungere altro interviene la signora Vasquez. Si libra vicino all'orecchio del ragazzo, gli parla bisbigliando come si fa con un animale impaurito. Quello sguardo che gli ha rivolto prima, nel suo ufficio, misto a paura: era pietà. "Sai perché tuo padre è qui, ne abbiamo parlato con la professoressa Mann..."

Alex guarda l'insegnante con la coda di cavallo e annuisce.

"Dillo a tuo padre," lo istruisce la signorina Vasquez, e il signor Attah avverte la tenera pugnalata degli occhi scuri di Alex.

"Fammelo fare, Papi," dice Alex. "A leggere faccio pena. In matematica vado anche peggio. Ho la testa tutta incasinata." Alex giocherella con la zip argentata del giaccone.

"Quella intelligente è sempre stata Justina," dice poi, e il signor Attah non può che pensare alla figlia, sul divano con due ciotoline accanto, semi di girasole interi in una e nell'altra i gusci a strisce masticati. La mascella di Justina che rumina diligente, e che cos'ha da dirgli ormai: più nulla. "Justina dice che qui potrebbe andare bene," fa Alex. "Però dipende da me."

Adesso guardano tutti. Il signor Attah non può fare altro che fissare suo figlio. Alex, con lo zaino semiaperto e i fogli che spuntano in disordine dalla fessura. Alex, che ha le scarpe slacciate, tutte e due, che ha il volto a cuore della madre. Il signor Attah si stringe il petto per impedirsi di allungare la mano e toccare la testa nuda del ragazzo.

"Posso fare la settima ora con la prof Mann. Ma devi dire tu che va bene."

Ora il signor Attah si siede, arretra fino a una sedia imbottita con le rotelle che cigola e sobbalza sotto di lui. Fuori, in corridoio, trilla una campana. Una catena di sagome di ragazzi sfreccia oltre i vetri satinati. Per una volta il signor Attah sente di non riuscire a parlare, ma poi riesce a dire una sola parola, un tremulo "Okay".

* * *

Il signor Attah segue suo figlio attraverso un'orda di studenti diretti agli autobus. Fuori, all'ingresso principale, cerca di abbracciarlo, ma sono impacciati, come in un ballo di cui nessuno dei due ricorda più il ritmo. Alex si ritrae, rosso in volto, e il signor Attah gli dice che tornano a casa.

"Com'è che non sei a lavorare?" dice Alex, uno sbuffo di vapore che gli esce dalla bocca. "Che non lavori mai, Papi?" aggiunge.

"Vieni con me," ripete il signor Attah, ma lo fa con voce esitante, e non riesce a sostenere lo sguardo del figlio.

"È vero, allora," mormora Alex. "Cosa faremo?" Nello sguardo del ragazzino balena il panico, che poi cede il posto a un'esitante risolutezza di cui il signor Attah non si accorge nemmeno. "Ci hai portato tu qui," dice Alex, infilando bene lo zaino sulle spalle. "A casa ci vado da solo."

Gli arti del signor Attah si fanno pesanti. Il punto dietro lo sterno pulsa di vergogna.

Ora che alza lo sguardo suo figlio va verso gli autobus, l'esile schiena irrigidita. Il signor Attah rimane a guardarlo con devozione mentre si mette in fila con un gruppo di giovani di cui non riconosce il profilo.

Arrivato alla Hyundai, il signor Attah infila la chiave nel quadro. Nel petto il cuore vibra come la turbina di un jet. Fa manovra nel parcheggio, le gomme che stridono, e si immette alla cieca in autostrada. In tutte le corsie le luci rosse di stop forano il grigio, e due volte è costretto a scartare bruscamente per evitare l'urto. Accelerando si ricorda dei documenti, lì nel portaoggetti dove solo lui sa. Se non hanno più bisogno di lui cosa deve fare, guidare finché la strada non svanisce nelle tenebre? Poi però, per caso, passa davanti alla svolta per le Royal Suites, un lampo di luce attira il suo sguardo. Frena e allunga il collo per guardare giù dalla massicciata. Pensava che se ne fossero andati, era sicuro, invece eccoli lì, vicini, ancora in attesa sull'acqua, con i bianchi corpi grassi pieni di quella grazia flessuosa e famelica, come decisi a tenere duro almeno per la primavera.

LA MIA MONTICELLO

I.

L'abbiamo reclamata per primi, questa montagnola. Io e MaViolet e un manipolo di vicini, tutti scappati da First Street quando quegli uomini sono venuti a dare fuoco alla nostra fila di case col tetto di lamiera. Sono arrivati al tramonto annunciandosi con un operistico *O say can you see*. Teste bianche spuntavano da Jeep impolverate e capelli scuri svolazzavano come bandiere lacere in un impetuoso vento nuovo. *TUTTO NOSTRO!* urlavano. I loro fucili luccicavano come appena comprati: una milizia da megastore. Spiando in fretta dalle persiane di MaViolet ho visto anche un bambino tra loro, biondo e ghignante dietro il finestrino di un furgone. Gli uomini saltavano giù dai sedili di dietro, balzavano dai cassoni dei pick-up e si precipitavano verso le nostre case. Mani bianche stringevano latte metalliche, brandivano torce che rigurgitavano fiamme. Grida forti, la cortina di fumo che si alzava – tutto questo e molto altro ci ha spinto fuori. Dai nostri cortili sbucciati vedevamo i corpi sfuocare quando qualcuno dei vicini si lanciava in avanti per provare a fermarli. Abbiamo visto un ragazzino colpito col calcio di un fucile sprizzare rosso dalla tempia. Un bimbo col pannolino si agitava aggrappato al fianco della madre crollata in ginocchio sul marciapiede. Ciò che abbiamo visto in quegli attimi prima ci ha paralizzati, e poi ci ha resi liberi.

Nessuna idea di dove andare finché non ho posato gli occhi sul piccolo bus Jaunt parcheggiato sulla First, avvolto nel suo manto a stelle e strisce. MaViolet li prendeva sempre, quei microbus urbani pensati per gli anziani e i disabili. Quello lì era fermo da settimane, abbandonato come un sacco di altri veicoli da quando era andata via la corrente. Un varco nella fila ruggente di Jeep e via di corsa, io e Knox, tirandoci dietro di peso MaViolet, ancora in vestaglia chiara e pantofole. Alle nostre spalle ho visto Devin spuntare alla velocità della luce tra due case, metallo che luccicava in bocca e sul fianco. Dietro di lui i suoi cugini, i gemelli, e tutti e tre a sbracciarsi come matti per attirare l'attenzione degli uomini armati.

Quando siamo arrivati al Jaunt, MaViolet si è arrampicata a fatica fin sullo scalino più alto e si è lasciata cadere su un sedile libero davanti. Io sono scivolata al volante dove, bontà divina, c'erano le chiavi che penzolavano nel quadro. Dietro, un gruppo di vicini era ammassato nel breve corridoio, le loro voci sono fluttuate verso di noi riconoscendoci. È calato il silenzio quando Knox è salito dopo di me – il mio ragazzo del college, alto e bianco, con gli occhiali dalla montatura sottile. Anche il mio sguardo si è appeso a lui per una frazione di secondo, e lì per lì mi sono chiesta, Perché si ama ciò che si ama?

Gli uomini coi fucili dovevano aver visto le nostre ombre nei finestrini del bus: un'esplosione come di fuochi d'artificio, un bagliore frastagliato e poi ho sentito una voce nota urlare, *Vai! Vai! Vai!*

Era la voce di Devin: lui e i gemelli avevano risposto al fuoco degli uomini mentre correvano verso di noi. Sono balzati sull'autobus e io ho pestato sul gas, stringendo il volante con una forza tale che dopo ho avuto male alle mani per giorni. Più che andarcene da First Street siamo decollati.

Quella è stata la notte in cui siamo saliti a riprenderci questo posto, se non i primi, allora i primi da questo nuovo oscuro sviluppo, quando per come la vedo io ogni cosa è stata liberata di nuovo. Per non parlare di quanto in origine ci era dovuto, e negato, ignorato, ma ancora lì palpitante nel nostro sangue, almeno in quello di MaViolet e nel mio.

II.

Gli uomini con il fuoco sono arrivati sull'onda di violenti e terribili temporali che avevano abbattuto alberi storici e allagato il municipio. Sono arrivati che la corrente se n'era andata e i telefoni avevano iniziato a guastarsi per poi spegnersi tra le nostre mani. In quegli attimi subito dopo che i cellulari avevano smesso di funzionare, ho visto un aereo e un elicottero dell'ospedale precipitare dal cielo asciutto di aprile. Non si capiva se eravamo sotto assedio o se il mondo stava crollando sotto il proprio inutile peso.

In quelle surreali settimane di crollo generale orde di studenti si erano rifiutate di lasciare il campus del nostro college. Certi davano festini zuppi di pioggia proprio lì dentro. Altri organizzavano manifestazioni, indignati che il loro futuro fosse stato deviato, qualsiasi fosse il motivo. Per settimane ero rimasta al campus anch'io, in un atto di disperazione o risolutezza: il trasloco e la retta già pagata erano costati tanti sacrifici e sforzi, e non soltanto a me. In quei giorni ero già andata a stare con Knox, nella sua rustica ma prestigiosa stanza di dormitorio che dava sul Prato. Uscivo di lì per poco, a intervalli di una manciata di giorni, per andare a trovare MaViolet, la mamma di mia mamma, che praticamente mi aveva cresciuto. MaViolet abitava a poche miglia dal campus, in uno dei tanti ammassi di case popolari. Dopo l'ultima visita però quando avevo provato a tornarci c'erano intere sezioni del campus chiuse dalle barricate. Una squadriglia di ragazzi con la faccia striata dei colori della nostra facoltà mi aveva scacciato a urla e spintoni, mi aveva respinto. *Ma io studio qui all'UVA!* gli avevo detto. *Ho la mia roba dentro!* Anche Knox aspettava dentro, totalmente ignaro, ho scoperto poi, della velocità con cui la situazione si stava deteriorando fuori dalla sua porta chiusa. Dopo, quando gli ho raccontato che i nostri compagni di corso mi avevano proibito l'ingresso, il suo sguardo si era smarrito, come se non riuscisse a credere che l'avessero fatto, e quindi a credere a me. L'importante era che fosse venuto a cercarmi, a casa di MaViolet, quando non ero riuscita a tornare.

* * *

Siamo scappati da First Street a bordo del Jaunt e abbiamo superato a tutta velocità l'alimentari di Brown, con le pompe di benzina vandalizzate e le vetrine tappate con le assi. A un semaforo distrutto abbiamo svoltato e ci siamo ritrovati a scendere su una lunga strada piena di buche costeggiata di case dall'aspetto un tempo allegro. Ormai erano diroccate e tetre, circondate da prati con l'erba altissima.

Alle mie spalle qualcuno ha detto, *Vi eravate nascosti?*

Qualcun altro ha chiesto a voce alta, *State tutti bene?*

Poi nelle voci della gente si è levato un nuovo panico. *Sono loro? Oddio! Ci seguono! Accelera!*

Era vero, nello specchietto retrovisore c'era una Jeep nero inchiostro che prendeva velocità alle nostre spalle. Altri uomini ma gli stessi, sempre più vicino, e cos'avrebbero fatto quando ci avessero raggiunto – e noi, cos'avremmo dovuto fare? Nuove grida galleggiavano nel corridoio, ma il significato di quelle parole per un attimo mi è sfuggito: avevo la testa pervasa da uno squillo insistente. All'incrocio ho girato a destra, ma anche la Jeep ha svoltato e ha continuato a venirci dietro. Eravamo diretti a sud verso la periferia della città.

Signore, che succede? ho sentito dire a MaViolet.

Non sapevo dove stavamo andando, sapevo solo che dovevo portare tutti in salvo. Avrei imboccato lo svincolo per l'autostrada se non fosse stato per un tizio solitario piazzato sulla rampa obliqua. Quando ha visto il nostro Jaunt l'uomo ha spalancato le braccia. Gridava ma non si capiva cosa. Non capivo se volesse attirarci o avvisarci di stare alla larga. Una bandana gli copriva gran parte del viso, e gli colava una sostanza scura sugli occhi e tutto intorno.

Dietro di noi la Jeep ha inchiodato di colpo, a cavallo delle due corsie, come se ci fosse una riga invisibile.

Ho tirato dritto con il cuore che mi batteva forte in gola mentre la nostra città rimpiccioliva e si rannicchiava dietro di noi. Le voci sull'autobus si sono zittite di nuovo, e in quella loro assenza sentivo lo *shhhhush* dei pneumatici sull'asfalto, un rombo irregolare mentre schiacciavamo rami caduti. Nello specchietto MaViolet si tormentava il bordo della vestaglia, il volto tinto di luce calante color rame. Ho continuato a guidare oltre il college pubblico che avevo frequentato, annidato tra le colline dolci. Ci stavamo avvicinando sempre di più alle alture dei monti Piedmont, dove la strada serpeggiava tra le ombre degli alberi. All'ultimo semaforo guasto ho svoltato a sinistra, anche solo per far sparire lo spettro di quella Jeep nera come il petrolio ancora piazzata di traverso in mezzo alla strada.

Non sapevo che ci avrei condotti qui. Non lo sapevo quando abbiamo superato la stradina ripida fino al frutteto, né quando abbiamo rallentato alla curva vicino all'emporio in stile, con le pareti di legno scuro e l'imponente ruota di mulino aggrappata a un fianco. Di là da un parcheggio, una dimora trasformata in taverna brillava bianca con le finestre nere. Non mi sono fermata, ho seguito la strada stretta fiancheggiata di alberi, ho fatto una serie di curve a S, sospinta in avanti come per effetto della gravità. Il Jaunt, tozzo e pesante, sbandava verso il ciglio della strada come se dovessimo schiantarci contro gli alberi. È stato solo quando ho avvistato il ponte di pietra di Monticello, lucente nel crepuscolo, è stato solo allora che ho capito.

Ci ho guidati sotto quel ponte e ho seguito il viale che tornava indietro e ci passava sopra. Poi abbiamo imboccato l'ultima salita lenta. Su, sempre più su, come se avessimo passato tutta la vita a salire. Oltre un cancello di legno in cui un ramo caduto aveva aperto un varco. Su tra gli alberi svettanti.

Abbiamo imboccato una piccola rotonda e siamo arrivati al padiglione dell'accoglienza, un complesso di edifici di pietra e legno costruiti intorno a un cortile, come se fossimo lì per un raro tour serale. Ci siamo fermati sobbalzando sul nostro Jaunt perso-e-ritrovato, butterato di proiettili: gli uomini in First Street avevano infranto a fucilate i finestrini su un lato e così siamo arrivati con i vetri scintillanti fra i capelli.

Eravamo perlopiù vicini di casa, perlopiù gente bruna e nera, sedici in tutto. Il più piccolo aveva tre mesi. Con i suoi settantotto anni MaViolet era la più anziana. Dondolava sul sedile, le braccia spalancate per sorreggersi. Knox l'ha aiutata ad alzarsi, gli occhiali chiazzati di qualcosa che si è rivelato essere sangue altrui.

Siamo arrivati con ciò che eravamo riusciti ad afferrare o a tenerci stretto. La famiglia Yahya, due bambini e un neonato, si era portata metri di stoffa colorata appallottolata tra le braccia di Papà Yahya. La signorina Edith, sulla sessantina inoltrata ma arzilla e gufesca nella sua morbida tuta marrone, reggeva un libro dei salmi rilegato in similpelle. La coppia bianca della casa bianca di là dalla strada, Ira e Carol, portava due galline nivee che chiocciavano e si agitavano nella loro stretta. KJ, che andava per i dieci anni ed era da solo, aveva una valigia di uno scialbo verde pisello con uno strappo su un lato. La nostra vicina LaToya – che si vendeva, lo sapevamo tutti – è venuta col suo corpo abbagliante, i capelli color ruggine e la pelle quasi bianca, le guance incrostate di fard rosa dorato.

Tra le altre cose Devin portava con sé un seme di viva rabbia. Suo cugino Elijah, imponente come un muro, ha sollevato una grossa sacca piena di pistole e munizioni. Il gemello di Elijah, Ezra, il più piccolo dei due, aveva una pistola e i capelli che puzzavano di spinello. Le pistole erano del padre dei gemelli, lo zio di Devin, che era stato un poliziotto decorato in provincia.

Siamo scesi con cautela, saggiando il nuovo terreno.

Siamo arrivati con nove coltelli a serramanico, cinque mazzi di chiavi e sette telefoni cellulari inutilizzabili che in tasca pesavano come pietre. Knox aveva la stessa borsa a tracolla che si era portato dal campus qualche giorno prima; dentro c'erano uno spazzolino, un taccuino a spirale, una copia del *Canto di Salomone* di Morrison che gli avevo prestato tempo prima. MaViolet aveva con sé soltanto mani vuote e tremanti, e io accanto a lei non avevo che i vestiti che portavo: pantaloni strappati a vita alta e una maglietta blu che attestava in arancione l'emblema dell'università. Mesi prima avevo tagliato un bel pezzo del colletto che mi stringeva, ma in quel momento ho provato a risistemare sulla spalla l'orlo caduto.

Tre guardie ci sono corse incontro dalla biglietteria, muovendosi come una cosa sola nel buio sempre più fitto. La barba non fatta, sessant'anni e passa, portavano pantaloni khaki e polo color mirtillo, la stessa uniforme che mi mettevo io l'estate prima. Da vicino non avevano l'aspetto di guardie: ricordavano più degli autisti, dei docenti, magari, a cui era stato chiesto o imposto di difendere la casa storica. Avevano l'aria esausta, però, e l'orlo dei pantaloni sporco di fango. I fucili che brandivano mi sono sembrati vetusti, neanche li avessero tirati giù dalla parete di un museo, e c'erano le stesse probabilità che facessero fuoco come che si inceppassero o esplodessero. Una guardia bianca e due nere; la bianca si è fatta avanti. *Andate via*, ha detto, ma i nostri piedi avevano già toccato terra ed eravamo arrivati quasi senza benzina.

In disparte, Devin ha alzato il mento, i dread scuri che gli ricadevano sulle spalle come una cascata. Non ha fatto alcun cenno di voler prendere la pistola che spuntava lucente dall'orlo dei pantaloni. Era stato un ragazzo gentile, uno studente con voti altissimi fino all'ultimo anno, quando l'avevano espulso per rissa, ma che importava ormai. Ezra ed Elijah gli stavano dietro, la pistola del primo minacciava solo l'asfalto ai suoi piedi. Ma dubito che le nostre armi siano state il motivo per cui le anziane guardie ci hanno fatto restare. Uno dei neri, l'uomo con l'afro inselvatichito come un moderno Frederick Douglass, mi ha guardato intensamente.

Io ti conosco, disse.

L'ho riconosciuto anch'io dall'estate prima, quando il mondo sanguinava dentro ma ancora la ferita non era aperta, non per me, almeno. C'era stato un numero record di incendi, ma erano lontani, sull'altra costa. Le ondate di calore e i cali di tensione si erano diffusi in tutto il Midwest, seguiti da una sfilza di chiusure a cascata imposte dal governo. E poi l'elezione nazionale, preannunciata da imponenti manifestazioni; a centinaia, a migliaia erano rimasti uccisi o feriti, avevano detto i notiziari. A ogni modo per tutta l'estate fino a questa qui la corrente elettrica aveva resistito. I turisti si vedevano ancora, almeno in questa zona della Virginia. Io avevo accettato un lavoro a ore, e mi ero infilata i pantaloni khaki e le polo mirtillo come quelli delle guardie. Avevo finito per occuparmi più che altro di "sicurezza", punzecchiavo le borse della gente con una bacchetta di plastica sottile e ogni tanto guidavo la navetta fino alla villa.

Al colloquio non avevo detto di essere imparentata con lo splendente uomo bianco di casa, il nostro terzo presidente, colui che aveva redatto la Dichiarazione d'Indipendenza. Non mi ero aggrappata a quello spinoso legame malgrado proprio da lì, in primavera, avessero chiamato MaViolet per informarla che era una discendente ufficiale e certificata. Avevano mandato una macchina a prenderla dalla città per consentirle di partecipare al raduno nella tenuta, insieme ad altri discendenti neri di Thomas Jefferson o delle persone che aveva posseduto.

Adesso mi vogliono lì, mi aveva detto allora.

È bene chiarire che non c'era bisogno di una telefonata da Monticello per sapere che discendevamo da Thomas Jefferson. La storia del nostro legame con quell'uomo e quel luogo era già intessuta nelle tradizioni della famiglia Love. MaViolet l'aveva raccontato alla mamma quand'era piccola, e a sua volta la mamma l'aveva raccontato a me, a mo' di favoletta morale. *Il corpo ricorda*, diceva sempre.

Quando ero piccola la mamma mi aveva parlato di quando era stata a Monticello per la prima volta, alle elementari. Lei e i suoi compagni di quarta avevano risalito la montagna sull'autobus della scuola per incantarsi davanti ai marchingegni di Jefferson e ammirare la tenuta perfettamente conservata. Mentre il suo gruppo aspettava di iniziare il tour, la mia mamma versione otto anni si era resa conto che era quello l'uomo di cui le aveva parlato sua madre. *Ma noialtri, giuro!, siamo imparentati con il vecchio presidente bianco*, e aveva insistito anche quando la maestra si era chinata su di lei per intimarle di smetterla di "raccontare storie". *È una vergogna*, aveva detto la maestra. Ma la mamma seguitava, e allora la maestra l'aveva costretta ad aspettare sul viale mentre gli altri saltellavano verso la veranda per cominciare il giro. *Tienitelo per te*, mi aveva detto tanti anni più tardi, e io l'avevo intesa come, Lascia perdere, non ci crederanno mai. Era stato solo per via di MaViolet – per senso del dovere o per il riguardo che aveva nei suoi confronti – che mi aveva segnato con il mio secondo nome.

La mamma era stata lì in gita scolastica prima che il comitato di Monticello cominciasse a riconoscere pubblicamente o certificare i legami tra Jefferson e Sally Hemings, e ad ammettere che Hemings era stata non soltanto la giovane schiava di Jefferson, ma anche la sua amante giovanissima, la sua mai moglie dalla pelle scura. *Tienitelo per te*, mi aveva ripetuto la mamma col suo rantolo mentolato prima di morire. Io l'avevo inteso come Questa vecchia storia non possiamo fare altro che sopportarla. Mi ero immaginata che fosse quello il motivo che la spingeva a voltarsi se mai qualcuno faceva cenno a Thomas Jefferson o alla sua elegante casa di famiglia. Trasaliva come se ogni lode rivolta a quell'uomo fosse un pugno. Così anni dopo, al colloquio, avevo tenuto a freno la lingua. Anche se ormai avevano già cominciato a vendere un tour speciale Hemings in cui i visitatori pagavano un extra per arrivare alla casa passando dall'ingresso della "gente schiava". Avevo contorto le labbra in un sorriso, avevo detto di essere nata e cresciuta in città. Avevo detto di essere stata ammessa nella prestigiosa università di Jefferson, trasferita dai corsi di quella pubblica. Gli avevo mostrato ciò che volevano vedere: una ragazza scura del posto che ce l'aveva fatta.

La guardia con l'afro fungiforme ha abbassato il fucile. Quando i nostri sguardi si sono incrociati mi è tornato in mente il suo nome. *Signor Byrd*, ho detto.

Lo sapevo che ti conoscevo, ha detto lui.

Il signor Byrd ha annunciato agli altri che avevo lavorato lì. *Love, giusto? Da'Naisha Love.*

Quando ha pronunciato il mio nome, quella sera su quella terra, l'omissione mi è bruciata, ma non ho fatto nulla per rimediare. *Mi chiamano Naisha*, ho detto.

Anche le altre due guardie hanno abbassato i fucili.

Sentivo tutti quei corpi addensarsi dietro di me, con la casa ancora a mezzo miglio su per la collina. MaViolet ha fatto un passo e ha vacillato. Io e Knox l'abbiamo aiutata a sedersi sulla prima panchina che abbiamo trovato. Il nostro avanzare strascicato ha infranto il lasco schieramento delle guardie, e i nostri vicini ci hanno seguito. MaViolet ha guardato in su e tutto intorno.

III.

Eravamo scossi ed esausti. Mi sono accorta in quel momento che Devin era ferito: lungo tutto l'avambraccio i vetri gli spuntavano dalla pelle come squame ossee sulla colonna vertebrale di una creatura estinta. Dal mio posto accanto a MaViolet gli lanciavo occhiate furtive mentre si adoperava per tirar via le schegge taglienti una alla volta. Non avevo mangiato granché quel giorno e il mio corpo doleva per la fame, ma mi sentivo come sul punto di vomitare. Col pensiero non facevo che tornare alle nostre case, a quelle stanze in cui avevo mangiato e dormito e riso e pianto. Al tavolo di cucina di MaViolet, spinto contro il muro, con il suo motivo a fiori gialli. Mi sedevo lì a fare i compiti o mentre la mamma mi passava tra i capelli un pettine caldo, appena tolto dai carboni ardenti nella stufa. A sentire lei avevo la cute sensibile. Ricordo che mi agitavo, mentre il vapore si levava dall'attaccatura dei capelli. Dopo sfilavo fuori, davanti a casa, la testa incoronata da un fiocco gigantesco.

Mi sono stretta al corpo di mia nonna. *MaVi, stai bene?*

Nipotina mia, ha detto. *Che diamine ci facciamo qui?*

Da una parte vedevo Ira e Carol – tecnicamente la loro casa bianca non era in First Street, ma sull'altro lato della strada, in una biforcazione – che avevano stretto le guardie in un angolo come per fare un rapporto urgente. *Erano davanti a casa mia!* diceva Ira, i capelli bianchi dritti in testa.

Ai piedi di Carol le galline della coppia zampettavano in cerchio, con un rumore come di acqua che bolle. *Avevano le torce, vi dico*, ha continuato Ira. *Avevano le mitragliatrici, per l'amor di Dio!*

È vero, ha detto Knox accanto a me. Camminava avanti e indietro, in pantaloni lunghi e camicia dal colletto sottile, con le righe sbiadite che gli avvolgevano il petto. *Sono passati dalla via della mia ragazza. Saranno state almeno una ventina di macchine, poi ho smesso di contare.*

Follia! ha detto Ira.

Knox ha pescato una bottiglia d'acqua dalla borsa a tracolla, ha bevuto un lungo sorso e me l'ha passata. In quel momento avevo la nausea, così l'ho presa e passata a MaViolet. Le piaceva Knox, lo sapevo. Aveva cucinato per lui quando l'avevo portato a casa, a inverno inoltrato, arrosto con tocchi di patate tutto intorno, fagioli di Lima bolliti sulla stufa. Knox aveva spolverato tutto e chiesto una seconda porzione anche se di sicuro era sazio. Mi aveva detto, Sembra che Knox ci tenga a te, e anche che voleva che avessi qualcuno al mondo quando se ne fosse andata. Però quando ha preso la bottiglia d'acqua di spessa plastica blu rigata di graffi e ha bevuto dopo di lui come se niente fosse mi sono resa conto che la nostra situazione era di nuovo cambiata.

Oltre la biglietteria c'erano un museo, un teatrino, un bar e un negozio di souvenir. Al piano di sotto c'erano altri spazi – un'area giochi, una sala conferenze – ma quella prima sera non ci siamo avventurati lì. Il bar era stato crivellato di proiettili, ma i tavoli del negozio di souvenir sembravano immacolati, carichi di piramidi di libri e scintillanti ricordini. Abbiamo appoggiato al vetro le mani chiuse a cannocchiale e scrutato le oscure profondità di quegli spazi intatti. Abbiamo percorso il perimetro coperto del cortile, ci siamo lasciati cadere sulle panchine, a fissare gli arbusti sistemati al centro.

L'altra guardia nera, Georgie, continuava a ripetere la stessa cosa al signor Byrd, tirandolo di tanto in tanto per la spalla. È saltato fuori che Georgie aveva poco più di cinquant'anni, la pelle di un bruno chiaro e la pancia come un sacco basso sotto il quale aveva ripiegato per bene la polo mirtillo. *Ma non dovrebbero stare qui*, ha detto Georgie.

A ogni modo il signor Byrd, insieme alla guardia bianca, il signor Odem, ci ha portato dell'acqua, della root beer tiepida e delle bibite all'arancia per i bambini, sempre coi fucili che penzolavano da tracolle fatte col nastro adesivo. Ci hanno portato anche dei sacchetti di patatine, di una marca costosa che non avevo mai visto. Hanno consegnato quelle cose con gesti rigidi, come se l'ospitalità per loro fosse un'abitudine antica, da cui speravano di liberarsi presto. Ho lasciato che una patatina mi si sciogliesse sulla lingua, col piccante che mi impepava la gola. Il signor Byrd ci ha aperto le bottiglie di vetro con un affare che penzolava da un portachiavi alla cintura, e ha offerto a Devin una pomata per il braccio.

Nessuno, neppure Elijah o Ezra, ha accennato a voler salire il mezzo miglio di sentiero che portava alla dimora storica, non quella prima sera. Gli Yahya hanno approntato un nido di tessuto colorato vicino all'entrata del museo per i loro figli dall'aria sconvolta, una femmina e un maschio, sei e sette anni: Imani aveva un semplice vestitino di cotone, mentre suo fratello Jobari portava una maglietta a motivi minuscoli simile a quella del padre. La coppia della casa bianca ha liberato le galline nelle aiuole del cortile, e Carol ciabattando nei sandali si aggirava tendendo l'orecchio per cogliere il loro alieno chiocciare sotto le foglie basse. Più tardi si sono seduti fianco a fianco, hanno bevuto da una bottiglia di vino color magenta preso dalla borsa di Ira, e ogni tanto Carol singhiozava stridula.

Devin, che quella sera era tutto in nero a parte gli anfibi color terra, aveva trovato una scopa e si era messo a spazzare via brandelli di vetro fuori dalla porta dietro del bus, scaraventandoli su un letto di arbusti. Ho visto Knox avviarsi verso la biglietteria – avessi saputo dove voleva andare l'avrei trattenuto afferrandolo per la polo. Invece l'ho guardato impotente mentre si avvicinava a Devin fuori dal Jaunt e si offriva di aiutarlo a pulire i vetri. Devin lo ha scacciato con un cenno della mano alzando a malapena lo sguardo.

Tu perdi sangue. Lascia fare a me, ha detto Knox.

Devin ha appoggiato al bus il manico della scopa, poi ha squadrato Knox da capo a piedi.

Ma tu chi sei? ho sentito che diceva, anche se ormai lo sapeva chi era Knox per me. *Perché sei qui?* Ma Knox ha allungato lo stesso il braccio come a voler prendere la scopa. Un brivido ha scosso il corpo di Devin; ha spalancato la bocca e ho notato di nuovo le sue otturazioni d'oro, che prima di quel giorno avevo visto soltanto quando riuscivo a farlo ridere. Anche Knox ha aperto la bocca, per rispondere, ma Devin si è messo dritto come per colpirlo. No, avrei voluto dire. Avrei voluto innalzare un muro fra loro. Prima che potessi dire qualcosa, Devin ha sferrato un pugno alla fiancata del Jaunt con una forza tale che il metallo ha tremato. Knox ha fatto un passo indietro, alzando le mani, e Devin ha sfilato di tasca uno Zippo, ha acceso una sigaretta. Poi ha ripreso a spazzare, e il vetro cadendo sul marciapiede faceva un rumore spezzato.

Il fatto è che io e Devin eravamo stati insieme, l'estate prima che cominciassi le superiori, quando ancora ero tutta un *Forza Black Knights!* Era stato pochi mesi dopo la morte della mamma, una tragedia che mi aveva lasciato un buco gigantesco proprio al centro del corpo come se ne avessero estratto un oggetto sacro. Eravamo ragazzini, di tredici e quattordici anni, e Devin mi accompagnava all'alimentari di Brown dove ci compravamo le alette di pollo e le patate a fettine prese da sotto le lampade gialle. Lui apriva in mezzo al tavolo la scatola a quadretti bianchi e rossi liberando uno sbuffo di vapore fragrante, e tutto era fritto e saporito e lucido d'olio. Era un amore cucciolo, nient'altro, anche se giocavamo a fare gli adulti. Siamo andati a letto insieme una volta sola, nella sua stanzetta nel seminterrato, con l'estate ormai agli sgoccioli. Io stavo con MaViolet, e Devin abitava con Ezra ed Elijah e il loro padre. Fare sesso così giovani era stata la nostra fine. Poi avevo capito che non ero per nulla pronta. E molto più in là lui aveva ammesso che non era pronto neanche lui.

Ho conosciuto Knox l'autunno scorso, durante il mio primo semestre alla University of Virginia. Lui era, l'avevo scoperto dopo, uno studente pluridecorato del quinto anno, ma quando ci siamo conosciuti non ne avevo idea. Sapevo solo che era l'unico ragazzo bianco che era venuto al primo dei nostri incontri di Students for Equity. Mi ero offerta volontaria per stare all'accoglienza, quindi era venuto lui al mio tavolo per prendersi il cartellino con scritto CIAO MI CHIAMO. *Sono Knox*, mi aveva detto, curvo su di me per farsi sentire, e aveva chiesto il mio nome e poi l'aveva ripetuto con attenzione. Con lui a Ingegneria e io a Pedagogia quello scambio avrebbe potuto essere l'ultimo, se non fosse che facevo da sempre fatica coi numeri e le probabilità. Avevo chiesto aiuto al gruppo di studio dell'università ed eccolo di nuovo, con quei suoi occhi chiari dall'aria triste al di là di vetro e metallo. Ad attrarmi erano gli spigoli netti del suo viso, la concentrazione che emanava. Al liceo mi avevano detto un paio di volte "Sei carina per essere nera", ma nell'espressione di Knox non vedevo niente di tutto questo. Da quel giorno nelle sessioni di studio ci sedevamo sul Prato, oltre l'ombra della rotonda, su due coperte separate. Ogni tanto Knox mi guardava come se per lui fossi familiare quanto l'acqua. Un giorno aveva portato una fotografia per farmela vedere: la sua famiglia, su nello Stato di Washington, in posa davanti a un lago di montagna con l'acqua sfaccettata di verde azzurro, come una pietra preziosa. Nell'immagine il padre aveva un aspetto austero, in giubbotto e pantaloni di flanella. La madre era accanto a Knox, bella e bionda, con gli occhi del suo stesso non-colore. I fratelli più piccoli stavano insieme da una parte, il torso nudo chiazzato di fango e le braccia sottili intrecciate. *È da un po' che non torno a casa*, mi aveva detto mentre studiavo la fotografia. Aveva raccolto una foglia rossa dal fiume d'erba che divideva le nostre due coperte. Poi Knox aveva pronunciato il mio nome, come una domanda. Che capivo. Che mi ero già posta da sola.

In seguito, quando già stavamo insieme, quando l'aria si era fatta abbastanza fredda da glassare le nostre parole di brina, io e Knox ci eravamo scattati uno stupido selfie sul Prato, tutti storti per stare vicini. Io mi sentivo bassa, ovviamente, annidata com'ero nell'incavo del suo braccio. Knox sapeva di sapone di Castiglia e legna bruciata, visto che finalmente c'era freddo abbastanza da usare il caminetto del dormitorio. Me lo ricordo ancora, quello sguardo adorante con cui mi scrutava dall'alto, i miei capelli raccolti in una nuvoletta sulla nuca, il laccio che avrebbe sciolto quella sera stessa con dita tremanti, rispettose. Mentre ce ne stavamo lì in posa pensai che non c'era nulla di particolare tra noi, tra qualunque persona e un'altra. Ma quando abbiamo guardato il risultato abbiamo dovuto far finta che non fosse una stilettata il modo in cui il flash non era quasi riuscito a tenerci insieme: aveva sfocato i bei tratti di Knox e bruciato i miei riducendoli a catrame.

Quello che cerco di dire è che amo Knox, sono innamorata di lui, anche se era successo qualcosa all'inizio della fine. Era stato durante le vacanze di primavera, prima che cadessero gli aerei, quando Knox aveva preso un volo per il suo Stato lasciandomi nel mio. Ero andata a stare nella mia stanza a casa di MaViolet, dovevo accompagnarla in autobus a uno dei suoi appuntamenti dal medico. Lo pneumologo lavorava all'ospedale dell'università e continuava a spostarle la data della visita, tutto stava già andando in pezzi anche se allora non avevamo idea di quanto la situazione sarebbe precipitata. Quando eravamo arrivate ci avevano spiegato il cambio di politica: dopo quella visita, a meno che non potessimo permetterci di pagare il prezzo pieno, avremmo dovuto trovare un'altra soluzione. Prima che uscissimo, un'infermiera aveva riempito di inalatori un sacchetto di plastica e me l'aveva dato.

Quella sera, rientrata in First Street, mi sa che mi sentivo un po' giù. Avevo intravisto Devin dalla finestra del soggiorno. Era passato tanto tempo ed era stato bello vederlo. Ero sgattaiolata fuori, i cardini della porta a zanzariera avevano pianto alle mie spalle. Sapevo che Devin ne aveva passate parecchie dall'ultima volta che ci eravamo visti, ma mentre camminavamo, superando i campi da basket con i canestri senza rete e le erbacce incolte del giardinetto, avevamo parlato solo dei vecchi tempi, quando eravamo bambini in quello stesso pezzo di strada. Parlando con lui il dolore del passato mi era sembrato un piacere per il semplice fatto che l'avevamo condiviso. Devin si era acceso una sigaretta e l'odore mi aveva ricordato la mamma. Eravamo arrivati fino a casa di suo zio, fino in camera sua, ricordandoci anche delle cose più insignificanti.

Che posso dire se non che *Il corpo ricorda*? La mamma mi esortava sempre a stare attenta, come se il mio corpo di bambina fosse una bomba a orologeria. E io stavo attenta, lo ero stata. Ma in quel momento, e poi nelle prime fasi del disfacimento, con tutti gli uffici chiusi e gli scaffali vuoti, non ero riuscita a fare attenzione, neanche con Knox. Le vacanze di primavera erano finite ed ero tornata da lui, perché ci eravamo promessi *Io sono tuo e tu sei mia*. Ero tornata al campus, alla vita per la quale mi ero battuta, perché volevo farlo, anche se quei lenti istanti di abbandono con Devin mi avevano commosso, come leggere un passaggio in un libro dimenticato trovando nelle sue parole note una rivelazione. Ero tornata, dicendomi che quanto era successo con Devin era stato un passo falso, un inciampo, una cosa da seppellire. Poi erano arrivate quelle bufere monumentali, tutto quel vento e quell'acqua, e solo dopo avevo capito.

Devin sa di Knox, ma Knox non sa di Devin a parte la storiella pre-liceo, che è storia antica. Nessuno al mondo sa che sono incinta, a parte forse MaViolet, che temo mi veda più chiara di me, stupida che non sono altro.

Mentre Devin levava di mezzo i vetri rotti, Knox è tornato da me. Era scosso, si vedeva, dalla rabbia di Devin e da quanto era successo quel giorno in First Street e nei giorni che avevano portato a quello. Io avevo MaViolet accanto, ma i genitori di Knox abitavano dall'altra parte del paese e non poteva neanche chiamarli per sentire se stavano bene. Sapevo che quando era tornato a casa per le vacanze, suo padre si era rifiutato di guardarlo. La madre aveva fatto il pane e apparecchiato la tavola, ma gli aveva parlato poco, e di piccole cose. Perfino i fratellini erano rimasti lì, seduti sulle mani, come se gli avessero ordinato di non toccarlo nemmeno. Knox aveva iniziato a litigare col padre alle superiori, da quando il vecchio aveva avuto una specie di epifania, o di crisi, e aveva lasciato il lavoro di consulente a Seattle per spostare la famiglia molto più a nord, in un appezzamento di terreno roccioso e selvaggio. A quanto mi aveva detto erano ai ferri corti perché lui aveva messo in dubbio la nuova visione del padre su cosa fosse e dovesse essere il mondo, perché aveva insistito per andarsene in una prestigiosa università della East Coast, e perché, poco prima delle vacanze di Natale, aveva rivelato ai suoi di avere una relazione. Gli aveva mandato la mia fotografia, dal suo telefono, quella con i chiaroscuri sballati.

Mi sono alzata prima che Knox fosse da me. Si è chinato a premere la fronte sulla mia. *Da'Naisha*, ha detto.

In quel momento ho capito che Knox si stava scusando di tutto quanto. Del mondo in rovina che avevamo ereditato tutti e due, un mondo che tra occhiolini e ammiccamenti gli avevano assicurato essere suo per diritto di nascita, suo incontrastato dominio. Di quegli uomini con la pelle del suo stesso colore che avevano terrorizzato gente con la pelle come la mia. Ho abbassato lo sguardo sulle scarpe da ginnastica, sul mosaico squadrato dei mattoni sotto i nostri piedi.

Da che sono nata, così pare, è stato un continuo ritorno all'odio e alla violenza verso le persone come me. Ondate di uomini si sono abbattute sulla nostra cittadina da ogni angolo dello stato, del paese intero. Da bambine avevamo sentito tutte parlare di quella giovane ragazza bianca ammazzata da un bianco furibondo che si era schiantato con la macchina su una folla di manifestanti armati di cartelli in nostra difesa. La mamma me l'aveva detto di non guardare, ma io avevo cercato il video di nascosto per vederlo. C'è la macchina scura del bianco che arriva sgommando e fa volare per aria uno stormo di corpi spezzati. L'avevo guardato una seconda volta, attonita, come se grazie a uno studio attento il danno potesse essere annullato. Dopo qualche settimana, mentre aspettavo l'autobus con la mamma, avevo sentito per caso due signore bianche che ne parlavano. La signora con il foulard annodato sotto il mento diceva che la ragazza appena morta non era stata uccisa da un'auto. La fotografia del notiziario era vecchia, diceva, e da che l'avevano scattata la ragazza era ingrassata. L'altra signora, che quanto a peso non scherzava, con quella faccia da impasto del pane, aveva fatto sì con la testa. Aveva sentito dire che la ragazza grassa era morta per un attacco cardiaco in piena manifestazione, proprio lì, su quella strada, non lontano da dov'eravamo sedute. Io mi ero aggrappata al braccio stanco della mamma, pungolandola perché le correggesse. Ma lei aveva continuato a scrutare in fondo alla Main in attesa di un autobus che non arrivava. Io avevo capito che il corpo rigoglioso della ragazza uccisa era una bomba a orologeria. Avevo capito che le ragazze possono morire di troppo volere.

Negli anni a seguire gli uomini erano venuti e tornati.

Via via che diventavo più grande, ogni volta che arrivavano, MaViolet diceva, *Tieni la testa alta* in un modo che lo faceva suonare come *Stai attenta*. Le mie amiche gemevano piano o prendevano il cellulare, e mi ricordavano la mamma. La gente di First Street richiamava in casa i figli prima del buio e dalle sedie di plastica da giardino all'ingresso mormorava variazioni sul tema *Ci risiamo*.

Ero riuscita a entrare alla University of Virginia, e quelli continuavano a venire, brandendo una lucida rabbia nuova. Le acque alluvionali salivano lungo la costa della Virginia, ma la loro frenesia restava concentrata su qualcosa che riguardava me, qualcosa di involontario e inevitabile e mio. Non era inconsueto avvistare la loro luccicante processione lungo la striscia di terra accanto al campus, SUV scuri stracolmi di bandiere sfilavano a passo d'uomo spaventandomi ogni volta. Un giorno che tornavo dal bancomat dov'ero andata a controllare il mio conto avevo notato che il marciapiede era disseminato di bustine di plastica trasparente. Con la ricevuta bancaria in una mano, avevo usato l'altra per raccoglierne una, appesantita di ciottoli, e avevo tirato fuori il volantino all'interno. BUTTATELE FUORI PERCHÉ NON POSSONO FARE BAMBINI BIANCHI, diceva, e sotto c'era il disegno di una donna nera incinta, tutta pancia, culo, tette e labbra.

TU VALI, si leggeva sull'altro lato.

SEI NOBILE!

SEI SOTTO ATTACCO!

NON DEVI CEDERE!

DIFENDI IL TUO RETAGGIO!

E sotto il disegno di una donna bianca avvolta nella bandiera americana.

C'era chi vedeva i volantini e diceva *Che volete che sia?* Altri dicevano *Ignorateli, se ne andranno.* Altri ancora dicevano *Vaffanculo, tu che credi di essere abbastanza al sicuro da ignorarli. Ignorateli e peggiorerà.* Avevo piegato il volantino in un quadrato spesso, me l'ero infilato in fondo alla tasca.

La sera che siamo arrivati al padiglione dell'accoglienza la signorina Edith si è appollaiata su una seggiola da bar, facendo scorrere il dito storto lungo le stanze delle Scritture. LaToya ha gettato via le infradito spumose, sfoggiando unghie sbeccate color platino che luccicavano come piccole conchiglie. KJ si è appostato vicino al Jaunt trascinandosi dietro la valigia; una lieve cicatrice ad arco sulla fronte, come un terzo sopracciglio, dava al suo giovane volto un'espressione di meraviglia quasi costante. Ho saputo dopo che giù in First Street dormiva sul Jaunt abbandonato. Sua madre era in prigione; lui era scappato dalla famiglia affidataria.

Devin, Ezra ed Elijah hanno sistemato delle seggiole nella rotatoria e si sono seduti per tenere d'occhio la via d'accesso: la loro personale veglia armata, diversa dal pattugliamento delle guardie anziane. Solo Georgie, con la sua voce acuta, ha protestato: Siete venuti qui solo voi. Come fate a fare la guardia quando siete gli intrusi? Il suo ragionamento non ha dissuaso Devin o i gemelli, anche se io pure volevo fargli eco con la mia versione distorta. Secondo voi non siamo abbastanza al sicuro quassù? avrei voluto dirgli. Mi ero immaginata che saremmo tornati indietro quella notte, ma nel vedere che la gente cominciava a sistemarsi sulle panchine ho dovuto affrontare la verità. Ho chiesto a Knox una mano per far stare più comoda MaViolet. Abbiamo trovato un posto riparato sotto il bordo coperto della veranda e l'abbiamo messa seduta su una sedia di legno rivestita di abiti di ricambio, poi le abbiamo deposto su un'altra sedia i piedi inguainati nelle calze. Anche noi ci siamo sdraiati, non lontano da lei ma all'aperto, sull'erba bruciata dal sole, senza lenzuolo sotto. Abbiamo appoggiato la testa sulla borsa a tracolla di Knox. Era ancora primavera ma quella sera, come le sere prima, l'aria sembrava febbricitante. Speravamo in quella piccola radura di intercettare un filo di aria fresca.

Ora che facciamo? mi sono sentita dire.

Knox ha intrecciato le lunghe dita alle mie. *Che cosa posso fare per te?*

Mi sono girata su un fianco dandogli le spalle, lo sguardo rivolto verso il pendio su cui crescevano gruppetti di alberelli. Quella sera c'era la luna piena, e la terra era imperlata del suo riflesso. Con la mano ancora nella sua, mi sono passata intorno al corpo il suo braccio, cercando di stringere la distanza tra i nostri corpi. Ho pensato alla candela ormai ridotta a una pozza di cera sul davanzale nel bagno di MaViolet. La sera prima mi ero messa a cercare tracce di sangue alla sua luce baluginante. La fibbia della borsa di Knox mi incideva la guancia.

Potresti fare in modo che non sia più incinta, ho pensato.

Per ora sono a posto, ho detto.

Mi sono passata la mano libera sulla pancia, che era piatta, ma per quanto ancora? Dovete capirmi, non ero pronta a essere incinta. Non sapevo nemmeno se sarei mai stata pronta. Anche prima che si disfacesse tutto, col mondo che era quello che era, avevo puntato lo sguardo su traguardi ben definiti: volevo prendere la laurea, magari iscrivermi alla specialistica. Volevo diventare insegnante, fare qualcosa per qualcuno come tanti avevano fatto per me.

Sei sicura? ha detto Knox.

Puoi fare almeno che questo bambino sia tuo? ho pensato.

Non potevo essere certa di chi fosse il padre, Knox o Devin. Mi sono stretta al corpo di lui, l'ho guardato da sotto il suo mento e gli ho offerto la bocca, anche se al posto del cuore avevo un buco dolente. Knox mi ha baciato sulle ciglia, sul pendio smussato del naso. Ha levato le nostre mani ancora giunte così da sfiorarmi col pollice il torace, il petto, finché il suono del desiderio mi è sfuggito dalle labbra schiuse nonostante la profonda preoccupazione. Mi ha baciato lentamente, con cura. Ha avviluppato il mio corpo nel suo a dispetto del caldo. Siamo rimasti così, a rigirarci insieme, provando a risparmiare ai fianchi, alle spalle la durezza inesorabile del terreno.

Quando ho sentito Knox scivolare in un sonno acquoso mi sono districata per sdraiarmi supina. Sotto di me la terra sembrava irregolare e infinita. La luna splendeva alta nella chiazza di cielo limpido. Sentivo il lieve russare di MaViolet farsi largo nel frinire degli insetti.

Ero così stanca che mi bruciavano gli occhi, ma quando mi sono concessa di chiuderli non ho visto altro che la prospettiva inclinata dalla finestra di MaViolet: uomini col fucile che si catapultavano in avanti, le facce bagnate di arancio che riflettevano fiamme oleose. Quel bambino pallido nel finestrino del pick-up, tutto capelli e denti. Nella mia testa sogghignava malvagio, i capelli di paglia biondo cenere come un'estensione della pelle, gli occhi sporgenti per l'estasi, o il terrore. Ho spalancato gli occhi. Nel sonno Knox mi aveva gettato il braccio addosso. Ha farfugliato qualcosa che sembrava il mio nome. Poi MaViolet mi ha chiamato con urgenza.

Nipotina, ha detto.

Ho provato a rispondere. Ho lottato contro la gravità per svegliarmi, per mettermi seduta, e all'inizio non ci sono riuscita. Pareva che quel lembo di terra volesse reclamarmi, come se fossi rimasta sdraiata lì per oltre cent'anni. Lo giuro, sentivo le radici stringere, i sassi abbarbicarsi tra le scapole.

Nay-Nay, ha detto lei.

Mi sono imposta di alzarmi e ho arrancato verso di lei, sostenuta com'era da quelle due seggiole. Nella fretta di farla bere ho inclinato troppo bruscamente la bottiglia di plastica. L'acqua le è colata giù dalla bocca, imperlandole la vestaglia trapuntata. Ci siamo affrettati ad asciugarla prima che penetrasse nel tessuto.

Saranno entrati da noi? ha detto MaViolet.

A quelle parole sono riuscita quasi a vedere la stanza d'ingresso di casa sua, con la scaffalatura incombente carica dei ricordi di una vita: fotografie chiazzate di polvere del defunto marito, Papà Alred, col cappello di feltro e le bretelle; le teste africane di ebano, orfane della mamma, accanto alle smaglianti figurine di porcellana di MaViolet, tutto che faceva a gara per essere visto. Le varie versioni di quella stessa stanza d'ingresso nelle case dei nostri vicini, abitazioni accorpate a gruppi di due o quattro, sormontate da tetti metallici penduli e ammaccati come se l'intero quartiere fosse stato costruito con gli scarti. Negli anni MaViolet aveva vissuto in tre condomini diversi. Se n'era andata da Rose Hill quando Papà Alred era morto e il padrone di casa le aveva aumentato l'affitto. A quei tempi era famosa, MaViolet, per le sue torte alla frutta e per la red velvet, tanto che riforniva gli eventi sia in città che fuori, in giro per la contea. Ma quando provava ad affittare un appartamento o a comprarsi una casa sua la consideravano non idonea, perfino dopo che aveva trovato lavoro alla mensa dell'università. Alla fine lei e la mamma si erano trasferite in First Street, una comunità piena di gente nera e bruna, in un'epoca in cui gli edifici erano quasi nuovi e smaltati di promesse.

MaViolet ha raddrizzato la schiena, si è asciugata la bocca con la mano. *La nostra l'avranno bruciata?*

Non penso che ci siano entrati, ho detto. Speravo fosse vero.

Dietro l'angolo sentivamo mamma Yahya: cantava al neonato, implorava il neonato. Piangeva.

IV.

Ci siamo svegliati al grido stridulo degli uccelli. Ci siamo svegliati velati di sudore, le braccia e le gambe punteggiate dalle punture fresche di insetti invisibili. Ci brontolava lo stomaco e il petto doleva per tutte le perdite inventariate in quella prima lunga notte. Papà Yahya aveva lasciato una collana con i pendenti di ambra; tempo addietro era appartenuta a sua madre, una donna difficile. Elijah aveva lasciato un anello con rubino che gli era stato regalato anni prima da uno scout. Si era rivelato privo di valore, ma tra il bagliore della pietra e il fatto che gli calzava a pennello gli ispirava un senso di possibilità. LaToya aveva lasciato il diploma delle superiori. Se lo vedeva bene, diceva, in uno dei cassetti in alto in mezzo alle bollette sparse. La signorina Edith aveva lasciato una piccola croce di legno appesa al muro sopra il letto. Anch'io avevo lasciato una cosa preziosa in First Street, ma ho nascosto a me stessa quell'assenza per giorni e giorni. Ci siamo svegliati chiedendoci: i nostri amici e vicini saranno riusciti a raggiungere un posto sicuro? E noi?

Durante la notte la coppia della casa bianca aveva perso una delle galline, così ci siamo svegliati al richiamo stridulo di Carol. Non si è arresa finché non ha ritrovato l'uccello che becchettava e defecava nei corridoi bui del teatrino. Una volta alzati, abbiamo appreso che la guardia bianca, il signor Odem, se l'era svignata nottetempo. Stando a quanto diceva il signor Byrd, se n'era andato con un fucile a bordo della seconda auto della signora Dandridge. La signora Dandridge, ci ha detto, era la presidente pro tempore di Monticello. Per un po' aveva tentato di tenere in ordine la dimora e i giardini, di tenere accese le luci grazie a un generatore. Voleva farsi trovare pronta a riaprire le porte di Monticello non appena il mondo fosse guarito abbastanza da ricominciare a comprare biglietti per il passato. Ma alla fine anche la signora Dandridge se n'era andata, a bordo della sua Range Rover con i suoi due bullmastiff, per raggiungere i figli adulti alla periferia di Richmond.

Io e MaViolet abbiamo usato i bagni male illuminati. I rubinetti non funzionavano più, quindi ci siamo strofinate le mani con il sapone appiccicoso. Appena MaViolet si è risistemata sulla panchina ho sentito gridare. Qualcuno aveva saccheggiato il negozio di souvenir durante la notte, rovesciando una piramide di tavolette di cioccolato fondente e lasciando ovunque brandelli di carta dorata. Mi sono avventurata dentro e ho trovato Georgie, a braccia conserte, che torreggiava su KJ; KJ stringeva al petto la valigia verde con le braccine magre. Era arrivato anche il signor Byrd, i capelli sale e pepe appiattiti su un lato della testa dopo la notte passata sdraiato chissà dove. Insieme le due guardie attempate hanno detto a KJ che doveva aprire la valigia. La voce del signor Byrd era tranquillizzante mentre quella di Georgie era limpida e intensa. *È mia*, rispondeva KJ, arretrando fra gli espositori, col sudore che gli colava tra i ricci.

Ezra doveva aver udito il fracasso. È arrivato a grandi passi nei suoi bermuda di jeans, la testa sommersa di ricci crespi. Da quando il padre era morto, noi del quartiere avevamo assistito alle forme del suo dolore: se ne stava agli angoli delle strade a ogni ora del giorno e della notte, parlava a voce troppo alta e con un tono infuso di sofferenza ansiosa, i pugni stretti come fosse pronto alla rissa. Ezra ha posato quelle mani inquiete sulle spalle strette di KJ. *Lasciate in pace il piccoletto*, ha detto. *Può essere stato chiunque.*

Con l'aumentare del caldo ci siamo radunati nella veranda fuori dal bar, affollando i tavoli, condividendo quel poco che avevamo e ricontrollando nelle tasche vuote. Knox scribacchiava qualcosa sul suo taccuino a quadretti e LaToya schiacciava un pisolino acciambellata su una panchina, sotto il sole. La signorina Edith ha preso a leggere ad alta voce tra sé e sé, e ogni volta che passava Georgie gli chiedeva di portare altra acqua, o qualcosa da mangiare per tutti. Papà Yahya ha inventato una serie di giochi matematici per i figli: quante colonne ci sono tra lì e la biglietteria? Quante porte, quante finestre? Quante sfumature di verde?

Quando si è avvicinato al gruppetto in veranda, Devin aveva un'espressione più tenera rispetto alla sera prima, e una leggera peluria sulle guance. I gemelli sono comparsi poco dopo, discorrendo tra loro senza sosta. Elijah aveva la voce come un torrente, la faccia da bulldog, e la barba sfatta, la barba che un tempo era stata curatissima. Era il gemello più grosso e al college aveva giocato un'unica stagione a football. Se Elijah era robusto, Ezra aveva un che di snello. I gemelli sembravano fratelli, ma non la stessa persona, era più come se uno cominciasse dove finiva l'altro.

Il Signore è la mia forza e il mio scudo, ha detto la signorina Edith.

Ira si è lasciato cadere su una sedia del bar come se si stesse sciogliendo. Si era liberato della camicia azzurra rivelando una canottiera scolorita con lo scollo profondo da cui spuntavano dei peli bianchi. Prima faceva l'avvocato, un buonista incallito difensore delle cause perse che pagava un salasso in alimenti, di qui il pensionamento vicino al nostro grappolo di case popolari. *Dove diamine sono le forze dell'ordine?* stava dicendo. *I pompieri, la polizia?*

Carol annuiva a ritmo con la tirata del marito, scacciando nel frattempo le zanzare.

La polizia, disse Ezra. *No, dobbiamo tornare noi, trovare quei figli di puttana e fargliela pagare...*

Piano, figliolo! I capelli candidi di Ira erano velati di sudore. *Ti vedrebbero arrivare da un miglio di distanza.*

Qualcuno deve pagare, ha detto Ezra.

Devin convenne in tono misurato: Qualcuno pagherà.

Come a dare una dimostrazione, Ezra e poi Elijah sono balzati in piedi e hanno preso ad agitare i pugni, ondeggiando e oscillando, proiettando schizzi di sudore dai corpi irruenti, come se puntassero a sottomettere a cazzotti quegli uomini armati.

Fatela finita! ha detto Papà Yahya. *Così spaventate i bambini.* In effetti Jobari e Imani se ne stavano taciturni dietro Mamma Yahya, che cullava il neonato, le curve prorompenti costrette sotto il motivo del vestito.

No, io voglio tornare, ha insistito Ezra, e si è scostato dalla nostra piccola congregazione ricordandoci che non eravamo affatto un gruppo, eravamo solo radunati insieme su quella veranda da circostanze terribili. LaToya sedeva con le caviglie incrociate su una seggiola solitaria vicino alla signorina Edith, frugandosi il prurito sotto i folti capelli color ambra. Durante la notte il trucco dorato era svanito, e sfoggiava un volto frazionato dalle lentiggini. *Potrebbe anche essere che c'hanno bruciato la casa a tutti ormai*, ha detto. *Dov'è che dovremmo tornare, di preciso?*

Ha ragione, ha detto Knox, e la sua voce mi ha fatto trasalire. Aveva avvicinato una sedia a MaViolet, dall'altra parte rispetto a me. Quando ha parlato ho capito, e non senza un pizzico di amarezza: volendo, Knox sarebbe potuto tornare in città, al campus, alla sua stanza del dormitorio.

Ma non è tornato, ho ricordato a me stessa.

Lentamente, Knox ha cominciato a mappare i confini della nostra situazione rivolgendo domande alle anziane guardie. Il signor Byrd aveva una macchina funzionante, una Lincoln Town Car parcheggiata più in basso. E oltre al nostro Jaunt malandato, una delle navette più vecchie aveva un po' di benzina nel serbatoio.

Dove altro possiamo andare? ha chiesto Knox.

Ho ripensato a un giorno di alcune settimane prima, quando avevo attraversato il campus fino al Ponte Beta, quello con il parapetto basso di muratura coperto da generazioni di graffiti e gli strati esposti di vernice che si squamava qua e là, come roccia sedimentaria. Mi ero fermata lì da sola a guardare la fila di macchine che abbandonavano la città, cariche di bagagli legati sul tettuccio. Nel pieno dei temporali la gente aveva stretto i denti, ma dopo aveva radunato i suoi averi e scelto se restare o andarsene.

Knox si è guardato intorno, ha appuntato qualcosa sul taccuino. *Ma quanto potranno essere sicure le strade?* stava dicendo.

Devin si era annodato i dread in cima alla testa in una crocchia disordinata. *Chi l'ha messo al comando*, ha detto, guardando uno a uno i vicini che conosceva.

In un certo senso ero d'accordo con lui, ma ho preso la parola. *Lascialo fare*, ho detto. *Il minimo che possiamo fare è lasciar parlare tutti.*

Knox è andato avanti, ha detto agli altri quello che aveva già detto a me qualche giorno prima negli spostamenti tra il campus e la casa di MaViolet: come aveva visto e sentito pericolosa la città quando l'aveva attraversata di corsa. Quartieri svuotati o punteggiati da cartelli che intimavano agli estranei di stare alla larga. La Main Street deserta a parte la zona della vecchia stazione degli autobus, dove era passato accanto a un plotone di donne in vestiti bianchi lerci, cariche di borse rosse. Gli avevano chiesto se aveva bisogno di cibo, cure mediche, con un'intensa attenzione collettiva che però era fluita via subito non appena lui aveva detto di no.

Appena Knox ha finito di parlare gli altri a turno hanno preso a raccontare e riraccontare ciò che avevano vissuto la sera prima in First Street. L'insistenza sibilante dell'inno nazionale. L'arrivo degli uomini in un abbozzo di formazione, come soldati in TV. *Rovesciavano la benzina sulle porte e sul legno intorno alle finestre!* ha detto Papà Yahya con voce rotta. *In modo che la gente non potesse uscire, credo. Abbiamo preso i bambini alla velocità della luce!*

Verranno quassù e ci uccideranno! ha detto KJ.

Devin ha lanciato un'occhiata al Jaunt dietro di sé, poi al signor Byrd. *Se saliamo più in alto si vede la città?*

In teoria sarebbe proibito entrare nella casa, ha detto Georgie, ma Devin lo ha interrotto: *Nessuno ha parlato della casa, voglio solo andare in un posto da cui vedere.*

Il signor Byrd ha detto che forse si poteva vedere la città, col cielo terso, salendo in cima alla collina verso la fermata superiore della navetta. Da lì si vedevano alcuni degli edifici più alti di Pantops, i tetti che facevano capolino tra gli alberi. Si vedeva di più salendo su per il sentiero tortuoso che portava sulla collina vicina, Montalto, a un'oretta di cammino andata e ritorno. Dopo un po' un gruppetto si è avviato verso la vetta, Devin ad aprire la via, più alto di tutti, e il signor Byrd accanto, con un bastone da passeggio improvvisato stretto nel pugno. Sono andati anche i gemelli insieme a KJ, che galoppava nelle retrovie, più leggero senza la valigia. Non l'ho vista in veranda, doveva averla nascosta.

Io e Knox siamo rimasti al padiglione dell'accoglienza con gli altri. Io per tenere d'occhio MaViolet, anche se volevo anch'io scalare la collina e vedere con i miei occhi. Ho pensato che forse se fossi riuscita ad abbracciare con lo sguardo quel panorama sterminato avrei trovato un modo per tornare. Appena il gruppetto è scomparso alla vista, battendo nervosamente le palpebre Georgie ha disposto una fila di bottigliette d'acqua e un magro assortimento di spuntini. Poi si è allontanato per montare la guardia nel parcheggio, col fucile a tracolla che gli penzolava sulla schiena.

Quando hanno fatto ritorno, i componenti del gruppo si sono incanalati in veranda formando una fila irregolare per venire a prendere l'acqua rimasta. Devin mi è passato accanto e l'ho sentito irradiare un calore bagnato; la sua maglietta era ancora più nera e aderiva al corpo. Ha lanciato una bottiglia d'acqua sopra la testa di Ira, verso KJ, poi ha svitato il tappo di un'altra e ne ha bevuta mezza in un sorso solo.

Col volto brunito di sudore, Devin e gli altri ci hanno fatto il resoconto. Avevano visto del fumo salire da una zona che probabilmente era il nostro quartiere. Ma c'erano segnali di molti altri incendi ovunque: colonne fuligginose che si innalzavano da almeno tre diverse parti della città. Il nostro quartiere è tutto bruciato, abbiamo chiesto, o solo una parte? Potete dirci quali altre zone sono in fiamme? Si faceva fatica a capire con quella foschia.

So solo che non possiamo tornare, non ancora, ha detto Devin.

Gesù, ha detto Knox, ricominciando a camminare avanti e indietro. *Presto le cose andranno meglio. Per forza.*

Sin dall'inizio di tutto questo sapevo che Knox era convinto che i nostri fossero problemi di natura più che altro tecnica e logistica: l'elettricità, il clima. Sapeva che in giro c'erano persone malate e pericolose, ma quelle buone sono molte di più, mi aveva detto più di una volta. Era quasi certo che le cose sarebbero migliorate non appena avessero riallacciato la corrente e gli aerei avessero ripreso a volare.

Dobbiamo preparare un segnale, ha detto. *Qualcosa che sia visibile dal cielo.* E così ha fatto, più avanti nel corso della giornata, insieme ai bambini. Hanno formato delle parole con i sacchetti di plastica bianca trovati nella dispensa del bar, e chiesto a me cosa scrivere. Alla fine del lavoro ho camminato attorno al profilo delle lettere incerte. SIAMO QUI, diceva il messaggio.

* * *

Il caldo non ha allentato la presa per tutto il pomeriggio. MaViolet se ne stava ingobbita sulla sua seggiola, tentando di sfoderare una specie di sorriso. L'ho aiutata ad alzarsi, sono tornata con lei, a braccetto, fino ai bagni. A quel punto le guardie avevano tirato fuori dei secchi pieni d'acqua; ci siamo lavate le mani, ci siamo passate sul viso dei fazzoletti di carta bagnati.

Quand'ero piccola, ogni volta che la mamma rincasava tardi dopo aver guidato il pulmino del liceo avanti e indietro dalle riunioni e dalle partite, MaViolet mi preparava un bagno prima di cena. Mentre io me ne stavo lì a sollevare nubi di bolle nella vasca, lei finiva di preparare lo stufato, le verdure o qualsiasi cosa bollisse in pentola. Certe sere passava la signorina Edith a lasciarci un cestino sul piano di lavoro: cetrioli storti, pomodori verdi dalle forme strane o altri eccentrici doni dell'orto. Altre sere si presentavano dei vicini a caso. Se a mangiare eravamo solo noi due, MaViolet mi lasciava mettere su uno dei vecchi dischi di Papà Alred. Mi stavo impegnando?, voleva sapere. I maestri mi trattavano bene? Avevo trovato un po' di gioia quel giorno? Ho rimestato il sapone nel secchio e aiutato mia nonna a districare le braccia dalla vestaglia, lasciando esposta una sottile camicia da notte. Attraverso la trasparenza diafana vedevo la biancheria robusta, luminosa e bianca come osso.

Sei una brava ragazza, ha detto al mio riflesso nello specchio, ma sapevo che riusciva a vedere solo certe parti di me. Mi sono chinata per sfilarle le lunghe calze, che la aiutavano con la circolazione, e le ho tuffate nell'acqua opaca. Poi ho appallottolato e tuffato la vestaglia, ripromettendomi di lavare la camicia da notte l'indomani se fossimo rimasti ancora bloccati lì. È stato allora che ho sentito qualcosa nella tasca. L'ho tirato fuori e ho visto che era un inalatore: il suo inalatore. Ho sentito lo stomaco sprofondare. Me lo sono infilato in fondo alla tasca sperando che MaViolet non l'avesse notato, quello e l'ondata di panico che doveva avermi attraversato il volto.

Mentre la vestaglia si asciugava su una sedia al sole, mi sono seduta con MaViolet nella relativa intimità del teatro, la porta socchiusa per lasciar entrare una falce di luce.

Il sole del pomeriggio ci tingeva braccia e gambe di arancione. Ezra si è messo a giocare a carte con LaToya, puntando fiammiferi trovati in scatoline sparse qua e là. Ha vinto lei, tre volte di fila, poi però ha smesso perché Ezra seguitava ad accusarla di aver barato. Devin ed Elijah sono tornati alla rotatoria a recuperare le sedie dietro il Jaunt. Più di una volta ho udito il solito ritornello di Georgie ogni volta che il signor Byrd gli si avvicinava: *Non dovrebbero stare qui, ricordi?* Mi sono rilassata su una sedia e ho provato a riposare gli occhi. Nell'oscurità vedevo il bambino sul pick-up, le sue dita che zampettavano su un davanzale. Quando mi sono svegliata di soprassalto Carol era a pochi passi da me, il caschetto d'argento scomposto dal vento e le galline ai piedi. Sentiva la fronte di Ira col dorso della mano, come si fa quando si misura la febbre ai bambini. *Ci stiamo nascondendo*, ha detto. *Aspettiamo qualcosa?*

Ira si è chinato verso la gallina più vicina, quella rossiccia tra le penne. La gallina ha becchettato dalla mano dell'uomo, poi è sgusciata via. *Come faccio a saperlo*, ha detto Ira.

La signorina Edith si rinfrescava col ventaglio che si era fatta usando un opuscolo patinato, un movimento deciso avanti e indietro. *Il Signore è la mia luce, la mia salvezza*, ha detto, *di chi avrò paura?*

E stia zitta, le ha detto Ira. *Non sta mai un attimo zitta, lei?*

Senza un istante di esitazione la signorina Edith ha scagliato una pila di puntuti volantini addosso a Ira e lo ha colpito sulla spalla curva.

Lui è scattato sulla sedia. *Non posso restare qui con voialtri!* Ha chiamato il signor Byrd e ha chiesto le chiavi di una macchina, una qualsiasi.

La signorina Edith ha risposto con freddezza, senza guardarlo. *Se le date a lui le voglio anch'io. Andrò a Mount Zion. Andrò a Columbia Heights.*

Devo andarmene da qui, ha detto Ira.

Abbiamo sentito un rumore di serratura. I nostri sguardi sono corsi subito al bar: Georgie si era chiuso dentro, separandoci da gran parte del cibo e dell'acqua in bottiglia. Lo vedevamo dal vetro, i tratti del viso contratti per la paura o l'eccitazione, il ventre color mirtillo compresso contro la porta. Il signor Byrd stava già arrivando di corsa dalla biglietteria, ma Ezra è arrivato alla porta per primo. *Mi prendi per il culo*, ha detto, la schiena fradicia di sudore. Ha colpito il vetro con la base del palmo. *Cazzo, no*, ha detto.

Ezra si è voltato come per allontanarsi, poi è tornato sui propri passi sfilando la pistola dal retro dei pantaloncini e l'ha spiaccicata contro il vetro.

Le braccia di Mamma Yahya sono sembrate moltiplicarsi, ha avvicinato a sé con destrezza Jobari e Imani che si erano slanciati in avanti per vedere meglio. Anche gli occhi di KJ erano puntati su Ezra, che si era appena portato alla bocca qualcosa di scuro e dolce. MaViolet si è alzata. *Giovanotto!* ha detto, il volto carico di strati di ansia. Georgie è rimasto di sasso dall'altra parte del vetro, gli occhi puntati sulla pistola di Ezra.

Mettila via, figliolo, stava dicendo il signor Byrd.

Qualcuno dev'essere andato a chiamare Elijah, perché è arrivato di corsa dal Jaunt e si è precipitato dal gemello, con Devin alle calcagna. *Dai, rilassati*, gli diceva, cercando con mani pazienti di scollare dalla porta il corpo più minuto del fratello. Ma Ezra si divincolava, ha scagliato indietro un gomito strappando un grugnito dalla gola di Elijah. Quello ha alzato il braccio e lo ha colpito due volte in faccia. Nella colluttazione che è seguita, la pistola è caduta a terra. Anche i gemelli sono caduti, ribaltando una torre di sedie. Elijah ha provato a bloccare Ezra al suolo, ma l'altro faceva resistenza a morsi e graffi. Il signor Byrd ha spedito la pistola lontano con un calcio. Devin gridava addosso a Ezra e Ira gridava addosso a Elijah. La signorina Edith pregava con ardore e Knox ha fatto un incerto passo indietro. Papà Yahya ha rimproverato i figli per essersi trovati ancora una volta troppo vicino al pericolo. *Dovete darmi retta*, ha detto.

Al mio fianco, MaViolet ha fatto una smorfia.

Mi sono alzata vacillando.

Ricordo di aver guardato quelle persone: quasi tutte le vedevo o conoscevo da mesi, anni, perfino, ad alcune volevo bene. Tutti gridavano, indietreggiavano o sogghignavano, furibondi o spaventati. Ho battuto le palpebre, e i loro volti familiari sono sfumati nei profili degli uomini col fuoco, quegli altri volti distorti dalla rabbia. Ho aperto la mia bocca grande, la voce, che quando serviva era profonda come quella della mamma. Ricordo di aver urlato, *Adesso siamo qui!*

Si sono immobilizzati tutti. Perfino Ira, che rideva amaramente. Perfino Ezra, con un livido che iniziava a scurirgli lo zigomo. Avvertivo la presenza di Knox al mio fianco, lo sguardo fisso su di me, come se fosse sorpreso da quella mia voce. Il signor Byrd ha aperto la porta del bar, un lento ruotare di chiave, ed è comparso Georgie, sudato, nello spazio vuoto. Ho lasciato andare un lungo respiro tremante.

Eravamo insieme e al sicuro, ma al sicuro quanto? ho detto. E come avremmo fatto a tornare a casa se non riuscivamo ad aiutarci. Ce l'eravamo cavata per pura fortuna, ed eravamo degli idioti se credevamo di essere fuori pericolo. Toccava a noi, a noi soltanto, ho detto, trasformare quella fragile grazia in qualcosa di più.

Le parole fluivano ma una volta fuori era come se fossero prive di peso. Sopra di noi, nell'atrio, ho notato il movimento di una sagoma: un pipistrello solitario o un passero in volo.

Era già di nuovo il tramonto. Stava sorgendo la luna piena, e lì sotto mi sentivo esposta.

Zigzagando in un labirinto di sedie e persone sono battuta in ritirata verso i bagni. Già all'entrata mi ha travolto la puzza dei gabinetti pieni. Mi veniva da vomitare ma niente, il mio corpo si è irrigidito in una sensazione di malessere trattenuto, come se trasportassi un oggetto dal peso impossibile che non potevo posare neanche per un attimo. Mi sono appoggiata al muro, premendo l'interruttore per la forza dell'abitudine. Le mie dita, dopo tante settimane, cercavano ancora il mondo com'era un tempo.

Mi sono fatta strada nella penombra fino ai lavelli, convinta di aver solo contribuito a creare altro caos. Nello specchio scorgevo a stento il mio riflesso, i capelli raccolti in due grumi disordinati, la faccia nera e blu come le sculture d'ebano che collezionava la mamma. Volevo uscire e dire a tutti quanti, Ma io che ne so? Volevo uscire e scusarmi.

Quando alla fine sono uscita erano tutti ancora vicino al bar, i corpi vicini. Ho sentito una voce, tremula ma potente: la voce di MaViolet. Cantava un antico inno che ricordavo in parte, e poi si è unita la voce della signorina Edith. Gli altri parevano conoscere il ritmo, a giudicare da come si dondolavano.

Il fatto è che MaViolet aveva vissuto in First Street per gran parte della vita e conosceva tutti. Perfino i ragazzetti selvatici come KJ, che spuntavano verso l'ora di cena con l'aria da cani bastonati. Perfino le famiglie bianche, come Ira e Carol, che avevano cominciato a demolire o ristrutturare le case cadenti accanto alla First. Anche la signorina Edith conosceva un sacco di gente, a furia di portare pietanze calde a chi era costretto in casa e mazzolini di erbe fresche e fagiolini a chiunque, negli agosti passati, quando ancora l'orto comune zampillava di colori. Quel pomeriggio le due anziane signore hanno cantato come se le nostre vite dipendessero da questo: la voce leggiadra di MaViolet saliva in alto, e quella profonda da grancassa della signorina Edith arrivava da sotto, tanto che alla fine anche altri hanno iniziato a mormorare o a cantare, come se volessero restare sospesi in mezzo. Quando mi sono avvicinata a quel canto il gruppo mi ha tirato dentro, una mano dopo l'altra, finché mi sono ritrovata accanto a mia nonna, un anello della catena irregolare che avevano formato. Sentivo i loro sguardi levarsi ad accogliermi, desiderosi di sentire anche la mia, di voce, come fosse un'estensione delle loro.

V.

Cantare non ci ha salvato. Ciò che ci ha salvato – ciò che ancora potrebbe salvarci – è stato il nostro vecchio quartiere. Se ne poteva dire tutto, ma la verità era che abitare in First Street ci aveva formato il carattere, anche se in maniera un po' sregolata. Sui pianerottoli davanti, larghi quel tanto che bastava a infilarci giusto un paio di sedie di plastica, c'era sempre una zia che vegliava come un falco per assicurarsi che nessun bambino corresse sulla strada. Per vedere chi stava per incontrare chi. Per vedere chi faceva perdere la pazienza a chi. I ragazzi grandi tenevano d'occhio i più piccoli, come fossimo tutti cugini. Nelle estati della mia infanzia lo spettrale motivetto da giostra del camioncino dei gelati era una presenza quasi costante, e c'era l'autista pallido inquietante che scambiava quarti di dollaro roventi con cose dolci e mezze sciolte. Gli allungavamo i soldi con estrema prudenza per paura che ci afferrasse e ci rapisse. Lingue rosse, mani appiccicose, e poi via, ci lanciavamo in una sorta di danza della sopravvivenza sul marciapiede, sempre attenti a non calpestare le crepe, a non diventare l'ennesimo fardello sulla schiena delle mamme che, a quanto capivamo, ne avevano già abbastanza per conto loro.

Col disfacimento First Street si era trasformata di nuovo. La signorina Edith e alcune signore della chiesa dispensavano cibo dall'orto, logore teste di cavolo e melanzane striminzite, barattando le erbe in eccesso con gli accaniti contadini del Ridge. Un paio di mamme distribuivano caraffe d'acqua presa nella gigantesca cisterna dietro i campi da basket. Certi figli ormai adulti, insieme a Devin ed Elijah, proteggevano il nostro circolo, costruito coi blocchi di calcestruzzo e rifornito di provviste dai vicini: carbonella, alimenti in scatola e qualsiasi altra cosa su cui riuscissero a mettere le mani. La sera, nel parcheggio lì accanto, si barattavano sigarette, alcolici, pannolini. La gente dava via gli abiti vecchi e i giocattoli dei figli. I primi tempi le chiese locali organizzavano consegne di cereali, sapone e candele. Una volta una famiglia di nuovi arrivati, padre e figlio, entrambi con la pelle color sabbia bagnata, aveva sparato a un cervo nel canale dietro l'orto. L'avevano sporzionato e distribuito prima che la carne andasse a male, e il profumo di selvaggina bruciacchiata si era levato dalle griglie, invadendoci le narici e diffondendosi lungo tutta First Street e oltre, nel resto del quartiere.

Abbiamo passato quella nuova mattina al padiglione dell'accoglienza in preda allo stordimento e alla nostalgia di casa, a nasconderci o aspettare, difficile dire. Le bottiglie ci scricchiolavano in mano, l'acqua dentro era tiepida e sapeva di plastica. In First Street, nella nostra vecchia vita, potevamo rivendicare tante piccole cose: la *mia* camera, il *mio* divano, la *mia* cena. Ma nel padiglione dell'accoglienza ogni cosa apparteneva a qualcun altro, oppure al passato. Il signor Byrd almeno aveva le chiavi, e le usava, apriva le porte. I bambini scorrazzavano lungo il perimetro esterno del padiglione, giocavano a prendersi e l'inseguitore era armato di un mitra o di una torcia immaginari. MaViolet teneva la schiena dritta, e quell'antico inno persisteva nella sua gola sotto forma di un basso mormorio. Devin ed

Elijah continuavano a tenere d'occhio l'entrata principale e il bosco che ci divideva dalla strada di sotto. Hanno passato la giornata e la notte nel Jaunt ripulito, mentre Ezra, ancora immusonito, gironzolava dalle parti del teatro.

Il sole era alto nel cielo quando ho visto Mamma Yahya allontanarsi. Camminava decisa nella sua T-shirt larga, incartata in quella stretta gonna colorata: mi è passata davanti ed è uscita dal cortile. Se n'è andata senza svegliare Papà Yahya, che sonnecchiava su una sedia con la testa che gli ricadeva in avanti come se annuisse. In braccio, come sempre, reggeva il neonato, e il suo corpo dondolava appena a ritmo con il movimento sincopato dei piedi. Ha oltrepassato la porta della biglietteria, ha oltrepassato il Jaunt senza mai voltarsi. Forse è stato qualcosa nella qualità del suo incedere, la musica silenziosa che vi ho percepito, a spingermi a seguirla.

Da lontano ho adattato il passo a quello di Mamma Yahya, che ha imboccato un sentiero asfaltato costeggiato da fiori di campo che portava alla parte alta del parcheggio. Mi sono bloccata quando l'ho vista fermarsi in un appezzamento vuoto, chiazzato di spuntoni d'erba. Lo delimitava un basso steccato e tutto intorno c'erano solo parcheggi. Un cartello spiegava che lì gli storici avevano ritrovato le ossa di alcuni schiavi, ma non c'erano lapidi né segnali di sorta. All'altezza dello steccato Mamma Yahya ha mosso le labbra e parlato al neonato nella sua lingua natia, o forse nella lingua privata di madri e figli; suonava quasi familiare.

Secondo me è sotto shock, ha detto Knox. Mi aveva seguito, con cautela, proprio come io avevo seguito lei. Era sul sentiero a pochi passi da me, i palmi appena sollevati come se cercasse di non spaventarmi. Volevo dire, Sto bene. Invece ho detto, *Quel bambino sulla Jeep… tu l'hai visto?*

Insomma, siamo tutti un po' sotto shock per via di quegli uomini, ha detto Knox.

Mi sono sentita sommergere da una leggerezza quasi insostenibile, come se rischiassi di levitare. Forse anche Knox se n'è reso conto, perché mi ha stretto da dietro, trattenendomi a terra. Ha appoggiato la testa sulla mia, e ci siamo ritrovati a guardare insieme quel desolato terreno di sepoltura.

Dopo un momento Knox ha accennato a Mamma Yahya. *Dobbiamo fare in modo che torni sana e salva.*

Quella sensazione di mancanza di peso mi ha afflitto per tutto il giorno. Anche quando ho tentato di darmi una lavata con un po' di sapone e un secchio di acqua piovana. Anche mentre ascoltavo MaViolet e la signorina Edith discorrere a macchinetta su una panchina vicino al negozio di souvenir, fare la conta di ogni vicino che conoscevano chiedendosi chissà dov'era. È stato solo il rumore del vetro rotto a riportarmi nel mio corpo facendomi drizzare la lieve peluria sugli avambracci, come se dal cielo piovessero particelle appuntite. Mi sono alzata e ho seguito il signor Byrd verso la porta aperta del museo, la fonte di quel rumore di oggetti in frantumi.

Nella foschia grigiastra, su per una rampa di scale, abbiamo trovato KJ tra i figli degli Yahya. Non erano lontani dalle porte superiori del museo, dalle quali sgorgavano spessi fasci di luce. Un martello è piombato sul pavimento con un tonfo e KJ è arretrato di un passo. Jobari e Imani però sono rimasti immobili davanti alla teca distrutta, gli occhi enormi per la sorpresa, come se avessero creduto che in un modo o l'altro avrebbe retto. Appena ci hanno visto i fratelli Yahya hanno iniziato a piagnucolare. *Portateci a casa!* strillavano in un colare di moccio e lacrime che rigavano le loro guance scure e screpolate.

Nella teca rotta luccicava una serie di oggetti. Un telescopio d'ottone sul suo piedistallo, un coltello a serramanico aperto, la lama smussata estesa come l'ala di una libellula. Chissà se Thomas Jefferson in persona aveva usato quegli oggetti per segnare o misurare. Scappando da casa saremmo potuti finire ovunque, e invece eravamo lì, proprio in quel museo dedicato al mio bis-bis-bisnonno. Tante generazioni tra lui e me, e che importanza aveva più? Ho allungato cautamente le dita oltre il vetro dentellato, puntando un orologio col quadrante di madreperla racchiuso in un quadrato di legno grande come una mano, costruito per aprirsi e chiudersi come uno specchietto da trucco. Toccandolo ho avvertito una leggera tensione, una sorta di conduzione.

E adesso, ho pensato.

Attenzione ai vetri, ha detto il signor Byrd.

I bambini hanno fatto un passo indietro, singhiozzando piano, *A casa*.

Sono stata io a radunare tutti, mentre Knox e il signor Byrd spingevano frettolosamente in cerchio le seggiole del bar. Georgie ha distribuito l'acqua, sempre tenendosi a debita distanza da Ezra, la cui mascella luccicava di un viola profondo dove il gemello l'aveva colpito. Sono venuti Devin ed Elijah, e si sono messi alla destra del gruppo, con MaViolet seduta a un tavolino al centro. Prima di prendere posto la signorina Edith ha fatto una capatina al bar a recuperare muesli e cracker scuri, pieni di granaglie, come se stesse raccogliendo verdure nell'orto. Ha disposto gli spuntini su un tavolo, dietro la fila di acqua in bottiglia. La gente si è avventata; un tetro sgranocchiare ha avuto inizio. Su mia richiesta Knox ha trovato e aperto una risma di fogli bianchi nel negozio di souvenir. A quella vista Imani è andata a prendere una penna d'oca e una boccetta d'inchiostro nella sala giochi dei bambini, al piano di sotto, la faccia ancora salata di lacrime.

Volete tornare a casa? ho detto, quando si sono tutti seduti rivolti a me. *Volete vedere cos'è rimasto, sperando che il pericolo sia passato? Volete che ci dividiamo? Volete andare da qualche altra parte? Io e mia nonna non abbiamo altro posto dove andare.*

Ho fatto vagare lo sguardo sul cortile. Dalla panca accanto a Carol, Ira ha avuto un attacco di tosse e si è coperto la bocca con l'incavo del braccio. MaViolet biascicava un cracker secco, immobile a parte la bocca. Le brillavano gli occhi, come se irradiasse verso di me dei fasci di luce. *Cos'è che volete fare?* ho chiesto.

Una brezza rovente ci ha investito, facendo frusciare gli arbusti radi. *Io penso che dovremmo rimanere qui tutti insieme, per ora*, ho proposto.

Il vento si è acquietato. Nessuno ha assentito ad alta voce, ma neanche ci sono state opposizioni. Papà Yahya ha tratto a sé il figlio, Jobari. LaToya, che si era sistemata i capelli e sfoggiava sinuose treccine, si è passata le dita sulla testa, tra i picchi e le valli appena formati. Mi sono tirata il colletto tagliuzzato sopra lo spigolo della spalla. *Che cos'è che vogliamo fare*, ho detto, *nel frattempo?*

Siamo rimasti seduti a guardarci finché qualcuno ha cominciato a dire ciò che voleva o gli serviva. Abbiamo compilato una breve lista di cose che potevamo fare e che avremmo fatto. Abbiamo stabilito di parlarci e di ascoltare. Abbiamo promesso che avremmo provato a non litigare tra noi. Knox ha scritto ogni voce sulla carta color pergamena, con la sua calligrafia da mancino, badando a non sbavare l'inchiostro. Le galline hanno chiocciato, come fossero d'accordo, e abbiamo riso tutti.

Poi Ezra ha esclamato, *Dovremmo friggerli, quei pennuti!* E non ho potuto fare a meno di pensare all'alimentari di Brown, alle scatoline di alette in pastella che io e Devin avevamo condiviso. Mi si è riempita la bocca di saliva. Quanta fame di passato avevo.

Non essere sciocco, ragazzo, ha detto la signorina Edith. *Meglio un paio d'uova al giorno o la carne una volta sola?*

Dalla sua sedia accanto a Ira, Carol le ha detto, senza parlare, Grazie.

Il vino se lo sono bevuto, ha insistito Elijah. *Se lo sono bevuto senza offrirlo a nessuno. Con tutto il rispetto, signorina Edith, ma cosa le fa credere che vogliano dividere con noi anche solo un uovo?*

Ira ha stretto il bordo della sedia. *Era mio!* ha detto. *Ne avevo tutto il diritto!* Poi però ha guardato il ventaglio di foglie in cortile, come fossero fiamme. *Arrivano sempre, vero, prima o poi? Armati, giusto? Tutti eccitati dalle menzogne! Con quelle vergognose bandiere*. Non appena Ira ha parlato di bandiere, mi è tornato in mente che gli uomini in First Street portavano tutti una fascia blu intorno al braccio, anche se non ero riuscita a distinguere l'emblema. *Forse speravo di non vivere tanto da vederli*, ha detto Ira.

Divideremo le nostre uova con voi! ha detto Carol, accarezzando la schiena del marito che sussultava sotto la sua mano. *Sì*, ha detto.

Siamo andati avanti a dar corpo al nostro accordo improvvisato. Abbiamo discusso i pro e i contro di ciascuna proposta, a volte ci siamo limitati ad annuire in segno di assenso. Abbiamo concordato di raccogliere e distribuire tutto il cibo e le bevande trovati sulla montagna. Abbiamo concordato di prendere in prestito e utilizzare qualsiasi provvista o attrezzo di cui avessimo avuto bisogno, recuperandolo nei negozi e nelle aree riservate al personale, e anche dalle vetrine. Georgie ha sollevato il mento ma ha continuato a spostarsi di tavolo in tavolo per raccogliere la spazzatura.

Le cose trovate sulla montagna, insieme a quel poco che ci eravamo portati, componevano un bizzarro assortimento. Avevamo kit di primo soccorso e una pletora di attrezzi. Avevamo patatine, barrette ai cereali, cracker, barattoli molto carini di tè. Avevamo sacchetti di vetuste gocce di cioccolato fondente coperte di zuccherini bianchi, MaViolet ha detto che le ricordavano quelle che mangiava da piccola. Avevamo la vaga promessa di qualche uovo e molte, molte scatolette piene di arachidi della Virginia che luccicavano nelle loro confezioni sottovuoto. Poco prima avevo visto la signorina Edith scrutare una vetrinetta piena di sementi storiche nella sezione del negozio di souvenir dedicata al giardinaggio. Ci ha istruito su come nutrire le galline, e su alcune delle cose che crescevano spontanee in Virginia che potevamo mangiare, cose che aveva mangiato anche lei da piccola raccogliendole qua e là nell'orto della madre. *Giglio turco, tarassaco, morchella, centocchio.* Ha pronunciato quei nomi come se citasse le Scritture.

È nata in Virginia? ho chiesto alla signorina Edith. Lei mi ha fulminato con lo sguardo, aggrottando la fronte neanche volesse spedirmi a staccare da un albero la bacchetta con cui picchiarmi. Poi però ha risposto, e ha definito le proprie origini allargando sempre di più il campo: era nata nella casa di sua nonna Lee, in fondo a una strada che la gente di colore chiamava Harp Street, vicino a Shadwell, sul Piedmont, in Nord America, sulla verde terra di Dio.

Papà Yahya ha detto che dopo essere sfuggito alle violenze nella Repubblica del Congo aveva aspettato per anni in un campo della Tanzania, tirando avanti senza niente, nemmeno abbastanza acqua pulita da bere; aveva aspettato così tanto che aveva iniziato a chiedersi cosa era meglio, se finire schiacciato dalla ferocia o morire lentamente di logoramento, di sete. Il signor Byrd ha detto che c'erano grandi cisterne per la raccolta dell'acqua piovana progettate da Jefferson in persona, acqua che si poteva pescare con le pompe. *Su alla casa*, ha detto, e ho avvertito una pulsazione alle tempie. Ero convinta che non dovessimo tornare in città, non ancora, ma non volevo neppure entrare in quella casa museo sulla collina. Immaginavo che saremmo rimasti nel padiglione dell'accoglienza, qualche giorno magari, e che poi sarebbe successo qualcosa, un segno che ci avrebbe detto cosa fare.

Abbiamo convenuto che ci saremmo protetti a vicenda. Knox ha scritto anche quello.

Comunque vada, ha proclamato Devin.

Comunque vada, abbiamo ripetuto.

Comunque vada, abbiamo promesso.

Abbiamo stabilito che per il momento io e il signor Byrd avremmo custodito le chiavi. E la signorina Edith, insieme a Carol, avrebbe razionato una parte del cibo in modo che bastasse per tutti, mattina e sera. Avremmo fatto i turni e dato una mano al meglio delle nostre possibilità. Avremmo continuato a collaborare finché non fosse stato possibile tornare a casa.

Dopo la riunione Devin ed Elijah, insieme al signor Byrd, hanno parcheggiato la Town Car della guardia sotto il cancello rotto, l'hanno infilata nel bosco e l'hanno coperta di sterpaglie, dopodiché hanno bloccato la via d'accesso con una delle navette di Monticello rimaste all'asciutto. Abbiamo preso quella precauzione pur ripetendoci che gli uomini armati non sarebbero mai arrivati tanto lontano. Volevano solo la città, dicevamo, ricordando che avevano smesso di inseguirci al limitare del centro abitato. Quasi ci abbiamo creduto.

Abbiamo convenuto tutti che avremmo usato ciò che ci serviva ma a Monticello non avremmo distrutto niente sull'onda della rabbia per tutto ciò che avevamo perduto e a quanto pareva continuavamo a perdere. Knox ha scritto anche questo, un altro articolo della nostra frettolosa costituzione. Con quelle parole e intenzioni condivise, fra noi le cose sono parse cambiare leggermente. Ira ha augurato la buonanotte alla signorina Edith con voce burbera ma fragile e lei ha agitato la mano con noncuranza ma meno bruscamente di prima, alzando per un istante le dita dal suo nuovo assortimento di semi in bustina. Papà Yahya ha accompagnato i figli, e anche KJ, fino al negozio di souvenir. Ha chiesto a tutti e tre di scegliere qualcosa di speciale, una di quelle grosse monete d'oro commemorative, un cifrario giocattolo di legno per codificare e decodificare, un soffice animale di tessuto felpato simile a quelli che un tempo vagavano feroci e liberi in Virginia. Papà Yahya ha tenuto alcune magliette souvenir pulite dinanzi al petto sporgente dei bambini, valutando l'ampiezza delle spalle. E io non ho potuto fare a meno di pensare alla mamma, che quando avevo la loro età mi metteva addosso il poco che aveva. Vestiti vivaci, scarpe decenti, i capelli sempre a posto, ogni cosa come una piccola preghiera, quando mi mandava fuori, nel mondo, come a dire, Prenditi cura di questa bambina, questa bambina è amata.

Papà Yahya ha preso una bracciata di libri dalla sezione dedicata all'infanzia, tutti sulla lunga e straordinaria vita di Thomas Jefferson. *Devono sapere chi era quest'uomo*, l'ho sentito dire. *Un grand'uomo, una persona buona.*

* * *

Ci siamo svegliati che era cambiato il tempo. Ci siamo svegliati con venti malevoli che ci frustavano il corpo, e il cielo sterminato sopra me e Knox che vorticava in un grigio fangoso. Il vento strappava scricchiolii alle cime degli alberi e appiattiva le lame d'erba a pochi centimetri dalla mia faccia. Sistemata sulle sue due seggiole imbottite, MaViolet ha aperto gli occhi. Mentre la raggiungevo alcune ciocche ribelli sono levitate intorno al suo volto color camomilla. Si è sforzata di raddrizzare un ginocchio, poi l'altro. I cali di pressione le riacutizzavano l'artrite. "Arthur," ha esclamato. Io mi sono chinata su di lei.

Tutto bene, MaVi?

Per forza, ha detto, mentre la cingevo con le braccia per aiutarla ad alzarsi.

Pensavo di dire qualcosa di utile. Volevo dire, Dai, andiamo dentro, indicandole il bar o il museo. Invece una lunga folata ha gonfiato la maglietta souvenir pulita che indossavo e ha riempito la vestaglia di MaViolet, che ha sventolato come una vela dietro di lei.

È il momento di salire alla casa, ho detto.

Magari è già tardi, nipotina.

E allora ho capito: saremmo saliti. Stavamo andando.

Vicino alla veranda del bar c'era Carol che razionava le barrette ai cereali, la cioccolata e la frutta secca. La signorina Edith ha ordinato a Ezra di portare un'altra cassa d'acqua. Qualcuno borbottava a proposito del vento mentre masticava e scrutava il cielo da sotto la gronda. Quelle prime bufere ci avevano resi tutti parecchio sospettosi riguardo al clima.

La casa, ho detto, passando di tavolo in tavolo. *Penso che dovremmo salire per toglierci dal temporale*. Ira si è pulito le briciole dalla bocca e Mamma Yahya ha sorriso al suo neonato gorgogliante. Papà Yahya ha riaggiustato la mia proposta in una dichiarazione canticchiata: *Adesso andiamo su alla casa!* Jobari e Imani hanno risposto cantando. *Alla casa!*

Il signor Byrd ha sbirciato il cielo tra gli alberi, i capelli sollevati dal vento in una brillante nube temporalesca. Quando gli ha detto qual era il nostro piano, Georgie ha cominciato a tremare. *Ma la signora Dandridge ha detto*, ha esordito. Stavolta il signor Byrd ha risposto a voce abbastanza alta da farsi sentire bene da chi di noi era lì vicino. *Ascolta, Georgie*, ha detto, *non me ne frega un accidente di cosa ci ha detto la signora Dandridge. La signora Dandridge se n'è andata con quei capoccioni dei suoi cani, te lo ricordi? Siamo rimasti solo noi qui.*

Dovremmo proteggere la casa, ha risposto Georgie in tono implorante, ma il signor Byrd lo ha afferrato per le spalle cadenti. *Non hai sentito cos'è successo a questa gente? Non dimenticare che la signora Dandridge ha affidato le chiavi a me. Sei un brav'uomo, Georgie, ma forse è arrivato il momento di sollevarti…*

Georgie ha chinato il capo e non sono riuscita a sentire la prima cosa che ha detto, ma ho visto il suo petto accartocciarsi e le sue parole, quali che fossero, sono uscite strozzate. La sua reazione mi ha dato da pensare che, al di là di Monticello, Georgie conducesse una vita solitaria. Una baracca ai confini della proprietà di qualcun altro, magari. Mi ha fatto compassione, volevo dirgli che ne sapevo qualcosa di perdite.

Po-posso restare, ha detto Georgie, asciugandosi le lacrime. *Posso dare una mano!*

Per un istante il vento si è acquietato, con un suono come l'interno di una conchiglia.

Knox stava aiutando la signorina Edith con il cibo quando sono andata da lui, gli ho stretto la spalla. *Torno subito*, gli ho detto.

Da sola mi sono incamminata verso il Jaunt, ancora parcheggiato di traverso nella rotonda di sotto. Non ci avevo più messo piede da quando eravamo scappati. *Ehilà*, ho esclamato dentro la portiera aperta, costringendo le gambe a salire la scaletta per fare appena capolino dentro. *Ehi!*

Sul sedile dell'autista c'era un piccolo strappo. L'interno del bus puzzava di umido e dei corpi di anni e anni di viaggiatori, forse anche dei nostri. Il mio sguardo è guizzato sui finestrini posteriori rotti, ma non ho visto nessuno. Sono arretrata, e forse i miei piedi sull'ultimo gradino hanno fatto rumore.

Devin è balzato su da un seggiolino pieghevole con un movimento fluido, i capelli scuri che gli incoronavano la testa.

Elijah è spuntato da un paio di sedili più giù, dall'altro lato. I piedi enormi, avvolti in un paio di scarpe alte, erano piantati nel corridoio. Si è sfregato via il sonno dagli occhi.

Ti aspetto fuori, ha detto.

Quando Devin è sceso dalla scaletta, un attimo più tardi, ha scandagliato l'ingresso, il parcheggio. *Tutto okay?* ha chiesto. Ha accolto il mio cenno stanco senza guardarmi negli occhi, osservando il subbuglio nuovo della mattinata. Aveva una maglietta pulita, le braccia conserte. Elijah è sceso dalla porta posteriore ed è scomparso alla vista. Devin ha appoggiato la schiena al Jaunt, e mi è venuta voglia di dirgli qualcosa di vero.

Grazie, ho detto. *Per tutto quello che avete fatto, per tutti. In First Street, intendo.*

Elijah è tornato, è andato da Devin a chiedergli da fumare. *Secondo voi sarà brutta come le altre?* ha chiesto, guardando al di sopra degli alberi. Ovvio, non c'era modo di saperlo. Ho detto loro che si parlava di salire alla casa. Ho messo in mezzo gli anziani, e i bambini. *Non dovrebbero stare all'aperto con questo tempo*, ho detto.

Devin continuava a guardare ovunque tranne che verso di me. Ho azzardato un'occhiata al suo viso, un ben magro bottino. *Dovreste venire anche voi*, ho continuato.

Elijah ha ridacchiato e Devin ha preso il suo Zippo. Io mi dondolavo sulle scarpe da ginnastica sporche, preparando i piedi ad andare. *Comunque noi andiamo su*, ho detto.

* * *

A guidarci è stato il signor Byrd, che puntava dinanzi a sé un altro ramo tramutato in bastone da passeggio, un'estremità nodosa a contatto con il sentiero. Quel sentiero, largo e costeggiato di alberi, prometteva di condurci dritti alla dimora di Thomas Jefferson, progettata da lui in persona oltre duecento anni prima e costruita quasi tutta dai suoi schiavi. Eravamo partiti dal lato del museo, salendo una rampa di scale; sul pianerottolo, non lontano da dove una volta controllavo le borse ai turisti, svettava una statua di lucente metallo di Jefferson a grandezza naturale. I nostri passi sui ciottoli chiari emettevano un rumore quasi soporifero.

Alcune gocce sparse ci cadevano in testa, ma le foglie sopra di noi avevano subìto l'impatto delle prime ondate di pioggia.

Il signor Byrd aveva abbandonato la polo mirtillo in favore di una maglietta presa al negozio di souvenir che riproduceva la grafia illeggibile della Dichiarazione d'Indipendenza. Mentre avanzava in testa al gruppo, le parole di Thomas Jefferson gli fluttuavano sulla schiena: *Noi riteniamo che sono per se stesse evidenti queste verità: che tutti gli uomini sono creati eguali.*

Trasportavamo un miscuglio di provviste. La signora Edith si era caricata le braccia di borse di tela piene di cibo, semi e tè. Carol e Ira portavano una gallina ciascuno oltre alla borsa a tracolla di lui, ora rigonfia. Ezra reggeva una cassa di acqua in bottiglia e KJ lo seguiva dappresso, trascinando la valigia verde pisello sui ciottoli come se immaginasse delle rotelle. Knox portava la sua borsa a spalla, ingrassata a nuovo di provviste. Mi ha aiutato a sorreggere MaViolet, lui da un lato e io dall'altro ad accompagnare la sua lenta avanzata. Sopra le calze lunghe scorgevo a ogni passo le lucide rotule nude. All'ultimo anno di liceo era stata prima majorette, e marciava sul campo da gioco con alti stivali bianchi e un'uniforme con le spalline dorate. All'epoca sapeva lanciare il bastone e riprenderlo al volo, il risultato di un allenamento estenuante, mi aveva detto. Ora vacillava su per il sentiero, affaticata. Era più ripido di quanto ricordassi e c'erano dei canali scavati lungo il ciglio per far defluire l'acqua. Le sue pantofole da casa continuavano a riempirsi di sassolini. Ogni tanto la aiutavo a svuotarle.

C'era ancora, secondo il signor Byrd, almeno una navetta giù nel parcheggio che avremmo potuto usare, ma la batteria si era scaricata: la signora Dandridge non aveva fatto che sfrecciare in giro per la proprietà ordinando agli addetti rimasti di tenere tutto pronto, di non spegnere i generatori, come se quella smagliante esibizione di normalità potesse riportare indietro il tempo.

Da una sezione del sentiero vedevamo quel pezzetto deserto di strada bassa da cui eravamo arrivati a bordo del Jaunt qualche giorno prima. Già avevamo accelerato il passo per sfuggire all'attacco violento della pioggia, ma quando abbiamo visto la strada e l'ingresso bloccato in fretta e furia abbiamo aumentato la velocità. LaToya faceva passi enormi nelle sue infradito spumose. La signorina Edith boccheggiava, indicando le piante tra un ansito e l'altro. Ira si è spinto via da un albero che divideva il sentiero e ha chiesto quanto mancava. Anch'io ho preso a trascinare MaViolet con più energia, tanto che a un certo punto Knox mi ha chiesto di rallentare almeno un po'.

Il temporale, ho detto per spiegare la fretta, appellandomi a quella preoccupazione più immediata. Avrei voluto che Devin ed Elijah fossero venuti su con noi, ma erano rimasti giù al padiglione dell'accoglienza "a fare la guardia" insieme a Georgie, riesumando alcuni vecchi walkie-talkie che le guardie usavano prima del nostro arrivo.

Davanti a noi ho visto una curva nel sentiero, poi una breve scalinata che portava al cimitero dei Jefferson. Quando lavoravo a Monticello, le navette si fermavano lì sotto per consentire ai turisti di ammirare la lapide a obelisco di Thomas Jefferson. Anche il sentiero pedonale passava accanto al cimitero, con la sua recinzione di metallo nero e la ghiaia che sotto i piedi si trasformava a poco a poco in un fitto mosaico di mattoni. Il nostro gruppo si è fermato davanti al cancello chiuso, dove un cartello nero e oro accoglieva i discendenti di Jefferson e respingeva gli estranei. Attraverso i picchetti appuntiti come lance abbiamo adocchiato varie file di lapidi di pietra, molte delle quali recavano inciso il cognome dei Randolph. Ci siamo rimessi in marcia spediti, sul sentiero che tagliava in due un alto pascolo tra un indistinto viale di alberi filiformi. *MaVi, ci siamo quasi*, ho detto.

In quota e fuori dal bosco il temporale sembrava più vicino. Il vento ha preso forza, sferzandoci la schiena. Tenevamo gli occhi bassi e non li abbiamo alzati neppure quando, alla nostra destra, abbiamo scorto il reticolato di legno che delimitava un'estremità del grande orto. Dritto davanti a noi svettava il primo di tanti sporadici monumenti alla schiavitù. Le rovine carbonizzate di un comignolo. Un rifugio ristrutturato con legname tagliato alla meglio. Un appezzamento spoglio segnalato dal più modesto dei cartelli, senza neppure le spoglie di un edificio: ALLOGGI PER GLI SCHIAVI. Giù per la discesa, alla nostra destra, vedevamo l'orto per intero, file di piante divise da camminamenti rossicci come le trecce sul capo di LaToya. Il signor Byrd ci ha detto che il terreno non asfaltato sul quale ci muovevamo in quel momento si chiamava Mulberry Row. Appena lo ha detto mi sono ricordata di quel nome: certi schiavi dovevano aver lavorato lì, forgiando chiodi, tessendo stoffe.

Sulla sommità della collina ogni cosa mi sembrava nuova quel giorno, trasfigurata rispetto alle altre volte che ci ero stata, in gita scolastica e per lavoro. Prima c'era comunque un sistema per misurare la distanza, un muro a dividere ciò che era Monticello dalla mia vita reale. Per me la vita reale erano la mamma, MaViolet, i miei amici. Erano gli studi e la mia determinazione a fare qualcosa di importante. A fare qualcosa per gli altri, soprattutto per persone come quelle con cui ero cresciuta, che troppo spesso venivano sminuite e sottovalutate. Avevo tenuto la vita vera da una parte e la vita immaginata dei miei antenati da un'altra, in un luogo mai visitato, come una stanza senza finestre. Adesso la mia vita reale crepitava fumante alle mie spalle. Era quella la mia vita, ora. Camminando mi sono ritrovata di nuovo a oscillare fra la densità e la leggerezza, tra la mamma che aveva sconfessato questo doloroso retaggio e il cauto riguardo di MaViolet.

La pioggia cadeva, ci bersagliava la pelle. Ci siamo ingobbiti per proteggerci. I bambini sono partiti di corsa. Su per le scale a sinistra vedevamo il lungo vialetto a L della terrazza sud, con le stanzette tramutate in mostre annidate sotto il suo braccio ricurvo. Sopra svettava la maestosa cupola bianca della casa principale, come la Monticello delle monetine che da piccola impilavo sul comodino. Il signor Byrd ci ha guidato verso l'ingresso orientale: saremmo arrivati da lì, a bordo di carrozze o di navette, se fossimo stati ospiti autorizzati.

Ci siamo affrettati verso il portico est, tentando di battere sul tempo la pioggia che cadeva con violenza. Eppure sono riuscita ad apprezzare lo spettacolo offerto dalla casa, gli splendidi mattoni e le finestre doppie incorniciate dalle persiane verdi. Il quartetto di colonne color sabbia, che sorreggevano sopra il portico un lucente triangolo bianco, il frontone. La banderuola sul tetto era storta, ma a parte quello l'edificio era uguale al solito, come se niente fosse cambiato, come se niente dovesse mai cambiare. Non ho potuto fare a meno di immaginare anche mani nere affondate nella malta. *La mia Monticello.* Le parole mi si sono formate in gola flebili e spontanee, mi sono sfuggite senza quasi dover schiudere le labbra.

VI.

Ci siamo inerpicati su gradini di pietra e ci siamo fermati a riprendere fiato sotto il portico est. Da quell'ingresso tutte le sgradevoli testimonianze della schiavitù restavano nascoste dietro il pendio che avevamo appena scalato con grande fatica. Il giardino principale aveva un aspetto selvaggio, con alte erbacce che infestavano un prato peloso. Ho immaginato mia madre a otto anni in attesa alla fermata della navetta, dietro i tigli.

Entriamo, stavano dicendo gli altri.

Mi sono appoggiata alla colonna più vicina con le gambe che tremavano, di nuovo esitante ora che eravamo arrivati. È stato in quel momento che ho udito un raspare fioco sotto l'ululato del vento. Quel rumore proveniva da MaViolet. Le si era irrigidito il volto. Mi stringeva il braccio con una forza tale che ho sentito il cuore fermarsi.

Insieme, io e Knox l'abbiamo portata di corsa alla panchina di legno costruita al limitare del portico, ignorando le folate di pioggia obliqua. Ci siamo stretti tutti intorno a lei, guardandola tentare invano di inspirare un po' d'aria.

Che le succede? ha detto Imani, strattonando la gonna della madre.

Aiutatela! ha detto Ira.

La signorina Edith ha giunto i palmi. *Signore, pietà.*

MaViolet ce li aveva quand'ero piccola, questi attacchi di affanno, e negli ultimi anni si erano ripresentati. Ma prima del disfacimento potevamo chiamare un medico, o il 911. Con la mano libera MaViolet si stringeva il petto, come a voler cullare il suo stesso corpo. Nel mio stato di panico estremo l'unica cosa che mi è venuta spontanea è stata cadere in ginocchio ai suoi piedi. Sostenendo il suo sguardo ho preso a respirare piano, deliberatamente, come se potessi regalarle il mio fiato o persuadere l'aria dentro di lei a fluire allo stesso modo. Poi, di colpo, mi sono ricordata e ho frugato in tasca, prendendo l'oggetto che MaViolet non poteva trovare nella sua. Ho stappato l'inalatore con mani tremanti, l'ho agitato e gliel'ho portato alle labbra schiuse.

Sei la mia fortezza, il mio rifugio in tempi bui, ha detto la signorina Edith.

Mentre MaViolet cullava l'inalatore, mi sono liberata della sua stretta. Mi sono alzata quel tanto che bastava a sganciare la borsa a tracolla dalla spalla di Knox, anche se conoscevo già la risposta. Ho frugato lo stesso tra le sue cose come se fossero anche mie, come se avessi preso con me una cosa che, lo capivo adesso, mi serviva più di ogni altra: quella busta di plastica che l'infermiera mi aveva consegnato con aria colpevole dopo l'ultima visita del medico. Ovviamente però non c'era.

Dal mio posto, accucciata ai piedi di MaViolet, ho guardato il volto dolce di mia nonna. Lentamente il colore cominciava a tornarle alle guance. *Siamo alla casa*, ho detto.

La pioggia ha iniziato a cadere con più forza intorno a noi.

Attenti a dove mettete i piedi, ha detto il signor Byrd. *Portiamola dentro.*

* * *

Entrare a Monticello quel primo giorno è stato come rompere un sigillo, e il nostro respiro ha incontrato un'aria calda, stagnante. Ci siamo infilati nella sala all'ingresso, uno stanzone cosparso di finestre, il corpo leggero di MaViolet contro il mio.

Ho scostato subito una barriera vicino alla porta, una pedana di legno alta un metro collegata a un braccio di corda che serviva a delimitare quell'angolo d'ingresso. Alcune sedie erano legate strette con nastri che ne impedivano l'uso. Ho chiesto al signor Byrd un oggetto appuntito della sua cintura multiuso e l'ho adoperato per tagliare prima un nastro, poi un altro. MaViolet si è accomodata sulla prima sedia liberata.

Nipotina, ha detto.

MaVi, ho detto io. *Sono qui...*

Ha abbandonato la testa all'indietro, chiudendo gli occhi. Sentivo che l'affanno cominciava a placarsi, come era sempre successo, e così si sono placate anche le mie paure. Il suo petto, esposto dalla scollatura della vestaglia, si alzava e si abbassava, e il volto era pervaso da un bagliore di nuova euforia. *Ti riprenderai in un attimo!* ho detto, abbracciandola.

Il salone d'ingresso ospitava una gran quantità di oggetti; e adesso anche noi. In alto, alla mia destra, una sfilza di trofei scuri punteggiava le pareti, palchi montati di alci e cervi. Sulla parete opposta, un bottino di artefatti dei popoli nativi: un'ascia, una faretra, mocassini che un tempo dovevano aver vestito piedi veri, uno scudo radiale con delle penne al centro – Sioux Lakota, mi ha detto in seguito il signor Byrd. C'erano busti di marmo bianco, e le curve drappeggiate di una donna scolpita. C'era un'enorme mandibola di mastodonte scurita dal tempo. Un oggetto accanto all'altro, collezionati, a quanto pareva, da qualcuno con vaste aspirazioni e un'enorme autostima.

Papà Yahya si è chinato accanto alla porta per togliersi le scarpe. *Kweli, kweli*, ha detto piano, lasciandole ordinatamente vicino all'ingresso per farsi avanti con le calze lunghe e un'aria stranamente dignitosa malgrado i bermuda. Mamma Yahya ha spronato i figli a togliersi le scarpe a loro volta, e KJ li ha imitati. Il signor Byrd è rimasto sulla soglia, a scrutare il temporale attraverso le enormi porte a vetri.

MaViolet mi ha toccato l'osso del fianco, una lieve spinta.

Le volte che avevo fatto il giro di Monticello, in passato, avevo tenuto la testa bassa e le mani a posto. In quel momento ho fatto correre le dita sullo schienale della sedia di MaViolet; il legno dipinto era lievemente oleoso al tocco. Ho attraversato la stanza per saggiare il primo piolo di una scala che si allungava verso una serie di contrappesi collegati al grande orologio di Jefferson sopra l'ingresso principale. Quel marchingegno suggeriva un trascorrere del tempo sforzato, la necessità di qualcuno che lo caricasse. Quando l'orologio era carico, un cavo con dei pesi a forma di palla di cannone scendeva lentamente lungo una parete, rivelando i giorni della settimana scritti a intervalli dal soffitto fino a un buco nel pavimento. Ho sbirciato nella depressione: a quanto vedevo era sabato da un bel po'.

Quella mattina, ammirando il maestoso orologio di Monticello, ho cominciato la conta dei giorni, pensando non solo a quant'era successo in ciascuno, ma anche a quanti ne passavano.

Il signor Byrd ha chiuso la porta d'ingresso e il nostro gruppetto si è disperso. Smarrito senza il gemello, Ezra si è allontanato attraversando le doppie porte del salotto, progettate da Jefferson in persona affinché si aprissero insieme. Ira e Carol sono sgattaiolati verso il lato sinistro della casa mentre gli Yahya, insieme a KJ, andavano nella direzione opposta, con i bambini che bisbigliavano eccitati. Ancora con la maglietta dorata addosso, LaToya ha seguito la signorina Edith e il signor Byrd. Alla fine al mio fianco è rimasto solo Knox, con MaViolet che riposava sulla sedia accanto a noi. Ho attraversato la stanza fino al punto in cui avevano appeso una cartina dell'Africa. Senza dire una parola Knox mi ha raggiunto, e uno di fianco all'altro abbiamo ammirato la mappa. Le proporzioni erano abbastanza precise – topografia color foglia di tè intagliata lungo la linea costiera – ma il centro del continente era stato lasciato falsamente vuoto. Sono passata alla cartina della Virginia poco più in là, senza confini e ricca di linee accurate. Lì vicino, un ritratto su tela di Thomas Jefferson ha attirato il mio sguardo, scintillante nella cornice dorata. Mi sono alzata in punta di piedi per esaminare meglio il volto: le guance vermiglie e i capelli grigi chiazzati d'ambra. Alle nostre spalle il vento o l'acqua batteva i pannelli di vetro.

Non ti fa strano, ha detto Knox dietro di me, *essere qui?*

Lui già sapeva della mia complicata discendenza. Gliel'avevo detto quando era tornato dalle vacanze di primavera, dopo la visita alla sua famiglia e prima che saltasse la corrente. Eravamo a letto nella sua stanzetta ordinata del dormitorio, la mia mano sul suo petto, che sentivo più liscio di quanto ricordassi dalla settimana prima. Era in vena di confessioni e parlava tenendomi una mano fra i capelli. Il mio corpo fremeva di desiderio colpevole, il desiderio di mettere spazio tra il nostro rapporto e quello che avevo fatto con Devin in sua assenza. *Penso che mio padre mi odi*, aveva detto Knox, premendo la testa sul mio collo. Il ventilatore ronzava nella finestra sopra di noi; mai ci saremmo immaginati che la corrente sarebbe mancata tanto presto. *Non mi ha neanche guardato*, aveva detto Knox, e nella disperata voglia di consolarlo avevo lasciato scivolare fuori la mia verità: *Lo sapevi che di secondo nome faccio Hemings?* gli avevo detto. *Sai chi era Sally Hemings?*

Knox aveva alzato gli occhi per guardarmi in faccia. *A dire il vero sì.*

Quel giorno aveva ascoltato il mio annuncio con calma come se fosse l'elenco dei numeri naturali o qualcosa di altrettanto chiaro e definito. La sua reazione distaccata mi aveva fatto sentire quasi sollevata di aver condiviso il segreto con lui. *È forte*, aveva detto.

Sono tornata sotto il ritratto di Jefferson prima di rispondergli. *Sì, è assurdo essere qui*, ho detto.

Ho passato mentalmente in rassegna le regole che avevamo messo per iscritto sulla pergamena nel padiglione dell'accoglienza. Non avremmo mai danneggiato niente per il gusto di farlo, ma di certo non eravamo turisti. Avevo tagliato ogni nastro e ogni cordone divisorio in quella prima sala in preda a un misto di sollievo e indignazione. Eravamo al riparo dal temporale, MaViolet respirava, ma quelle stanze erano state mantenute immacolate mentre in città avevano usato le nostre case come legna. Di sopra sentivo il rumore dei piedi scalzi di KJ e i tonfi attutiti di quelli dei piccoli Yahya che camminavano in calzini, un botta e risposta di passi. Tutt'a un tratto sono comparsi sul pianerottolo, lungo un corrimano ricoperto di pelli, con Papà Yahya che li chiamava.

Quel primo giorno il nostro gruppo si è avventurato quasi in ogni stanza. Ci siamo inerpicati su per strette scalinate nel caldo asfissiante, poi siamo scesi di nuovo. Ai tempi di Jefferson quelle scale venivano usate dagli schiavi così come dagli ospiti illustri, con gli sguardi che si evitavano, presumevo, e uno dei due che cedeva sempre il passo. Abbiamo percorso il perimetro della gigantesca stanza della cupola, con il soffitto bianco a volte e le grandi finestre circolari come una fila di occhi. Da lassù il cielo pareva tanto vicino, era come se non fosse altro che una cupola più grande, fatta di vento e nuvole e acqua. Allora ho pensato a Devin: laggiù, sotto di noi, era al sicuro, al riparo dalla bufera? Ci avrebbe abbandonato per andare in città, o chissà dove? Mi odiava, adesso?

Al secondo piano siamo entrati e usciti da una sfilza di camere da letto, ciascuna dominata da un colore o un motivo e contenente una qualche variante di letto alto, talvolta dotato di baldacchino di stoffa. Abbiamo trovato diverse coperte e una pila di lenzuola accatastate in una parodia di vita domestica che in seguito ci siamo spartiti e abbiamo usato con gioia. Abbiamo trovato una stanza dei bambini col soffitto basso dove c'erano un letto estraibile, una culla, una serie di bambole col viso di porcellana. Presto i bambini sarebbero andati a dormire lì e Mamma e Papà Yahya avrebbero preso la camera accanto. Quelle stanze erano state arredate con cura e riempite di oggetti di uso quotidiano, una tazza da tè, una spazzola, una lunga vestaglia blu, un paio di pantofole di lana: la scenografia per un'opera teatrale.

Tornati al pianterreno abbiamo esplorato il salotto, la sala da pranzo, un'altra camera da letto col camino. Infine siamo giunti agli eccentrici appartamenti di Jefferson: la sua biblioteca personale e lo studiolo, ingombri di libri polverosi e ninnoli luccicanti. Nello studiolo il pavimento era così pieno di scrivanie e sedute che si faticava a muoversi liberamente. I muri erano intervallati da grandi finestre, dalle quali ero certa che Jefferson osservasse tutto ciò che riteneva di possedere. Io e Knox abbiamo portato MaViolet a fare il giro delle stanze.

Qui ci siamo venuti quell'altra volta, ha detto lei.

Quando ti hanno portata qui per il raduno, MaVi?

MaViolet ha toccato lo schienale alto di una poltrona rossa. *Ci hanno fatto fare un giro.*

Dopo la visita formale a Monticello le avevano chiesto se fosse disposta a partecipare a un paio di eventi in città, che facevano parte di una serie di appuntamenti simili. Una volta l'avevo accompagnata a una conferenza nella biblioteca pubblica. Era autunno. Mi ero messa in prima fila a guardarla mentre col vestito della domenica, sedeva all'estremità di un gruppo di altri discendenti degli schiavi di Monticello. Quell'evento era incentrato su un'asta che la famiglia Jefferson aveva organizzato nel 1827 per volere di Thomas nel tentativo di preservare la tenuta dopo la sua morte. Tra le altre cose furono vendute anche più di cento persone di colore, per saldare il debito che Jefferson aveva accumulato nel corso della sua lunga e agiata esistenza, e per conservare la terra per la sua progenie bianca. Un discendente nero nel gruppo, che indossava i gemelli e il gilet, aveva passato anni a fare ricerche sulla storia della sua famiglia. Ci aveva dato una raccomandazione: se dovesse capitarvi di contattare un bianco con cui potreste essere imparentati, per sangue o per matrimonio, non ditegli che siete neri, o almeno fatelo al termine della telefonata. *Quando gli dite che siete neri*, ci aveva ammonito, *nove volte su dieci la curiosità iniziale viene meno. Molto spesso ti riattaccano in faccia*, ci aveva detto. *Certe volte prima di attaccare domandano, Ma cosa vuoi da me?*

Quell'uomo aveva parlato di uno dei suoi antenati, uno schiavo liberato che aveva preso parte all'asta di Jefferson nel tentativo di emancipare i suoi parenti. Peccato che non potesse permetterseli tutti. E allora chi comprare, la moglie o il figlio, e chi lasciare che fosse venduto alle piantagioni di cotone e all'oblio, o peggio? Mentre ascoltavo, provavo a non immaginarmi come mi sarei sentita se avessi dovuto scegliere chi riscattare tra la mamma o MaViolet. O se all'asta ci fossi stata io, in attesa di perdere tutto ciò che conoscevo e coloro che amavo.

Era primavera quando sono venuta, ha detto MaViolet. *C'erano i tulipani.*

Abbiamo scortato mia nonna nella stanza da letto personale di Thomas Jefferson, con il signor Byrd che ci seguiva da vicino. Alte pareti azzurre, un comodino e un alto letto in un'alcova. Il letto campeggiava tra la camera da letto vera e propria e lo studiolo. Incastrato per il senso della lunghezza, quel mobile singolare si raggiungeva da entrambi gli ambienti, e aveva tendaggi e un comodino per suddividere la stanza da tutti e due i lati. Il signor Byrd ci ha detto che era stato riprogettato per Thomas Jefferson alla morte di sua moglie Martha. Ha spalancato le tende.

Io e Knox abbiamo trascinato MaViolet verso quel letto, già fatto con rigide lenzuola bianche. Un quartetto di cuscini occupava la testiera, controbilanciato da un piumone ripiegato all'altezza dei piedi.

Sdraiati, MaVi, ho detto. Mi è uscita come una domanda, come se stessi chiedendo il permesso a qualcuno.

MaViolet ha fatto ruotare il corpo, adocchiando quella stanza: gli specchi nelle cornici d'ottone e un piccolo dipinto di una donna bianca nuda e un cherubino. Il lucernario, in alto sopra di lei, che sembrava una normalissima finestra non fosse stato per la posizione bizzarra sul soffitto. Il vaso da notte immacolato ai suoi piedi. Ha toccato le lenzuola, poi si è affrettata a sollevare un ginocchio, ansiosa di imporre il suo peso su quel letto. L'abbiamo aiutata a sistemarsi, usando i cuscini per sorreggerle la schiena appoggiata al muro e farla respirare più facilmente. Sulla parete di fronte a lei era appeso un orologio a obelisco, incorniciato da due pistole dall'aria vetusta e da una spada.

Potrei dormire dei giorni, ha detto.

Non appena MaViolet ha potuto riposare comodamente, abbiamo ripreso la nostra esplorazione. Ben presto ci siamo ritrovati a chiamare tutti gli altri a gran voce, e ci siamo seguiti a vicenda di sotto fino al piano nel sottosuolo. La scalinata era molto ripida e stretta, e a mezza via c'era un cartello di avvertimento per i turisti: ATTENTI ALLA TESTA. Di sotto l'aria era più fresca e umida. La penombra era tale che abbiamo dovuto avanzare lentamente per consentire agli occhi di abituarsi.

Nello scantinato c'era un passaggio che consentiva agli schiavi di accedere alla casa non visti, ha spiegato il signor Byrd. C'erano le cantine per il vino e un'ampia ghiacciaia cilindrica. A un'estremità c'erano delle moderne toilette per i turisti e un'antica latrina, dove nel giro di poco abbiamo installato uno specchio, riquadri di stoffa e un secchio d'acqua per nostro uso.

Abbiamo attraversato la mostra al centro dello scantinato, popolata dalle sagome a grandezza naturale di alcuni degli schiavi più noti di Monticello, i cuochi e i maggiordomi e le tate che avevano servito la famiglia Jefferson al chiuso e da vicino. Il signor Byrd ha distribuito un paio di torce elettriche e ci ha guidato in uno spazio sul retro della casa, una seconda biblioteca informale piena di prontuari ed enciclopedie. Era una stanza fuori dal tempo, costellata di sedute spaiate, neanche l'avessero arredata con i rimasugli dei negozi dell'usato. Ricordava molto di più le stanze di città che ci eravamo lasciati alle spalle. Siamo entrati in fila e siamo riusciti a trovare quasi tutti da sedere.

Il signor Byrd ha parlato nel walkie-talkie. Qualche scarica, poi ho sentito rispondere la voce misurata di Devin: Di sotto tutto tranquillo.

Ho fatto vagare il fascio della mia torcia sulle sedie e i libri; si è fermato per puro caso sulla parete opposta, su una grande fotografia che penzolava storta in una cornice da poco. Al centro dell'immagine, lo giuro, ho visto un riflesso della mia faccia, più chiara e larga ma comunque simile, come se mi avessero catapultato nel futuro. Ho guardato ancora una volta ed era, dico davvero, il volto di MaViolet. Nella fotografia era in salute, sulle scale del portico ovest, sotto la cupola di Monticello. Era strizzata in una fila di persone insieme a un buon numero di altri neri e a qualche individuo con la pelle più chiara. Nell'immagine MaViolet indossava un cappellino tondo incoronato da piume viola chiaro. La foto dovevano averla scattata quando l'avevano portata lì la scorsa primavera.

Accanto alla porta c'era la signorina Edith. *Quella è la nostra Violet?* ha detto.

Carol accarezzava la gallina che teneva in grembo come fosse un gatto. *In effetti le somiglia.*

Il signor Byrd ha spiegato che la fotografia ritraeva alcune delle famiglie nere conosciute di Monticello. I discendenti degli oltre seicento schiavi che Jefferson aveva posseduto in vita sua, gran parte dei quali avevano abitato nella piantagione, alcuni vicino alla casa, quasi tutti nella vasta campagna di sotto. Tra questi c'erano alcuni pro-pro-pronipoti neri di Thomas Jefferson in persona, dati alla luce dalla mia omonima, una sua giovane schiava. Non appena il signor Byrd ha pronunciato quelle parole ho sentito addosso gli sguardi di tutti, ormai smascherata da quella fotografia sgranata. Ora strizzavano gli occhi nella penombra come se i miei tratti poco visibili potessero aiutarli a fare chiarezza. Il signor Byrd ha puntato il mento verso di me, come a chiedere a quale gruppo appartenessimo io e MaViolet. *Sally Hemings*, ho detto piano, rigirandomi in bocca quel nome. *Di secondo nome faccio Hemings*, ho detto loro, come avevo detto a Knox, che mi stringeva una mano così forte che ho sentito il sangue defluire dalle dita. Mi faceva male lo stomaco, ma ho continuato a parlare: *Il mio nome per esteso è Da'Naisha Hemings Love.*

La mamma mi aveva dato quel secondo nome a malincuore o a mo' di sfida? Che dovrei farmene di questi antenati, mi sono chiesta, e cosa penseranno di me e MaViolet i miei vicini, ora che sanno? Ci considereranno più degne o meno degne, in quanto discendenti di un padre fondatore e di una schiava? E comunque ora che importanza ha?

Ho guardato il piccolo viso luminoso di MaViolet nella fotografia.

Siamo sue discendenti, ho detto.

Non appena ho pronunciato quelle parole Ezra se n'è uscito con un *Accidenti*, e Carol, chissà perché, si è esibita in un lento applauso. Forse le ho lanciato un'occhiataccia perché ha smesso di colpo, le mani ancora giunte. Succhiandosi i denti, Papà Yahya si è avvicinato per studiare la fotografia. *Come fate a saperlo?* ha chiesto.

C'erano resoconti orali, fatti che li avvaloravano, dicerie e pubblicazioni che risalivano ai tempi di Jefferson. C'erano state una commissione e una controcommissione, oltre alle analisi del DNA che avevano collegato i discendenti noti di Jefferson a uno dei discendenti noti di Sally Hemings. Ma soprattutto c'era il fatto che conoscevo la mia storia come gran parte delle famiglie conosce la sua: perché me l'aveva detto mia madre e perché MaViolet l'aveva detto a lei.

Uno di Monticello ha chiamato mia nonna, ho detto loro.

Pensavo che Papà Yahya iniziasse a farmi altre domande o facesse una smorfia come supponevo avesse fatto la maestra della mamma alle elementari. Invece ha annuito cortesemente, come se fosse rimasto colpito. Come se, sulla parola di qualcuno dello staff di Monticello, potesse ritenere legittima la mia rivendicazione.

Avrei potuto dire altro, ma Jobari e Imani hanno cominciato a saltare mulinando le braccia tutti contenti. *Ci sono anche le nostre foto in questa casa? Andiamo a cercarle!* Ira si è alzato dalla sua sedia a sdraio e ha raccolto uno dei suoi grassi volatili. La dorata LaToya ha districato le caviglie chiare. *Quindi voialtri siete tipo i nobili dei quartieri poveri, c'ho preso?* ha detto.

Knox non mi lasciava la mano e io la rivolevo indietro, solo per un attimo.

Siamo sue discendenti, ho ripetuto.

Ho provato a tenere la testa alta.

Ho deciso di tenere la testa alta.

Accidenti, ha ripetuto Ezra.

* * *

Il vento si è esaurito in fretta, e prima di placarsi ha sparso sterpaglie e rami caduti in ogni angolo del cortile. Ma la pioggia è andata avanti, alternando nubifragi in piena regola a rovesci irregolari. Doveva essere già pomeriggio quando mi sono avventurata sulla terrazza sud, una passerella di legno che descriveva una curva e si allungava verso il Mulberry Row. Da lì ho visto la signorina Edith attraverso la foschia densa. Procedeva a passo svelto lungo la cresta sopra l'orto, studiando i filari un tempo perfetti. Aveva trovato un paio di stivali di gomma e se li era messi, insieme a un sacchetto di plastica aggiustato a mo' di poncho. Con quelle trasparenze che le si gonfiavano intorno alla figura esile, ha gridato da lontano rivolta a me e Mamma Yahya, che stava in piedi alle mie spalle sotto le travi. Con le braccia che descrivevano una gigantesca Y, la signorina Edith ha annunciato la presenza di qualche ciuffo di bietola nell'orto, piselli rampicanti e un cespuglio di mirtilli. Il tutto mezzo devastato dal caldo o dalla pioggia o dai conigli o dagli uccelli, ma comunque. Esultando, i bambini l'hanno seguita giù per la collina e si sono avvicinati al rovo per riempirsi la bocca di viola. In seguito abbiamo trovato degli strumenti e scavato in cerca di radici, di igname.

Quando mi sono voltata per rientrare, Mamma Yahya era sparita, e c'era Knox che mi guardava. Mi sono resa conto che da quando avevamo messo piede nella casa avevo evitato di ritrovarmi sola con lui. Ora tutti si erano di nuovo dispersi, e lui era lì davanti a un'ampia finestra aperta che fungeva da ingresso. Ha alzato ancora di più il vetro. Io gli sono andata incontro, mi sono chinata per entrare.

Va tutto bene, Da'Naisha? ha detto.

Dentro faceva troppo caldo, la stanzetta era dominata dalle finestre. C'erano il pavimento di ardesia, una scrivania, una sedia. In alcuni vasi di ceramica c'erano dei limoni nani, i corpi essiccati chini e privi di foglie.

Tutto bene, ho detto, ma tanto valeva che dicessi, Respiro. Sono ancora viva.

Stavo pensando, ha detto Knox, *che potremmo dormire in questa stanza.* Ha fatto per toccarmi il gomito ma poi ha ritirato la mano e ha continuato. *C'è un sacco di luce ed è vicina a tua nonna, ma separata...*

Mi sentivo instabile, come se avessi bisogno di sdraiarmi, ma di letti non ce n'erano, quindi sono rimasta diritta. Giocherellavo con l'orlo stracciato dei pantaloncini. *Sento che accadrà qualcosa di brutto. Per colpa mia. Perché ci ho portati qui*, ho detto.

Knox ha studiato la piccola stanza. *Qui va benissimo. Dovevamo pur andare da qualche parte*, ha detto. Ha capito che così non mi aiutava, perché ci ha riprovato con un taglio diverso. *Mio padre dice che la nostra famiglia è imparentata con Arthur Armstrong Denny... era in quel gruppo di coloni che fondarono lo Stato di Washington... Abbiamo tutti degli antenati, dico solo questo.*

Non è la stessa cosa, ho detto io.

Lo so, ha ribattuto lui, poi, più piano, *Lo so*, come se capisse. *Ma è vero, no? Che sei imparentata con lui?*

Sono imparentata con lei, gli ho detto. A quelle parole mi sono chiesta, Si è mai sentita al sicuro qui? *Porto il suo nome.*

Knox si è lasciato scivolare sul pavimento vicino alla finestra aperta, ha ripiegato il corpo allampanato ed è parso di colpo molto più piccolo. *Hanno avuto dei figli*, ha detto. *Pensi che gli importasse di lei? Possibile che lo amasse?*

Volevo che smettesse di parlare. Volevo uscire nel cortile fangoso. *Come fai ad amare una persona*, ho detto, *che ha quel tipo di potere su di te?*

Lo so, ha detto Knox. *Tutta questa situazione è... è sbagliata, è... ignobile. Sto cercando di dire che anche nelle piccole cose, una persona ha sempre più potere di un'altra, no?* L'ha detto come se fosse una cosa personale, come se mi stesse chiedendo, È possibile che tu mi ami?

Tremavo da capo a piedi ma ho continuato a rimanere diritta. Pensavo a cosa poteva significare se amavo Knox. Voleva dire che odiavo qualcosa di me? O quella sensazione di disagio aveva un'origine più antica, separata da me e lui?

Non avrei dovuto portarvi qui, ho detto. *Forse dovremmo provare ad andare da un'altra parte.*

Temo che il Jaunt, ha detto Knox, *non ci porterà lontano. E poi tua nonna...*

Però, ho detto.

Quella stanza, tutta la casa, ogni cosa sembrava dondolare. Mi sono seduta sul pavimento di ardesia dall'altro lato della porta rispetto a Knox, mi sono stretta le ginocchia, tentando di ritrovare l'equilibrio. Knox è parso rinunciare alle domande intime e si è concentrato su questioni più pratiche. *Non ti preoccupare, ci verrà in mente qualcosa*, ha detto, allungando una mano, luminosa sulla mia pelle. Mi ha avvicinato a sé e io ho fatto il resto a gattoni, le ginocchia che sfregavano sulla pietra. Ci siamo seduti nella finestra, il suo corpo più grande avvolto intorno al mio, e abbiamo iniziato a dondolarci. L'odore acre di sudore e pioggia, il suo mento posato con agio sulla mia testa. *Dico solo*, ha continuato Knox, *che è assurdo, è... incredibile: questa casa in parte è anche tua.*

* * *

Quella notte e la mattina seguente il nostro gruppo si è radunato nel salotto e sulla veranda ovest appena fuori. Ci siamo radunati per riempirci lo stomaco di cose calde: un porridge che la signorina Edith aveva trovato nel negozietto di souvenir al piano di sopra, fatto con l'acqua bollente. Per cena lo abbiamo cosparso di sale marino e piselli, con Ezra e KJ che arricciavano il naso. A colazione lo abbiamo corretto con lo sciroppo d'acero, per l'entusiasmo di Jobari e Imani. Ci siamo radunati per stilare un programma di turni e stabilire chi avrebbe cucinato o pulito o badato all'orto. Al segnale di una campanella suonata dal signor Byrd o dalla signorina Edith ci siamo radunati per cantare e controllare come stavano gli altri.

Prima della nostra prima cena abbiamo raccolto della legna caduta; l'abbiamo strappata al tempo inclemente e l'abbiamo impilata sotto l'affidabile asciutto del passaggio coperto. Abbiamo ispezionato il nostro tremolante riflesso nella superficie sferzata dall'acqua pompata da una delle cisterne di Jefferson. Abbiamo assaggiato l'acqua sulla lingua, e scoprendola stagnante, Mamma Yahya ci ha mostrato come versarla ripetutamente da un recipiente all'altro, per infondervi nuova aria.

Quel primo giorno ogni persona ha reclamato per sé uno spazio per dormire. La signorina Edith ha deposto il suo libro dei salmi su una poltrona in una stanza ottagonale al primo piano. Ha distribuito la pila di lenzuola, tenendosi una parure in cui avvolgere il proprio letto. Il signor Byrd ha trasferito in silenzio i suoi attrezzi nella camera da letto quadrata fra quella della signorina Edith e l'atrio all'ingresso. Anche se di sotto faceva più fresco, gli altri hanno preferito salire, e hanno aperto le finestre di questa casa che ogni volta ci ricordava di essere stata progettata per un'epoca precedente all'aria condizionata o alla luce elettrica. LaToya è scomparsa in una stanza al secondo piano decorata in azzurro e bianco, e non ne è uscita quasi più se non ogni tanto per mangiare. Ezra ha fatto sua una camera al terzo piano, con i lucernari sul soffitto e due letti accostati a una parete. Carol e Ira hanno trasportato alcuni mobili nel laboratorio tessile bianco, un edificio autonomo nel Mulberry Row, così da stare più comodi. Il signor Byrd li ha aiutati a delimitare uno spazio all'aperto vicino alla costruzione in cui ospitare e tenere al riparo le loro preziose galline.

Dopo la prima cena ho chiesto di lasciare a MaViolet la camera privata di Thomas Jefferson. *Ma non mi dire*, ha detto Papà Yahya, ma la sua attenzione è stata subito reclamata dai bambini che litigavano per un cavallino di legno che avevano trovato. Ira ha fatto una faccia come a voler protestare, ma ha inghiottito le lamentele insieme all'ultima cucchiaiata di mistura grumosa. La signorina Edith ha detto, *Non vedo perché no.* E quindi, nel tintinnio dell'argenteria la decisione è stata presa: MaViolet sarebbe rimasta annidata nel letto di Jefferson, nell'alcova. Tutti passavano a farle visita, e la signorina Edith ha ordinato a Knox di sistemare nella stanza una poltrona comoda per lei, che si tratteneva più a lungo. I più si presentavano a coppie, per il nuovo riserbo di MaViolet. Lei li accoglieva, sicuro, offriva loro un sorriso tremulo. Ma dopo uno scambio di piacevolezze era come se i suoi pensieri scivolassero altrove, o si limitava a chiudere gli occhi. A quel punto gli ospiti rimanevano a conversare tra loro, e prima di andarsene concludevano dicendo che si sarebbe rimessa in piedi presto. Sfuggire agli uomini, la scarpinata su per la collina: tutto questo le era costato. Però quando andavo a sedermi accanto a lei MaViolet un pochino mangiava. Beveva l'acqua che le portavo. Le si illuminavano gli occhi, e mi sommergeva di domande: *Tu fai del tuo meglio, nipotina*, diceva. *Hai trovato un po' di gioia quest'oggi?*

Io e Knox abbiamo preso la stanza adibita a serra, quella con la parete di vetro che sporgeva dallo studiolo e dalla biblioteca di Thomas Jefferson. Abbiamo portato giù un materasso dal piano di sopra e ci siamo creati un posticino morbido in cui sdraiarci sotto le finestre. Quelle finestre che si spalancavano alte come porte e davano sulla terrazza e sul Mulberry Row.

* * *

Cinque giorni da reclusi, a esplorare la montagna personale di Jefferson. Sradicati com'eravamo, abbiamo riempito quei primi giorni di scoperte. Di sopra, vicino al negozietto di souvenir, abbiamo trovato un antico carro verde con smisurate ruote nere. Abbiamo trovato le carcasse di alcuni cuccioli di volpe in una tana nel pascolo, i corpi in putrefazione animati dalle mosche. Abbiamo trovato escrementi di topo lungo i muri delle cantine e dopo il buio abbiamo sentito muoversi il loro felpato e frenetico battaglione. All'alba una famiglia di cervi è venuta a sbirciare alla nostra finestra, i colli eleganti, le orecchie basse e impavide. Abbiamo trovato un cumulo di carriole rovesciate in un garbuglio di rampicanti. Le abbiamo districate e usate per trasportare cose su per il sentiero chiaro, oltre il padiglione dell'accoglienza: buste di legumi, sapone alla lavanda, bottiglie di vino con la foto della casa sull'etichetta. E a cena abbiamo potuto gustare zuppe e tracannare vino finché è durato. Ezra è stato uno dei più zelanti ad approfittarne. La seconda sera, dopo cena, l'ho visto attraversare il prato sotto la pioggia, con passo malfermo, per andare a fare pipì nel piccolo stagno fangoso dei pesci. Usavamo acqua bollita e versata nelle bacinelle per lavarci e lavare i vestiti che ci scambiavamo, io un giorno indossavo la camicia di Knox, lui quella del signor Byrd e via così. Abbiamo aperto un capanno chiuso con il lucchetto e ci abbiamo trovato vecchi attrezzi da giardino: motoseghe, falciatrici, qualche prezioso barattolo di benzina.

Il terzo giorno Georgie ci ha raggiunto correndo dal padiglione dell'accoglienza. È venuto da solo, spingendo davanti a sé una carriola carica di barrette energetiche che aveva sgraffignato. In cima alla collina ha consegnato il bottino al tavolo della signorina Edith, come un giuramento. Ho scrutato oltre il cortile da cui era venuto, ansiosa, nel bene e nel male, all'idea di veder spuntare Devin in compagnia di Elijah. Avevamo già mandato giù svariati cambi della guardia per sostituirli o sostenerli, ma Devin non era salito, non quel giorno. Mi sono concessa di provare un pizzico di sollievo, anche se mi mancava la sua faccia, i lineamenti tanto familiari.

In quelle prime sere il cielo si scuriva per la pioggia e la luce caliginosa della luna riusciva a stento a penetrare fra le nuvole. Mi sdraiavo accanto a Knox nella nostra stanza con le finestre e mi tastavo la pancia in cerca di un segno di cambiamento. Ero in ansia per come respirava MaViolet, e sentivo i suoi ansiti nel tamburellare insistente della pioggia. Aveva soltanto quell'unico inalatore mezzo vuoto... e pensare che ci avrei messo un attimo a prendere anche gli altri. Covavo una vergogna profonda per non essere riuscita a portare ciò di cui aveva più bisogno. Una folata di vento scuoteva le finestre e io schizzavo in piedi, mi muovevo nel labirinto di mobili e andavo a controllare che non rantolasse di nuovo. Ogni volta che me lo chiedeva, la conducevo attraverso la grande casa, giù per la stretta scalinata fino all'antica latrina nello scantinato, oppure, dato che le preferiva, alle toilette nuove vicino al negozio di souvenir, dove c'era pochissima luce naturale ma era tutto liscio, moderno e familiare. Armeggiavo con i fiammiferi per accendere una candela, poi la aiutavo a rimettersi a letto. In notti del genere non dormivo quasi per niente. Ma evidentemente un po' ci riuscivo, perché mi svegliavo più volte di soprassalto in seguito a una nuova, tremenda visione che mi balenava nella mente. Una notte ho sentito degli uomini sbatacchiare i fucili sulla finestra della serra e quando ho guardato fuori ho rivisto First Street. Un furgone senza finestrini attendeva dall'altra parte della strada e un gruppo di uomini adulti andava da quella parte, trascinando qualcuno. Trascinavano quel ragazzino, quello che avevano picchiato a sangue quando gli era corso incontro. Nel sonno non potevo fare altro che guardare mentre lo tenevano per le caviglie, da sotto le ascelle, e quello si divincolava strillando *Mamma! Mamma! Mamma!* Le volte che mi svegliavo sapevo che gli uomini avevano trascinato quel ragazzino sulla First, sul serio, dopo averlo colpito col fucile. Quando mi svegliavo, ricordavo.

La terza mattina nella casa le galline di Carol ci hanno offerto quattro uova perfette. Carol le ha portate al razionamento mattutino dentro una cesta trovata chissà dove, imbottita di stoffa. *Aspettiamo?* ha chiesto di nuovo, adocchiando Ira, che si era preso una sedia con lo schienale di pelle. La signorina Edith ha studiato le uova e ha annunciato che le avremmo rotte nell'acqua salata che bollivamo per la zuppa serale.

Aspettiamo? Certo! Aspettiamo, aspettiamo, ha detto Ira.

Dopo colazione mi sono ritrovata di sotto, sulla lunga passerella della terrazza sud. Senza riflettere avevo raggiunto la stanza priva di finestre dove c'era la mostra sulla vita della mia omonima, Sally Hemings. L'estate prima mandavano a ripetizione un video in cui proiettavano degli uccelli in volo su un manichino senza testa con indosso un vestito e sulla parete lì dietro. Ho indugiato a lungo sulla soglia, a sbirciare nell'oscurità.

Se stavamo aspettando, non sapevo ancora dire cosa. Secondo me la signorina Edith era convinta che aspettassimo il paradiso. E LaToya, che aveva passato un giorno intero segregata nella sua stanza, sembrava aspettare la grazia. Quando le ho posato davanti alla porta una ciotola di cibo caldo, lei ha aperto di colpo come se avesse atteso lì dietro in silenzio di prendermela dalle mani.

Ezra si comportava come se aspettassimo solo di riprenderci per poi tornare indietro e farla pagare a quegli uomini. Giurava che avrebbe radunato tutti i ragazzi e gli uomini intorno a First Street, tipo quelli che abitavano nella casa gialla accanto a dove stava suo padre. *Qualcuno deve pagare*, ha detto, capovolgendo l'ultima bottiglia di vino e guardando giù per il sentiero scuro fino al padiglione dell'accoglienza. Non fosse stato per la fermezza del fratello, era probabile che Ezra sarebbe tornato indietro per conto suo.

In certi pomeriggi di pioggia e afa soffocante, quando la signorina Edith andava a sedersi da Ma Violet, e se Knox doveva sbrigare delle faccende con il signor Byrd, mi ritrovavo sola. Girovagavo per casa, per i tre piani e il seminterrato umido, la biblioteca sul retro riservata alle guide, strapiena di libri. Leggevo perché l'avevo sempre fatto. Leggevo per sfuggire all'inconsistenza della nostra situazione. Leggevo per distrarmi dalla realtà della gravidanza, che diventava sempre più fondata a ogni ora che passava. Come avevo fatto a finire lì, e incinta per giunta, senza sapere con certezza chi fosse il padre? E cosa significava se il padre era Knox, o Devin? Com'era successo che il mondo era andato in pezzi a quel modo? Aguzzi brandelli di me stessa riflettevano la luce e il buio come in un caleidoscopio.

Per provare a sfuggire a questo, e a molto altro, prendevo un libro dallo scaffale e leggevo a lume di candela, o davanti alla finestra. Leggevo *Note sullo Stato della Virginia* di Thomas Jefferson, facendo scorrere le dita sugli inventari dei mammiferi terrestri che aveva stilato, sugli avveduti calcoli eseguiti per ricavare l'altezza delle montagne, la profondità dei fiumi: un grand'uomo, un uomo buono. Ho notato le riflessioni di Jefferson sulla clemenza del clima virginiano e ho pensato alla sua ferocia adesso, ai molti modi in cui avevamo profanato quel nostro commonwealth. Ho letto alcune delle sue riflessioni sulla schiavitù. Era una "depravazione morale", scriveva, brutale per la gente nera, un mezzo per trasformare i bianchi in tiranni. Ma scriveva anche che i neri sono inferiori ai bianchi nel corpo e nella mente, che puzzano, che sono come bambini, incapaci di badare a se stessi. E quindi, se si voleva porre fine alla schiavitù, gli ex schiavi andavano spediti in qualche posto lontano. I neri liberi *dovevano* andarsene, concludeva, per via dei "pregiudizi radicati in profondità" nei bianchi e del ricordo delle ferite subite dai neri per mano dell'America. Forze di questo genere, scriveva Jefferson, avrebbero finito per "produrre convulsioni che probabilmente non avranno mai fine se non nello sterminio dell'una o dell'altra razza".

Ho posato quel libro e ne ho aperto un altro, ho scorso per sommi capi la cronologia della vita di Jefferson, dal momento in cui aveva ereditato dal padre la terra su cui mi trovavo al matrimonio con Martha fino alla nascita dei figli legittimi, quei primi bambini bianchi a cui nessuno avrebbe mai chiesto di dimostrare più e più volte la propria discendenza. Ho immaginato la maestra della mamma che le lanciava un'occhiataccia, a quella bambina di otto anni, non solo incredula, disgustata. Mia madre, che aveva atteso la maturità per avermi, forse perché MaViolet aveva avuto lei troppo presto, e con un uomo che in fin dei conti non la amava. La mamma era già alle elementari quando MaViolet aveva sposato Papà Alred, che le aveva voluto bene come fosse figlia sua. Non aveva fatto un segreto del nome di mio padre, anche se io non l'avevo mai visto. Era una persona, mi aveva assicurato, di buon carattere e di bell'aspetto, ma per lei era solo un amico, solo un mezzo per raggiungere il fine di avermi prima che fosse troppo tardi.

Mi sono stufata di leggere la vita di Jefferson, così ho cercato delle storie che parlassero invece di Sally Hemings. Hemings, che era stata portata a Monticello da bambina insieme alla madre e ai fratelli, schiavi come regalo di nozze da parte del padre della sposa, neanche fossero un set di vassoi d'argento. I resoconti che ho trovato su Hemings erano tutti indiretti, parole di altri, e man mano che leggevo avevo sempre più la sensazione che fosse sempre più nascosta. Ho scoperto che il suocero di Jefferson, l'uomo che l'aveva ceduta in regalo, era anche il padre di Sally Hemings, il che significava che Sally Hemings era la sorellastra della moglie di Thomas Jefferson. Come si sarà sentita, mi sono chiesta, a essere al contempo una parente e una proprietà? E cosa avrà voluto dire guardare la tua padrona e vedere una sorella? O guardare una sorella e vedere una schiava? Ho letto che gli storici credevano perlopiù che Jefferson fosse andato a letto con Sally per la prima volta dopo la morte di Martha, quando la ragazza era in Francia come serva della famiglia. Jefferson aveva quarantun anni, Sally quattordici. Era tornata da Parigi incinta a sedici anni, con la promessa da parte di Jefferson che tutti i bambini che avrebbe avuto da lui sarebbero stati un giorno dei neri liberi. Lei e Jefferson ebbero sei figli insieme, quattro dei quali sopravvissero fino all'età adulta vivendo come schiavi a Monticello finché ciascuno di loro fu liberato.

Alla fine nessuno tra i figli liberati di Sally si sentì abbastanza al sicuro da rimanere. Non Beverly, non Harriet, non Madison. E neanche Easton, che in seguito pubblicò un'autobiografia in cui definiva Thomas Jefferson il patriarca della sua famiglia. A due dei figli di Hemings fu permesso di scendere dalla montagna, di scivolare nell'oblio e presumibilmente di trascorrere il resto dei loro giorni lontano dalla famiglia, camuffati da bianchi.

Gli altri due alla fine si trasferirono molto lontano dallo stato, nonostante l'appello scritto inoltrato da Jefferson all'Assemblea generale nel quale chiedeva che venisse fatta un'eccezione per loro. Anni prima infatti era stato varato un emendamento, partorito dalla paura dei bianchi di una rappresaglia degli schiavi liberati, dopo tutto il tormento che era stato loro inflitto. *E che sia ulteriormente stabilito che, se un qualsiasi schiavo d'ora innanzi emancipato dovesse rimanere all'interno di questo commonwealth oltre i dodici mesi [...] lui e lei perderà ogni diritto e verrà catturato e venduto.* I figli di Sally, una volta liberati, restarono diseredati. Rimanete e vi troveremo, vi renderemo di nuovo schiavi: la Virginia non è casa vostra.

VII.

Era la quinta mattina quando Devin si è deciso a venire in cima alla collina, concludendo il lungo periodo di servizio al padiglione dell'accettazione. Nel vederlo dalla finestra della serra devo essermi lasciata sfuggire un gemito, perché Knox ha alzato lo sguardo da quello che stava leggendo, il libro che gli avevo prestato o gli appunti sul suo taccuino. *Tutto bene?* ha chiesto. In cortile ho sentito il signor Byrd accogliere Devin – *Giovanotto!* – e poi loro due che parlavano, un botta e risposta continuo. Ho continuato a guardare finché non mi sono resa conto che Knox era ancora in attesa. *Sì*, ho risposto.

Nel vedere Devin che seguiva il signor Byrd su per il sentiero, mi sono resa conto che la sua riluttanza ad avvicinarsi alla casa non dipendeva soltanto da me. C'era una grande reverenza nel modo in cui si inerpicava sui gradini della terrazza, a voce bassa come un fedele in chiesa. Una volta entrato è venuto a parlare con MaViolet, e si è guardato intorno come in preda a una cauta meraviglia.

Per contrasto Elijah si è presentato senza troppi convenevoli pochi minuti più tardi, a tutta velocità, latrando sin dal salone all'ingresso. *Ezra! Dove ti sei cacciato?* Quando quello è sceso di corsa dai piani superiori, Elijah lo ha placcato, ed è stato un ricongiungimento irruento, a suon di vessazioni corporali, neanche fossero due dodicenni. Uno dei due ha ululato, l'altro ha mollato una scoreggia, e nel fetore i gemelli si sono abbracciati appassionatamente, e giù pacche sulla schiena, poi si sono separati per guardarsi a vicenda come se la loro non fosse stata una lite degna di questo nome. Come se fossero nati per perdonarsi. Si sono piazzati nella stanza al terzo piano che Ezra aveva scelto per loro, quella con i due letti addossati alla parete. Devin ha scelto uno spazio isolato nel padiglione sud, una stanza di mattoni all'estremità curva della lunga terrazza su cui si affacciava la nostra serra. Intendeva dormire il più distante possibile dalla casa principale, ancora più vicino al Mulberry Row.

* * *

Nel giro di poco ai piedi della nostra piccola montagna hanno iniziato a comparire i primi estranei, ma prima, a mo' di avvertimento, la corrente è tornata esitante. È successo presto, nell'oscurità intensa della nostra sesta mattina, anche se lì ogni giorno sembrava un'intera vita, breve e clandestina. L'elettricità è scattata e ha ronzato, liberando dal buio ampie sezioni della casa. Abbiamo avvertito quel cambiamento sismico dai giacigli sottili o dai letti bitorzoluti, e ognuno ha udito il pulsare delle cose com'erano state. Knox è balzato a sedere accanto a me, il volto in parte illuminato da una lampada nel corridoio fuori. Senza occhiali i suoi occhi parevano nudi, e un sorriso sognante gli è comparso in volto. Sentivo mormorare un po' dappertutto, i bambini che correvano e urlavano nella camera sopra la nostra, la bestemmia soddisfatta di Georgie sul portico davanti, dove dormiva ogni tanto. Quanto a me, sentivo solo un nodo allo stomaco, come se il corpo volesse segnalarmi che col ritorno della luce sarebbero arrivati i guai.

Sta tornando, ha detto Knox, anche se la corrente era rimasta solo pochi secondi. Il tempo di dirlo e la luminosità che aveva invaso camera nostra si era già spenta. Sono andata a controllare MaViolet: la sua stanza aveva trattenuto le tenebre; sentivo il suo lieve russare. Mi sono rimessa a letto, e con Knox sono rimasta ad ascoltare la casa che si acquietava tra un sussurro e l'altro. Lo sentivo attraverso il bozzolo dell'oscurità, percepivo la sua espressione decisa, il corpo che si accostava al mio. Si è sistemato sopra di me, reggendosi sui gomiti. Avevo già il respiro affannato, credo. Ho aggiustato il corpo sotto il suo. Concentrato, ora, ha chinato il viso verso il mio viso come se dovesse immergersi sott'acqua, un atto al contempo voluto e necessario. Tra noi era così fin dalla prima volta che ci eravamo toccati: desideravo qualcosa in lui, o da lui, oppure era lui che la voleva da me, la resa di ogni distanza, forse. Quella notte però le lacrime mi scorrevano oblique dalle guance fin nelle orecchie. Il mio desiderio era infuso di paura, o qualcosa di simile.

Erano settimane che non lo facevamo per bene. L'ultima volta era successo durante le vacanze di primavera, quando erano arrivati quei primi temporali violenti. Ci avevo fermati perché avevamo finito i preservativi, e anche perché dopo quel fugace e irresponsabile momento di oblio mi era tornata la memoria. Ci avevo fermati perché intorno a noi ogni cosa stava andando in pezzi, e perché, ironia della sorte, mi ero resa conto di aver saltato il ciclo. Avevo detto a Knox che dovevamo fare più attenzione, come se una scelta responsabile potesse cancellare quelle irresponsabili che avevo compiuto prima; come se implorassi un potere superiore dicendogli, Per favore per favore fa' che non sia incinta dopo tutto questo. Avevo mantenuto il divieto anche quando ormai era evidente che non era servito. Quella notte, quando le luci si erano riaccese, sapevo di doverglielo dire. Avrei dovuto farlo subito, senza indugio.

E invece io e Knox ci siamo cercati, ci siamo offerti il piacere che sapevamo di poter dare, con la bocca, le mani, i corpi che oscillavano vicini. Knox mi ha asciugato le lacrime sulle guance. Se le sarà immaginate cariche di speranza.

I primi estranei sono comparsi dopo poche ore, quella stessa mattina.

Secondo lo schema il turno giù al padiglione dell'accoglienza toccava al signor Byrd con Ira e Carol. Sono scesi con i pesanti walkie-talkie, una pistola e i due fucili rimasti. Sono scesi portando con sé anche una parvenza di aspettativa da che c'era stato quel baluginare di luci. Era l'alba quando hanno visto un uomo dalla pelle d'ambra risalire lentamente il sentiero. È venuto con le mani alzate e foglie bagnate tra i capelli: un uomo albero, mi ha detto Carol poi. Parlava con un accento strano, ha gridato da lontano anche se il signor Byrd e Ira si sono affrettati a imbracciare le armi. È da maleducati, ha spiegato Carol, puntare un fucile addosso a uno che cerca di dirti chi è.

Mi chiamo Norberto Flores, ha detto l'uomo albero.

Sempre con le braccia alzate, ha spiegato che la sua famiglia aveva avvistato il fumo dei nostri fuochi. Avevano visto lampeggiare le nostre luci e osservato quello che gli era riuscito di vedere da un sentiero alberato che tagliava per il bosco lì sotto. Il bosco, la strada, tutto diventava ogni giorno più pericoloso, ha detto l'uomo. *Abbiamo guardato e abbiamo deciso che non siete più pericolosi.*

Presto abbiamo scoperto che il signor Flores, insieme ai figli adulti con le loro famiglie, si era allontanato in camper dalla città dopo un tafferuglio vicino a casa loro. Si è scoperto che abitavano a due passi da Devin, dietro la curva, dall'altro lato del canale ingombro di immondizia dietro i campi da pallacanestro. Sostanzialmente erano nostri vicini e la notte che eravamo scappati avevano visto il fumo innalzarsi da First Street. Quello stesso gruppo di uomini armati era passato in macchina dalla loro via, brandendo le torce. Un tizio barbuto aveva gridato cose brutte da un megafono mentre il signor Flores e i suoi congiunti si stringevano dietro le finestre buie fumando di rabbia. La famiglia Flores se n'era andata molto presto la mattina dopo, chiudendo a chiave la porta e mettendo al sicuro ciò che le era riuscito di mettere al sicuro. Erano partiti a bordo del loro Ford Sherrod, il vecchio furgone carico di tende e attrezzatura da caccia. Si erano spinti fino in periferia, seguendo lo stesso percorso che avevamo fatto noi, poi avevano parcheggiato ed erano saliti ad accamparsi più in alto, sopra il sentiero Saunders-Monticello, quello che corre lungo la strada che avevamo imboccato la notte della fuga. Poi però, ha spiegato il signor Flores, al sorgere del sole i suoi familiari avevano iniziato ad avvistare sotto il loro campo piccoli gruppi armati di uomini. *Los arsonistas*, li ha definiti. E a causa loro i suoi parenti non si sentivano più al sicuro nel bosco né a guidare sulle strade della zona. I Flores quindi avevano preso ciò che potevano e avevano levato le tende, senza sapere di preciso dove andare. Avevano seguito il sentiero in direzione opposta alla città e a un certo punto avevano visto le nostre luci.

Mentre ascoltavo quel racconto la paura è tornata a farsi sentire, una frenetica pulsazione dentro la gola. Oddio, ho pensato, la città non è sicura ma non è sicuro neanche spostarsi. Però ho represso l'ansia che provavo fino a non sentirla quasi, o almeno a non sentirla come un'entità separata da me.

Mentre io e Knox scendevamo di corsa al padiglione dell'accoglienza il signor Flores era andato a chiamare i figli, Edward e Oscar, nel bosco di sotto, e adesso erano tutti lì con le mogli e la nipote di lui, un'adolescente dai tratti elfici: due generazioni che discendevano da quell'uomo, ma erano nate in Virginia – nel caso dei suoi figli, nella valle vicino a Harrisonburg. La famiglia sedeva solenne sulle panchine vicino alla biglietteria, quelle dove ci eravamo seduti noi all'inizio, a capo chino, i volti segnati da un misto di amarezza e gratitudine che conoscevo bene. Borsoni, tende, sacchi a pelo e attrezzature da caccia erano allineati in una fila ordinata vicino alla biglietteria. Di là dal padiglione la pioggia sgorgava dalle grondaie, lucidando l'asfalto del parcheggio. Non appena ho posato lo sguardo sulla famiglia Flores ho capito che non li avremmo mandati via.

Dopo neanche tre giorni è arrivato un altro gruppo di estranei, in tutto cinque persone, giovani. Si sono presentati vestiti di cotone ed elastan e jeans sotto i poncho di plastica trasparente. Si sono presentati con bandane rosse intorno al collo oppure alzate a dividere in due la faccia: sembrava che si fossero persi sulla via per una manifestazione. Zaini da studenti come gusci di tartaruga sulla schiena.

Io ero di turno con Elijah e LaToya, che tra parentesi aveva iniziato a uscire più spesso da camera sua ma da come si muoveva sembrava sempre in preda alla fiacca. Quando quel secondo gruppo ci ha raggiunto, è stata la prima e unica volta che ho puntato un'arma su una persona. Per me le armi da fuoco significavano potere indiscriminato, il rischio di fraintendere fatalmente il valore di qualcuno.

Mi tremavano le mani. La pioggia mi annebbiava la vista.

Il gruppo si è annunciato con una voce unica, amplificata ma tremante: *Niente paura! Siamo dell'SCFP, Students of Color for Peace! Siete amici o nemici del popolo?* Quella voce profonda che ha penetrato la cortina di pioggia apparteneva a una studentessa universitaria del secondo anno di nome Lakshmi, una ragazza morbida color rame con gli angoli della bocca che piegavano con decisione verso il basso. Si era legata la bandana sui capelli cortissimi, di un nero lucido. Ha riportato alle labbra il megafono. *Dovete sapere che laggiù stanno succedendo cose molto brutte! Fateci entrare, cazzo.*

Gli studenti facevano parte di un neonato gruppo di attivisti del college pubblico che avevo frequentato per due anni, quello in fondo alla strada. Condividevano un appartamento proprio dietro il campus, di là dal laghetto artificiale. Nel caos la facoltà aveva chiuso, ci hanno detto, la mensa era stata saccheggiata, gli uffici dell'amministrazione disseminati di carte. Dal loro appartamento Lakshmi e gli altri avevano udito dicerie di ogni genere: che le vetrine dei negozi alla Fifth Street Station erano state spaccate e la gente si era presa quello che voleva, o che le serviva; che i prigionieri nel carcere regionale erano morti tra scioperi della fame e rivolte dopo che li avevano tenuti rinchiusi ventiquattr'ore al giorno nelle celle buie. Si parlava di una manifestazione enorme per esigere il sostegno del governo, locale e statale, per chi faticava a sopravvivere. Ma quando all'ora stabilita gli studenti erano scesi a downtown e dal ponte avevano guardato il municipio, non c'era nessuno.

Lakshmi e gli altri ci hanno detto che ogni tanto la sera arrivavano a piedi in fondo al viale che portava al loro campus sulla collina. Da un edificio vicino alla strada avevano iniziato ad avvistare brevi carovane di uomini, a bordo di SUV e pick-up, che facevano su e giù sulla strada principale vicino agli svincoli per l'autostrada, suonando il clacson. Li avevano riconosciuti per via dello sfoggio di bandiere e fucili, facevano parte dello stesso gruppo contro cui intendevano far fronte prima che saltasse la corrente. Ci hanno detto che la fila di veicoli passava ogni sera, appena prima del buio. Procedevano avanti e indietro e poi se ne tornavano in città, oppure accostavano in una strada laterale. Una volta Lakshmi e gli altri si erano avvicinati di soppiatto, rimanendo accucciati vicino al bordo della strada. Al tramonto, con l'arrivo della carovana,

Lakshmi ci ha detto di aver intravisto dei corpi, o almeno così le era sembrato, sotto le coperte nel cassone di uno dei pick-up. Avevano visto un piede che penzolava fuori, ma no, doveva essere la testa di un'ascia o il calcio di un fucile. Il gruppo aveva sentito dire che su a Monticello c'era della gente del posto, dei neri. Chissà chi gli aveva detto di noi. Forse il signor Odem, l'anziana guardia bianca, l'aveva detto a qualcuno, che a sua volta l'aveva detto a qualcun altro?

Gli studenti ci hanno detto che quando nel loro appartamento era andata via la luce, la strada sotto il campus era tornata silenziosa. Dopo qualche giorno erano partiti alla nostra ricerca, nella luce del mattino, perché quegli uomini arrivavano sempre di sera. Eravamo fortunati, ci hanno detto, a essere lì su quella montagna, in quella casa. Era un rifugio.

* * *

Era insieme un sollievo e una responsabilità avere tanta gente nuova lì sulla montagna: ogni cosa apparteneva anche a loro. Più mani all'opera, certo, ma le razioni si sono fatte più scarne. Quell'ottava notte e la seguente ci siamo radunati per recitare il nostro codice di regole, ma anche per aggiungerne di nuove. Chiunque era libero di andarsene con le razioni per un giorno. Chiunque poteva essere mandato via se il gruppo era d'accordo. I Flores avevano montato le tende in salotto, scostando le poltrone con i cuscini rossi; i pali erano tenuti su da fili di nylon sotto gli occhi oleosi di orrendi ritratti alle pareti. Lakshmi e gli altri studenti sono saliti al terzo piano della casa e hanno sistemato dei giacigli improvvisati sul pavimento verde spento della stanza con la cupola.

La famiglia Flores e gli studenti dell'SCFP hanno portato cose nuove sulla montagna:

un fornello a energia solare

un binocolo a infrarossi

un terzetto di fucili da caccia

un'enorme balestra con le faretre illuminate al neon

maschere di carta e una decina di bombolette di spray urticante

una pila di riviste autoprodotte di autodifesa tattica

Lakshmi e gli altri studenti ci hanno insegnato il linguaggio dei segni che avevano imparato nella cerchia dei loro compari attivisti. LaToya ha impiegato un attimo a legare con i ragazzi, schioccava le dita in segno di approvazione, una risata secca le saliva in gola. Ha scambiato la maglietta dorata con l'unico ragazzo del gruppo, un tale del primo anno secco come un chiodo di nome Gary Chen, che aveva la pelle d'avorio e i capelli arruffati striati di blu. Ho sentito Gary piangere con LaToya la scomparsa del suo ultimo fidanzato, trovato e perso nel giro di qualche mese. Approfittando di una tregua nei temporali, aveva preso ed era tornato a casa nel nord della Virginia, "solo per qualche giorno", e non si era più fatto vedere. Una mattina, mentre distribuivamo le razioni – croccante di noci pecan, verdure strappate e quadratini di cioccolato fondente avvolti nella stagnola – Gary si è proteso verso di me. *Che sfiga, eh?* mi ha detto. *Finalmente mi innamoro, faccio coming out coi miei, e il mondo esplode.*

La sera, dopo i canti, i Flores e gli studenti nuovi condividevano con noi le loro storie di città, e noi raccontavamo le nostre, mormorando o gridando o ridendo fino alle lacrime. Dopo crollavamo in preda ai singhiozzi sul grezzo pavimento di ardesia del passaggio coperto. KJ e i figli degli Yahya attraversavano correndo il cortile fangoso diretti alle piccole mostre sotto la terrazza sud. Li trovavamo a battere sulle pentole di rame e a far finta di accendere il fuoco nel profondo focolare dell'ex cucina degli schiavi. Li trovavamo a piagnucolare nella caverna che era la mostra su Sally Hemings. Se ne stavano lì con le ginocchia strette al petto, si dondolavano, lamentandosi del dolore alla testa, alla schiena, alla pancia.

Una sera eravamo riuniti sotto il portico coperto a nord quando Devin ha preso la parola. Io e lui avevamo mantenuto le distanze da quando era venuto alla casa, ma ogni volta che lo vedevo il mio sguardo indugiava sulla sua figura. Ha raccontato del giorno in cui era tornato a casa e aveva trovato lo zio senza vita. Ha detto che aveva passato la notte a Prospect, e ho immaginato che fosse andato a trovare una ragazza, anche se magari era stato lì per barattare qualcosa con delle pile, o delle sigarette. A ogni modo una volta era vicino a casa aveva capito subito che era successo qualcosa perché Ezra ed Elijah erano in giardino, appoggiati a due vanghe. Aveva visto un ammasso simile a un corpo sulla veranda laterale, sotto un lenzuolo bianco. Conoscevo quella veranda, il corrimano di legno malfermo, il vaso simile a un'urna accanto alla porta che conteneva delle peonie di plastica ormai così sbiadite dal sole da avere un'aria nostalgica. A quel punto di ambulanze non ce n'erano già più. Niente più ditte di pompe funebri, o almeno nessuna che Devin conoscesse. Ha detto che l'unico barlume di speranza erano i ragazzi e gli uomini che stavano nella casa gialla accanto, che infatti erano arrivati nel giro di poco facendosi strada nel labirinto di copertoni e ricambi di motore. Da come lo raccontava riuscivo a vederli anch'io: ragazzi dalla pelle bruna con i jeans a vita bassa e le scarpe da ginnastica colorate. Magliette bianche penzoloni dalle tasche di dietro come bandiere ammainate. Quando ha finito di raccontare, Devin mi ha guardato dritto negli occhi per la prima volta dopo un bel pezzo di sguardi mancati. E mi è venuta voglia di dirgli qualcosa per consolarlo. Perché dopo aver perso la mamma conoscevo quel tipo di dolore. Devin ci ha detto che quelli della casa gialla avevano tolto di mano le vanghe a lui e ai gemelli, e a turno avevano scavato in fretta, finché erano riusciti a calare il corpo di suo zio nella terra rossa e argillosa della Virginia.

Mentre avvicinavamo le sedie per toglierci dalle sferzate oblique della pioggia, Lakshmi ha parlato. Ci ha raccontato di essere andata in macchina fino a casa dei suoi nella contea di Albemarle. Erano andati in pensione l'anno prima e si erano trasferiti in una casa recente a tre piani in una strada senza uscita in campagna – l'unica famiglia di pelle bruna in una zona di bianchi. Era tranquillo lì, ha detto Lakshmi, erano rimasti quasi tutti. E mentre era lì aveva sentito più di una volta i vicini bussare a casa dei suoi per chiedere, Avete bisogno di qualcosa? I genitori di Lakshmi avevano fatto scorta di viveri all'ingrosso, spezie colorate e di enormi barattoli con dentro lenticchie rosse e fagioli secchi. Uno scaffale della dispensa era dedicato alle confezioni formato famiglia di croccante alle arachidi, la debolezza del padre. La madre serbava ancora qualche speranza per l'orto allagato, e per il momento se la cavavano benone, l'avevano rassicurata. In effetti nella loro via c'era stata sempre una gran pace a parte una sera afosa, quando un vicino era uscito dalla veranda buia di casa sua urlando a gran voce, un vedovo in pensione, forse ubriaco. Alla luce della torcia aveva issato una delle vecchie bandiere sul palo che aveva sul prato, sostituendo quella americana ormai zuppa. Ma era lo stesso vicino che aveva aiutato i genitori di Lakshmi il giorno del trasloco, che aveva dato loro i cavi per la batteria quando non gli partiva la macchina, che aveva accostato l'auto alla loro anche se l'angolazione era scomoda. E comunque, le avevano assicurato i suoi, quell'uomo solitario aveva ammainato la bandiera la sera dopo, cupo in volto.

Era abbastanza sicuro a casa dei suoi, ha detto Lakshmi, ma non era rimasta a lungo. Nel viaggio d'andata, su una di quelle stradine di campagna tutte curve, una coppia di tizi le aveva bloccato il passaggio. Non erano gli stessi che guidavano i furgoni scuri vicino al campus, ma ormai chi poteva dirlo con certezza? ha detto Lakshmi. Gli uomini che le avevano sbarrato la strada non sfoggiavano fucili o bandiere e non brandivano torce. Uno di loro forse non era nemmeno "bianco", aveva la pelle tra l'abbronzato e l'olivastro. In ogni caso la loro auto ostruiva il passaggio con tanto di cofano alzato, e Lakshmi avrebbe dovuto deviare nel fosso o passarci sopra per continuare. *Magari li avessi investiti, quegli stronzi*, ha detto, sistemandosi la bandana che ora teneva annodata al polso. Invece aveva fermato la sua Civic in mezzo alla strada per chiedere loro di spostarsi, o se avevano bisogno di una mano. Quelli l'avevano fatta scendere e costretta a salire dietro sulla loro auto mentre frugavano tra le sue cose. Poi uno degli uomini si era seduto accanto a lei. *Si sono presi quello che volevano*, ha detto, tormentando il grosso nodo rosso.

Alla fine l'avevano fatta passare e lei era arrivata a casa dei genitori, ma c'era troppo silenzio da quelle parti. Dopo un paio di notti malgrado le proteste dei genitori aveva dato fondo alla benzina che le restava per tornare in città, nell'appartamento buio, con i suoi coinquilini. Al ritorno aveva preso una via diversa, ripetendosi che se avesse visto gente per strada stavolta gli sarebbe passata sopra senza rallentare.

A ogni nuova storia mi si gonfiava il cuore nel petto, finché alla fine l'ho sentito enorme. Mi struggevo per Gary Chen, con i suoi capelli color zaffiro, palesemente innamorato. Per il signor Flores, che aveva raccontato di essere emigrato dall'Honduras tanti anni fa. Era sopravvissuto a un violento uragano – la corrente era mancata anche laggiù, ci aveva detto; il vento aveva ridotto il suo quartiere a un cumulo di macerie. Il mio cuore si gonfiava per Lakshmi, per quello che le era successo e l'aveva spinta ad abbandonare la relativa sicurezza di casa dei suoi e tornare nel pericolo, come se il pericolo le avesse già piantato dentro la sua bandiera. Certe volte sentivo il cuore così pesante e ammaccato che riuscivo a malapena a muovermi, a parlare.

Il mattino seguente, al razionamento, la signorina Edith ha proposto una riunione tra sole donne. *Un pizzico di prevenzione*, ha detto, mentre si asciugava le mani con un riquadro di stoffa che teneva in grembo. Ci siamo incontrate in salotto, dove le finestre erano incorniciate da stinte mantovane color cremisi. Ci siamo incontrate mentre i maschi della famiglia Flores raccoglievano la legna e il signor Byrd e Knox lavoravano per costruire barriere anticoniglio intorno alle zone chiave dell'orto. Ci siamo incontrate mentre Ira e Georgie attizzavano il fuoco sopra cui bolliva il bucato in una bacinella. Mentre Elijah e Papà Yahya nel passaggio coperto si lanciavano a ripetizione una palla fatta con sacchetti di plastica ed elastici insieme a Jobari e KJ. Mentre Devin ed Ezra e Gary facevano la guardia di sotto. Edith è entrata in salotto dal portico ovest e si è tolta gli stivali presi a prestito con le suole intasate da grumi di terra scura e umida. Si è presentata reggendo la cesta rivestita di stoffa di Carol, stracolma di fragoline e umili fiori mezzi avvizziti, foglie, radici e tutto il resto. *Volevo portare qualcosa di dolce*, disse.

Ci siamo sporte sul pavimento di legno, una scacchiera di lisci diamanti piatti.

La signorina Edith è passata da tutte una a una, scostando una sedia qua, un tavolino là. Abbiamo preso nel palmo un po' di frutta, fiori delicati, controbilanciati da un groviglio di minuscole radici. *Sono violette, forza*. La signorina Edith si è messa in bocca un pizzico di foglie e fiori, poi ha masticato.

Eravamo Mamma Yahya con il neonato in braccio, e Imani, che sfoggiava due trecce appena fatte e una lunga maglietta del negozio di souvenir stretta in vita con una cintura, come un vestito. Eravamo Lakshmi e la sua gente: Mahreen, Kayla e Jia. Eravamo le Flores, Sam e Martha, venute con la figlia tredicenne, l'elfica Yamileth.

Eravamo l'argentea Carol e la rosadorata LaToya.

Eravamo me.

Ho assaporato la dolcezza acidula sulla lingua e ho tenuto il resto per MaViolet, ancora distesa in quel letto a una stanza da lì.

La signorina Edith si è avvicinata alla finestra e ha strizzato le palpebre per scrutare le fradice aiuole ovali in cortile. *Delphinium, calendula, elleboro.* Ci ha squadrato da capo a piedi. *Voi signore sapete che dobbiamo stare attente*, ha detto. E Imani, vicino alla madre, ha stretto forte il suo mammut di lana. La bambina – aveva sei anni – era confusa, o speravamo che lo fosse, mentre noialtre sapevamo bene cosa intendeva la signorina Edith. *Molto attente*, ha proseguito, *anche adesso, soprattutto adesso. A dire il vero dovremmo stare sempre attente, in qualsiasi momento.*

Mi sono dondolata ancora di più sulla mia sedia di velluto, come se quella donna con lo sguardo da civetta avesse evocato i vecchi ammonimenti della mamma. *Per le donne e le ragazze è sempre stato così fin dai tempi della creazione*, ha detto la signorina Edith.

Noi facevamo sì con la testa, io anche – un diffuso grido d'assenso. Ci siamo guardate, poi abbiamo puntato lo sguardo fuori dalla finestra dove la pioggia gettava ombre sgocciolanti. Il piccolo Yahya si è stiracchiato in grembo alla madre, allungando le manine avide.

Non appena ha preso a piagnucolare Mamma Yahya l'ha cullato muovendo le ginocchia su e giù, un gesto che di solito finiva con lei che si alzava, rideva e cantava, solo che stavolta Imani, il volto all'improvviso vivido di orgoglio sororale, ha abbandonato la sua soffice bestiola su un tavolo e ha preso il fratellino. Quando il piccolo è stato tra le sue braccia, con la mano di lei dietro la testolina, ha fatto un singhiozzo. Per un po' il pianto si è placato.

Dobbiamo vegliare sulle altre donne, ha detto la signorina Edith con la sua voce gutturale.

LaToya ha scavallato e accavallato di nuovo le caviglie. *Voglio proprio vedere.*

La signorina Edith ha continuato chiedendoci di usare il buonsenso, di stare attente e di proteggerci a vicenda dagli uomini che avremmo incontrato una volta tornate, o dagli uomini che sarebbero potuti capitare lì. Ha detto che dovevamo stare in guardia anche dai ragazzi e dagli uomini che erano già sulla montagna, i nostri padri e fratelli. I nostri amici e amanti. Se fossimo rimaste lì a lungo, ha ammonito la signorina Edith, avrebbero potuto esserci, e probabilmente ci sarebbero stati, momenti di coercizione, di violenza perfino. Non era il momento adatto per restare ferite o incinte, se potevamo evitarlo. Lo ha detto come se sapesse che avremmo potuto non riuscire a evitarlo, e mi sono chiesta se una persona fidata non avesse fatto del male a lei. Alla parola "incinte" mi sono morsa l'interno del labbro; mi è salita una bolla in gola.

Dall'altra parte della stanza LaToya ha esclamato, *Amen!*, come una convertita sfacciata. E Lakshmi, che era già in piedi, ha stropicciato i suoi fiori così bruscamente che i petali sono caduti tutti.

Il bambino si è rimesso a piangere e Imani l'ha cullato con foga, mormorando una canzone inventata su un ritmo familiare. In un inglese approssimativo Mamma Yahya ci ha dato qualche consiglio per il ciclo, una cosa di cui io purtroppo non dovevo più preoccuparmi. *State attente a voi e alle altre*, concluse la signorina Edith, e tutte abbiamo tirato un gran sospiro. Come se potessimo. Come volessimo, me compresa. Ho tirato su le ginocchia, dondolandomi, e ho inghiottito d'un fiato la mia confessione.

* * *

Eravamo nella casa da due settimane quando mi sono svegliata a un rantolo. Era notte fonda, buio pesto, e Knox dormiva profondamente. Mi sono messa seduta di scatto, avevo sentito quel suono innaturale. Prima di svegliarmi del tutto ho attraversato barcollando lo studiolo – schienali di sedie e i piedi sempre più numerosi dei mobili – per raggiungere il letto di MaViolet racchiuso nell'alcova. Le mie mani hanno trovato le sue e mi sono preparata al fischio stridulo di lei che cercava di incamerare un po' d'aria. Nel buio ho cercato a tentoni l'inalatore, senza sapere quanta medicina era rimasta, se ancora ce n'era. L'avevo lasciato sul suo comodino nella futile speranza che non fosse necessario. L'ho agitato e avvicinato alla bocca di MaViolet.

Lei ha inspirato un istante poi lo ha allontanato con una manata.

Quand'ero piccola MaViolet aveva avuto un attacco e non trovavamo l'inalatore. Ero corsa a chiedere aiuto ai vicini nella casa accanto, e dopo un po' dalla finestra avevamo visto palpitare luci rosse e bianche. Altri vicini erano andati nei due giardini collegati per dare un'occhiata. I soccorritori avevano issato MaViolet sul retro dell'ambulanza e chiesto alla mamma di seguirli. Avevamo afferrato le chiavi ed eravamo balzate sulla Corolla ammaccata della mamma, ma io ero paralizzata dal terrore. Pensavo solo, E se ci si rompe la macchina? E se l'ambulanza ci perde prima di arrivare in ospedale? E se non rivediamo più la nonna viva? Temevo che se non ci fossimo state noi a implorarli di fare un tentativo, i medici sarebbero stati negligenti col prezioso corpo di MaViolet. Che potessero sottovalutare il suo inestimabile valore.

Nel letto MaViolet lottava con le lenzuola, la bocca deglutiva il nulla. Ora la perdo, ho pensato.

Ho chiamato aiuto.

Le ho infilato un cuscino sotto e l'ho girata su un fianco.

Sono salita a mia volta sul letto prima ancora di rendermene conto. Lo sentivo duro sotto di me, inflessibile come terra battuta di fresco. Mi sono rannicchiata contro il corpo di mia nonna per provare a confortarla, come se potessi strisciarle sottopelle. Quand'ero piccola ogni tanto dormivo nel letto con lei. Allora mi sembrava tanto grande, vasta di spirito e ampia di petto, ed emanava sempre calore. Quella notte, senza fiato tra le mie braccia, la sentivo troppo sottile, come se le ossa le si fossero sbriciolate. Una folata di pioggia ha colpito il tetto, seguita da un forte vento: la casa è sembrata oscillare.

Rantolo, gemito, rantolo, gemito.

Sono trascorsi alcuni secondi in quel modo, o forse ore.

Poi è apparso Knox in piedi accanto al letto dal lato dello studiolo, la mano calda sulla mia schiena. Mi ha fatto mettere seduta, mi ha aiutato a fare altrettanto con MaViolet, a metterla seduta con i piedi penzoloni. Mi ha esortato a riprovare con l'inalatore. Ha fatto bere a MaViolet un sorso di quello che c'era nella ciotola sul comodino, acqua o tè. Tra un respiro gracchiato e l'altro lei ha ingollato un po' di liquido, sempre con grande sforzo. Però meno.

Molto più tardi, con il cielo animato dal canto degli uccelli nonostante la pioggia, è venuta la signorina Edith, come al solito, per sedersi accanto al letto di MaViolet. Io ero esausta, grata per la tregua, anche se sapevo che non sarei mai riuscita a dormire. Ho trovato Knox sulla terrazza davanti alla finestra aperta della nostra stanza, il corpo allampanato che si stagliava contro la volta di mattoni. La sua camicia, lavata e rimessa, sembrava più leggera, le righe sul petto meno marcate. Dopo i temporali i capelli, di solito sempre in ordine, erano cresciuti a casaccio. Si è voltato nel sentirmi arrivare e ho riesumato un sorriso per lui, perché MaViolet era sopravvissuta alla notte e perché aveva sorriso nel vedermi, quel caro vecchio sorriso sognante seppure fugace. Nella fretta di aiutarmi dovevano essergli caduti gli occhiali. Era come se si fossero piegati e li avesse rimessi a posto; creavano una geometria nuova di guance.

Il tuo nome? ho detto, imitando la sera in cui ci eravamo incontrati, sui due diversi lati di un tavolo, con me che dovevo scrivere il suo nome su un cartellino. Ma la voce mi è uscita piatta, anche se avevo provato a metterci dell'aria.

Knox, ha risposto, raddrizzando la schiena. *E il tuo?*

Da'Naisha, ha detto.

Quando sono stata abbastanza vicino ha fatto per avvolgermi con le braccia, e mi ha avvicinato a sé come al rallentatore, il petto appiccicoso dal caldo. Ho alzato lo sguardo e ho visto che scrutava lontano la cresta delle basse montagne azzurre. Con altrettanta lentezza, deliberatamente, si è staccato da me ed è arretrato per guardarmi.

Ammetto di non capire, ha detto.

Pensavo che finalmente avrebbe detto qualcosa di torbido e vero su di me, sul fatto che avevo trascurato di portare ciò che a MaViolet serviva di più, o che avvertiva la mia infedeltà nel modo in cui io e Devin ci evitavamo. Speravo quasi che finalmente dicesse di aver notato la soffice rivoluzione del mio corpo: la gravidanza che mi impegnavo a tenere nascosta ma che doveva trasparire in tante piccole cose. In quel momento volevo che dicesse qualcosa di brutto su di me. Ma Knox parlava solo del mondo e dei suoi difetti. Dei problemi che necessitavano disperatamente di una soluzione, e di come risolverli. *Ci sono persone in grado di sistemare le cose, Da'Naisha*, ha detto.

Perché non ho preso le medicine? ricordo di aver detto.

Persone in gamba, ha insistito Knox. *Persone più che capaci di ripristinare la corrente elettrica, di riportare gli aerei in cielo. Perfino mio padre… è bravissimo. Ma ci sono altre persone, persone migliori, gruppi che potrebbero escogitare un piano per mitigare questo clima che abbiamo creato.*

Mi sa che erano in cucina, ho detto. *O forse sul comodino in camera sua.*

Secondo me ora vediamo tutto nero, ha detto Knox, *ma scommetto che c'è gente che si sta impegnando per arrivare qui, in città, intendo. È un momento orribile, ma credo che altrove le cose vadano bene, tipo in Maryland o in West Virginia. Ci sta che sia tutto a posto anche solo a Richmond. Noi non lo vediamo perché ci siamo dentro. Ma questa dev'essere un'anomalia. Troveranno il modo. Poi potremo tornare.*

Tu potresti tornare in città, ho detto. *Dovresti.*

Ma mi ascolti quando parlo? ha detto Knox. *Se non sistemano le cose, tua nonna qui ci muore!*

Il mio corpo ha ricominciato ad agitarsi, come se non fosse abbastanza pesante da trattenermi anche se avevo i piedi scalzi ben piantati sulla terrazza di assi. Riuscivo quasi a sentire MaViolet che si rigirava nel letto alle mie spalle, in casa. Mi sono stretta le braccia, le ho strofinate cercando di risvegliare il corpo.

Da'Naisha, ha detto Knox, col pomo d'Adamo che saliva e scendeva lungo la gola. *Scusa, amore*, ha detto.

Tu dovresti tornare, ho ripetuto.

Andrà tutto bene, ha detto Knox, come se non mi avesse nemmeno sentito. Forse mi si erano ingarbugliate le parole. Forse stavo già parlando alla terra. *Dico solo che non dovrebbe ricadere tutto su di te*, ha detto.

Knox continuava a scusarsi, con le mani sulle mie spalle, sul mio collo, tirandomi a sé. L'ho sentito baciarmi il lobo dell'orecchio mentre parlava: *Diventerai un'insegnante straordinaria. Io mi farò assumere in città, all'inizio niente di che, qualcosa nel campo dell'energia – geotermica, eolica.* Ha avvicinato la mia testa al petto e sentivo battere il suo cuore. *Sono solo preoccupato, tutto qui. E se non arriva nessuno?* ha detto.

Ho guardato il cielo, denso di nebbia, e poi le teste afro degli alberi che annuivano e le depressioni scure delle strade. *Ogni giorno più pericoloso*, aveva detto il signor Flores, e gli studenti avevano visto uomini in auto di notte, vicino all'autostrada. Ero così stanca che sarei potuta crollare lunga distesa sul terriccio imperlato di pioggia.

Ho premuto la bocca sul petto di Knox. *E se arriva qualcuno?* ho detto.

VIII.

Quando ho aperto gli occhi, la luce sulle pareti era cambiata. Dovevo essermi riaddormentata su quel mio giaciglio, perché era giorno fatto. Ho sentito un rumore attutito di passi in giro per la casa, poi il lieve cigolio di una porta che si apriva. Qualcuno ha chiamato da una finestra aperta. Mi sono alzata e sono andata di nuovo a controllare MaViolet.

Il suo respiro era regolare e sulle guance aveva un po' di colore. Forse mi aspettava, perché appena sono entrata ha aperto gli occhi e ha parlato.

Nipotina, ha detto.

Stava bene. Anzi, più che bene, ma quanto sarebbe durata?

Nay-Nay, ha detto, con le sopracciglia aggrottate come se lei fosse preoccupata per me. L'ho abbracciata strettissima, poi ho aperto tutte le finestre. Quando mi sono riseduta sul materasso l'ho abbracciata di nuovo.

MaVi, ho detto, sorridendo come una pazza solo perché ce l'avevo lì viva, sentivo la sua voce.

C'è il sole, ha detto, e infatti. Aveva smesso di piovere. Dalla finestra vedevo il vapore che si levava dall'erba.

Le ho chiesto se era sola da molto, e lei mi ha indicato vagamente la sedia della signorina Edith. *Mi tenete tutti compagnia*, ha detto. Il materasso mi pareva più comodo, adesso; però c'era come della sabbia sulle lenzuola. MaViolet mi ha stretto il polso e il suo palmo fresco mi ha dato sollievo alla pelle.

Hai bisogno di qualcosa? ho tentato. *Cosa posso portarti?*

Quell'orologio, ha detto lei, guardando la pendola ai piedi del letto. Aveva il quadrante bianco, gli ingranaggi dorati e le lancette ondulate come lettere corsive. La testa era sospesa tra due obelischi neri. *Mio padre aveva un orologio da taschino*, ha detto. *Niente di costoso, ci mancherebbe, ma anche quello era bordato d'oro.*

MaViolet era cresciuta a Vinegar Hill, in una casetta di legno a due piani con le tendine gialle alle finestre. Prima ogni tanto parlava della sua vecchia casa, diceva che l'avevano spianata con i bulldozer insieme al resto del quartiere più o meno quando aveva finito le elementari, e le famiglie di neri che abitavano lì erano state costrette a sloggiare. *Mio padre era un uomo orgoglioso*, mi ha detto quella mattina. *Mi faceva tenere in mano il suo orologio d'oro e mia madre un giorno mi ha comprato le scarpe di vernice con i nastri. Era un orologio da uomo, pesante ma bello. Facevo finta che fosse mio.*

MaViolet si è messa diritta per vedere meglio dalla finestra. Era una giornata pallida di sole.

Com'è che parli sempre poco dei tuoi genitori? ho detto.

Sono rimasta incinta, ha detto lei. *L'estate che mi sono diplomata. Ma questo già lo sai.*

Ho annuito, sperando che continuasse a parlare.

Papà voleva vedermi all'università perché non aveva avuto un maschio, ha detto. *Su una cosa aveva ragione: il padre di tua madre si è rivelato una nullità. Ce n'è voluto prima di conoscere Papà Alred – quanto mi faceva ridere – ma ho seppellito pure lui.*

Ci seppellirai tutti, nonna, le ho detto. *Presto torneremo a casa.*

Somigli molto a tutti e due, ha detto. *Soprattutto gli occhi: sono uguali a quelli della tua mamma, e ai miei.*

Fa male, ho detto, faticando a deglutire. *A volte cerco di non pensare alla mamma per quanto mi fa male.*

MaViolet teneva lo sguardo fisso sulla finestra. *L'ultima volta che ci hanno portato qui*, ha detto, *era primavera.*

* * *

La signorina Edith ha portato da mangiare a MaViolet e poi si è messa alla finestra, e mentre guardava i bambini che correvano a rotta di collo in cortile, col sole che disegnava i loro corpi, i solchi sul suo viso si sono distesi. Le ho raccontato in fretta cos'era successo a MaViolet quella notte. Poi ho percorso china il passaggio coperto fino all'antica latrina, e mi sono chiusa in quello spazio scuro. Mi ero messa la maglietta più anonima che ero riuscita a trovare nel negozio di souvenir, e mi penzolava dalle spalle. I pantaloncini che portavo a vita alta fino a metà pancia però negli ultimi giorni si erano come ristretti, stampandomi una riga rossa sulla pancia. Mi sono guardata nel piccolo specchio portatile e mi sono sgridata e schiaffeggiata nel tentativo di scuotermi. Avrei dovuto dire a MaViolet che ero incinta. Ma con che coraggio darle altre preoccupazioni? Sapevo che l'asma poteva ripresentarsi in qualsiasi momento. E ovviamente Knox aveva ragione: se non fosse cambiato qualcosa, la prossima volta sarebbe potuta morire.

In cortile, vicino al portico ovest, Carol stava sparecchiando dopo la colazione. Accanto a lei c'era Devin che lavava i piatti in una bacinella. *Eccoti qua!* ha esclamato Carol quando mi ha visto. *Toccava a te.* Ha spinto una pila di ciotole sporche sul tavolo, verso di me, ma Devin ha alzato gli occhi e i nostri sguardi si sono incrociati per un istante. Ha tratto a sé le stoviglie. *Ci penso io*, ha detto.

In quel quattordicesimo giorno sulla montagna tutti hanno sgobbato più che mai, rinfrancati per la tregua dalla pioggia, ho pensato, per la sensazione del sole sulla pelle. Lavoravano a gruppetti, in giardino o in casa, per tenere in ordine gli spazi condivisi. Scavavano con le palette nell'orto in cerca di tuberi, e si arrampicavano sui rami più alti per cogliere la frutta matura nel frutteto in basso. Zangolavano il bucato nelle bacinelle, appendevano a cavi tesi i vestiti strizzati ma sgocciolanti, la schiena curva, le mani screpolate. Dopo si strofinavano con la densa lozione che la signorina Edith aveva trovato nel negozio di souvenir, quella che profumava di lavanda. Stavano anche di guardia, turni continui di due o tre persone che si alternavano nel padiglione dell'accoglienza, armati di fucile, walkie-talkie e grazia posticcia. Quegli sforzi mi commuovevano, anche se quel giorno a dirla tutta mi parevano molto poco assennati. A ogni modo ho fatto del mio meglio per imitare il movimento delle loro braccia, il ritmo delle loro gambe che avanzavano: la loro speranza. Ho mosso la bocca in silenzio quando il signor Byrd ha aperto la sua per chiamare Georgie, per chiedergli di portare giù il kit di primo soccorso. Ho agitato le braccia a un tempo con il signor Flores, che puliva e oliava una serie di fucili nell'erba, con aria riluttante, come se in un'altra vita fosse stato un pacifista. Ho sgranato gli occhi insieme a KJ, che sedeva su un gradino in cortile e sollevava insieme sopracciglia e cicatrice, aspettandosi il dolore prima ancora che arrivasse. Un attimo dopo il signor Byrd si è chinato per togliere una scheggia dalla pianta del piede di KJ con un ago da cucito. Passando lì accanto mi è arrivata una zaffata di zolfo. *Fatto. Ora puoi andare a giocare, figliolo*, ha detto il signor Byrd.

Quella sera è toccato a Lakshmi scodellare la zuppa sotto il portico ovest, quello coperto. Accanto a lei LaToya e Gary dividevano arachidi, carote crude, colorati gambi di bietola. Imani e Jobari avevano predisposto una piccola postazione con una bacinella d'acqua tiepida e del sapone con cui lavarsi le mani prima di mangiare e dove immergere le ciotole dopo. Quando è stato il mio turno, avevo i palmi delle mani segnati dalle vesciche ma non mi ricordavo quale azione le avesse provocate. I più erano già stati serviti, sedevano con la ciotola sulle ginocchia. Ora che aveva smesso di piovere qualcuno aveva portato all'aperto una sedia presa in salotto o nell'ingresso. Altri si erano seduti sulle scale del portico. Gli Yahya e Yamileth si erano piazzati sopra coperte nell'erba. Un paio di studentesse erano di guardia di sotto.

Torno a prendere le medicine per mia nonna, volevo dire.

Ho visto Georgie che veniva verso di noi inerpicandosi sul terreno intorno al laghetto e tra le enormi querce. Prima ancora di prendere la sua ciotola si è lanciato a capofitto in un racconto, col mento sempre più in alto e la voce che vibrava dall'entusiasmo. Aveva appena visto un gruppo di orsi bruni, cuccioli, a dire il vero. Incredibile. *Un branco di orsi*, ha detto.

Ezra era vicino a un tavolo portato fuori sul prato e masticava un gambo amaro. Ha annunciato di aver sentito piangere un bambino. Sul serio, giù nei campi, quella notte. E l'aveva sentito dopo che gli Yahya erano andati a dormire.

I denti della signorina Edith, del colore dell'avorio invecchiato, hanno mandato un lampo. *Fantasmi*, ha detto.

Era solo un cucciolo di volpe, ha detto il signor Byrd, bevendo un sorso dalla sua tazza.

Io ero seduta accanto a Knox sui gradini del portico, fatti di mattoni ma con il ripiano in ardesia. Le mie gambe tanto più scure delle sue, i miei piedi scalzi e protesi verso il selvatico prato ovest, i calzini e le scarpe gettati sull'erba. La famiglia Flores aveva piantato le tende all'estremità più lontana di quel prato, vicino alla linea degli alberi. Dentro, MaViolet riposava in camera da letto; a quanto dicevano tutti, dopo che quella mattina si era confidata con me era diventata taciturna. La signorina Edith mi aveva detto che quando le aveva portato da mangiare non aveva assaggiato neanche un boccone.

Devin mangiava seduto tra i gemelli, molto in disparte rispetto al gruppo. Inclinava la sedia all'indietro, gli anfibi ben puntati sull'erba troppo alta. Ho notato che faceva guizzare lo sguardo sulle persone tutto intorno. Guardava Papà Yahya, che sgridava i bambini perché la smettessero di correre dappertutto e se ne stessero fermi sulla loro coperta mentre mangiavano. Guardava la signorina Edith, che ridacchiava di qualcosa che aveva detto il signor Byrd. Scrutava oltre il prato, come a controllare che fossimo al sicuro anche se non era di turno. La linea lontana degli alberi brillava nella luce calante, un milione di sfumature di verde.

E in quel momento mi sono uscite di bocca le parole che avevano avuto tutto il giorno, e anche la notte prima, per formarsi, forse da quando ero incespicata sulle scale del portico est e avevo sentito il rantolo di MaViolet. *Io torno indietro*, ho detto, alzandomi in piedi.

Devo prendere gli inalatori di MaViolet, ho detto. *Stanotte respirava a malapena.*

Dalle loro espressioni era evidente che sapevano già cos'era successo a MaViolet. Forse gliel'aveva detto Knox, o la signorina Edith. Forse era per questo che per tutto il giorno avevo avuto la sensazione che mi guardassero con un misto di pietà e tenerezza. Mentre finivano la cena, hanno iniziato tutti a parlare della città, di cosa volevano e di cos'era più sicuro fare, una voce che si accavallava all'altra.

Papà Yahya ha detto, *Ci serve dell'altra carne per gli uomini!*

Lakshmi ha detto, *Quei tizi facevano avanti e indietro ogni sera, poi però all'improvviso sono spariti.*

Elijah ha detto, *Non possiamo lasciare che la nonna di Naisha muoia al caldo come un cane.*

Ira ha detto, *Erano lì davanti alla mia finestra. Ogni volta che guardavo ne erano arrivati degli altri.*

Ezra ha detto, *Sono pronto a tornare per farla pagare a qualcuno.*

La signorina Edith ha sciacquato la ciotola e ha fatto cenno ai bambini di portarle i piatti. Intorno a noi il cielo si era fatto di un arancione intenso, viola ai bordi.

Knox si è alzato, sullo scalino sopra il mio. Si è tolto gli occhiali, li ha puliti con l'orlo della camicia, poi se li è rimessi.

Potrei andare io, ha detto. *Posso andare a prendere le medicine e vedere se la città è più sicura. Posso partire domani.*

Hanno parlato ancora degli uomini che vagavano sotto l'accampamento dei Flores e vicino all'autostrada, ma Knox insisteva. Le acque si stavano calmando, ha detto, o si sarebbero calmate presto. Nel frattempo poteva andare lui.

È un rischio in ogni caso, ha detto il signor Byrd. *Andare o non andare.*

Ira cercava di togliersi qualcosa dai denti con l'unghia del pollice. *Se vuole andare che vada!*

C'era dell'acqua che scorreva sulla strada, ha detto Georgie. *Giù vicino agli orsi. Più in basso potrebbe essere ancora peggio…*

Allora vado dopodomani, ha detto Knox.

Mi sono rimessa seduta e Knox si è girato a toccarmi il ginocchio, promettendomi a bassa voce che poteva fare questa cosa per me. Scambiava la mia scontrosità per preoccupazione, la mia minima furia cieca per gratitudine. O forse era colpa mia, gli avevo alzato davanti un muro dopo l'altro, offrendogli nient'altro che un volto di pietra. Qualsiasi cosa abbia visto in me, si è rivolto di nuovo al gruppo.

Io vado, ha detto.

Poteva andare, sarebbe andato. Quell'entità rabbiosa compressa è esplosa dentro di me.

Carol si è alzata bruscamente dalla sua sedia accanto a Ira, e il cucchiaio ha sbattuto sulla tazza di ceramica con gli avanzi della zuppa. Ciocche d'argento le incorniciavano gli occhi.

Potrei andare anch'io, ha detto.

Ira l'ha tirata per la manica. *Non dire stupidaggini.*

No, ha detto Carol, liberandosi. *Devi starmi a sentire.*

Carol ha esposto la propria opinione, all'inizio con fare concitato. Se li avessero fermati, lei e Knox potevano far finta di essere madre e figlio. *Guardateci: chiunque sarebbe disposto a darci una mano.* È andata a mettersi accanto a Knox, e Ira non ha potuto che criticare quella sua idea da lontano. Uno accanto all'altra in effetti facevano simpatia: Carol con le sue spalle cadenti, e Knox alto e secchione.

Voglio fare qualcosa di buono, ha detto Carol.

Ira ha appoggiato la tazza vuota sull'erba, accanto a quella di lei.

Lavando i piatti e gustando i cubetti di cioccolata mezza sciolta è stato deciso: Knox e Carol sarebbero andati, tutti e due, perché era molto probabile che il colore della loro pelle li avrebbe difesi. Sarebbero partiti la mattina del giorno dopo ancora, alle prime luci dell'alba, dato che gli uomini armati arrivavano sempre a fine giornata. Sarebbero partiti purché le strade fossero sgombre e i temporali non tornassero. Avrebbero preso la Lincoln Town Car del signor Byrd dopo aver riempito il serbatoio con parte della benzina trovata nel capanno degli attrezzi. Knox avrebbe guidato e Carol avrebbe preso nota di tutto il possibile nel loro vecchio quartiere. Perfino Devin ha detto che non era una cattiva idea. Alla fine anche Ira ha ceduto, le mani tremanti intorno alla tazza di tè che gli aveva allungato la signorina Edith. Ha promesso di prendersi cura delle preziose galline di Carol fino al suo ritorno. Carol era in ansia per i predatori, soprattutto i falchi. *Ci penso io a quegli uccelli maledetti*, ha detto Ira, e la voce burbera si è incrinata rivelando un seme di affettuoso orgoglio.

* * *

Dopo cena ero di turno giù al padiglione dell'accoglienza. È stata quella la sera che ho incontrato l'ennesimo sconosciuto, lì al limitare del nostro bosco. Ero di guardia con Knox e Edward Flores, che aveva lo stesso modo di fare risoluto ma gentile del padre. Come al solito ci siamo divisi, uno di noi vicino alla biglietteria con un walkie-talkie e gli altri due a pattugliare il perimetro del parcheggio e del bosco fino all'ingresso sulla strada. Durante i turni giravamo intorno all'umile terreno di sepoltura degli schiavi, quello che Mamma Yahya mi aveva fatto involontariamente scoprire. Poi ci riunivamo alla biglietteria per darci conferma che fosse tutto tranquillo.

Mentre Knox e Edward pattugliavano la zona, io me ne stavo appoggiata a una colonna di legno, gli occhi in fiamme. Ero così sfinita che la mia mente non faceva che saltare da un posto all'altro. Pensavo a MaViolet, che si era ammutolita di nuovo, anche se prima che scendessi a montare la guardia aveva bevuto qualche sorso d'acqua. Sapevo che sarei dovuta stare lì, al suo capezzale, ma ero terrorizzata all'idea di sentire ancora quel lungo rantolo, e cos'avrei fatto nel caso? Avevo chiesto alla signorina Edith di dormire lì mentre ero di turno. Lei aveva arricciato le labbra ma aveva accettato.

Avevo uno dei fucili del signor Flores appeso alla schiena, e la tracolla era un taglio che mi divideva il petto a metà. Quel giorno gli avevo chiesto di insegnarmi a imbracciare, prendere la mira e fare fuoco. Il segreto, aveva detto il signor Flores, è nella testa e nel cuore, non nelle mani. Avevo strizzato gli occhi verso un bersaglio appoggiato lontano, oltre la stalla col tetto rosso, e per il dolore del contraccolpo ero uscita dalla mia sonnolenza. Per un attimo mi ero ricordata del peso del mio corpo.

La mia mente è volata a Knox, che perlustrava il terreno. Quando a cena si era offerto volontario per scendere in città, sapevo che intendeva proteggermi, aiutarmi, eppure era come se non riuscisse a vedermi. O forse era io a non volere che mi vedesse. Forse avevo paura di lasciargli vedere le parti rotte e taglienti dentro di me. Avrebbe accettato anche quelle, le avrebbe amate, visto il passato che avevamo ereditato e che ora sapeva di futuro? E io?

La mia mente è planata su Devin, l'ho osservato da una distanza di sicurezza – la sua sagoma che percorreva il Mulberry Row, gli anfibi rossicci che calpestavano la ghiaia. Prima mi aveva guardato o me l'ero solo immaginato, un piccolo atto di gentilezza? E perché ci tenevo tanto? Ho scacciato Devin dalla mente e lì, nella sua scia, è comparsa la mamma, sdraiata con addosso un vestito del colore dei limoni, grigia in faccia e troppo giovane per quella bara. *Mamma*, ho cercato di dire, ma mi si è spezzata la voce. Mi sono pizzicata l'interno del braccio. Era meglio così, mi sono detta, che si fosse risparmiata quest'attesa spaventosa, quell'esilio.

Alla fine i miei pensieri sono ricaduti sulla creatura dentro di me che cercava di cucirsi in una persona – una bambina! Mangiavo abbastanza anche per lei? In che razza di mondo sarebbe venuta alla luce? Un mondo tanto, tanto malato. Che madre potevo sperare di essere in un mondo a pezzi come questo?

Knox è tornato dal giro di pattuglia, si è liberato dalla tracolla del fucile e mi ha abbracciato con naturalezza. *Tutto tranquillo*, ha detto. Poi è stato il mio turno di camminare e il suo di attendere.

Faceva un caldo tremendo quella sera, perfino il brusio degli insetti sembrava sommesso. Quando eravamo arrivati c'era la luna piena, seppure oscurata dalla foschia, mentre ora brillava sottile, una falce di luce bianca sopra di me. Sono scesa verso il bosco e a pochi passi dalla strada ho visto lo sconosciuto, un'ombra dietro la linea degli alberi. Era dal nostro lato della strada, guardava verso la città; il suo atteggiamento era diversissimo da quello degli altri venuti prima di lui che agitavano le mani in aria e avevano voci forti e chiare, quegli altri che ora erano parte di noi.

Ho battuto le palpebre e ho visto che era solo un bambino, di dieci, undici anni. La torcia elettrica, già debole, gli baluginava in mano sobbalzando. L'ho guardato fermarsi a scrutare nel bosco senza vedermi. La nostra Monticello, ricordo di aver pensato. Ho appoggiato un ginocchio a terra, il corpo rigido come un contrafforte e il cuore che balzava e arretrava. Quello ha preso a risalire il pendio tra noi, avvicinandosi, poi si è fermato di nuovo. Si è chinato ed è stato allora che ho riconosciuto qualcosa nel suo profilo. Reggeva la torcia, armeggiando con uno zaino di tela, e il percorso del suo sguardo è salito fin sulla casa, su tutto ciò che consideravo prezioso lì dentro. Ha riabbassato gli occhi e in quel momento mi ha visto, in ginocchio nel bosco che lo fissavo. Era abbastanza vicino da abbagliarmi con la luce della torcia.

Il fatto era che io quel bambino lo conoscevo, o almeno credevo di conoscerlo. Era lo stesso che avevo visto farsi beffe di noi dal finestrino del pick-up, lo stesso che aveva infestato i miei sogni. Non so bene come ha reagito la mia faccia quando l'ho visto. So solo come ha reagito la sua nel vedere me. Ha sgranato gli occhi e spalancato la bocca. Poi ha fatto un balzo all'indietro e ha preso a correre giù per il pendio che aveva appena iniziato a risalire. Ho sentito anche il mio corpo mettersi in moto.

Credevo che mi sarei precipitata verso di lui urlando, Fila via! Invece la bocca si era bloccata, poi sono scivolata e qualcosa di appuntito mi ha morso la caviglia. Ho sentito un fuoco risalirmi la gamba fino al fianco. Il bambino era disperato nella sua ritirata, ma io ho continuato a correre mezzo inciampando finché i miei piedi non hanno incontrato l'affidabile piattezza della strada. A quel punto ho accelerato il passo in uno sbatacchiare di suole sull'asfalto luccicante, col fucile preso in prestito che mi rimbalzava sulla schiena. Il bambino era veloce, ma io di più. Non mi ero mai resa conto di poter correre così. La distanza tra noi si è ridotta a un niente. Mi sono slanciata in avanti e gli ho afferrato l'aletta dello zaino. Lui è caduto a terra rovinosamente e ha ululato.

Volevo solo prenderlo e scuoterlo. Invece mi sono ritrovata col suo peso bloccato sotto di me e le ginocchia premute sul suo busto stretto. Le braccia si sono levate da sole e ho sentito ogni singolo grammo del mio corpo mentre tempestavo di pugni il bambino riverso sulla strada. *Chi sei?!* strillavo. *Chi cazzo credi di essere?*

Ho continuato a urlare – mi meraviglio che nessuno mi abbia sentito – una sequela di note frenetiche, una sorta di ritornello.

Le grida del bambino si sono dissolte in un grugnito impotente, un verso che sapeva di accettazione, di resa, perfino. Alla fine i suoi rantoli bestiali mi hanno riportato in me. Le braccia mi sono cadute pesanti lungo i fianchi. Mi sono staccata da lui, col respiro pesante e il corpo in preda ai tremori. Da come era lì steso sulla strada forse non si sarebbe più rialzato. Da vicino sembrava più piccolo, più giovane, e aveva il viso scurito dal sangue. Ma era lo stesso bambino; doveva essere lui.

Dopo un po' ha cercato a tentoni lo zaino. Si è alzato, barcollando all'indietro, via da me, poi si è voltato ed è partito di corsa lungo la strada verso la città. L'ho guardato allontanarsi, una sagoma oltre la nostra chiazza di bosco, finché non è stato molto più distante dalla casa di quanto io non fossi stata da giorni.

Quando finalmente sono arrivata al padiglione dell'accettazione riuscivo a stento a parlare. Di sicuro tremavo ancora, avevo i vestiti tutti storti e i capelli arruffati in più punti, ma tanto non c'era quasi più luna. Edward mi aspettava. Gli calavano le palpebre. *Tutto tranquillo*, ho detto.

IX.

Mi sono svegliata da sola in preda alla nausea. Il sole campeggiava alto e grasso nel cielo fuori dalle finestre della serra. Ho attraversato la casa in silenzio, oltrepassando lo studiolo dal quale ho visto la schiena di MaViolet che si alzava e abbassava. Ho percorso uno stretto corridoio e ho sceso la scalinata soffocante. Di fronte alla porta aperta vicino alle sagome degli schiavi di casa ho notato un gruppo di studenti dell'SCFP nella penombra afosa della biblioteca delle guide. Gary teneva banco con un librone dalla copertina rigida aperto in mano. LaToya al suo fianco gesticolava come la presentatrice di un varietà televisivo. Stava recitando qualcosa in tono compassato da professore, e gli altri ridevano come matti. Sono sgattaiolata via seguendo le pareti ruvide del passaggio fino al posto al coperto dove andavamo a turni a bollire l'acqua. Il fuoco era spento, ma l'acqua era ancora tiepida. Ho riempito un secchio e me lo sono portato nell'antica latrina.

Quel bagno puzzava di urina, di merda, anche se lo lavavamo con l'acqua bollente e cercavamo di tenerlo pulito. Mi sono chinata per guardarmi nel vecchio specchietto portatile, convinta di vederci una persona diversa. La mia faccia era la stessa di sempre; ho dovuto scostare i vestiti e inclinare lo specchio per individuare la prova. Un lievissimo graffio sul collo, un livido grigio sul braccio. Mi sono tolta la maglietta e i pantaloncini luridi. Un esile vapore s'innalzava dal secchio. Sono entrata nuda e tremante nel calore.

Mi sono passata la mano sulla scorticatura che avevo sul fianco e ho ricordato cos'avevo provato mentre scivolavo. Mi facevano male i muscoli delle braccia, ma la pancia restava una sottile menzogna. Chi era quel bambino, chi si credeva di essere? Mi sono accorta che stringevo forte i pugni; ho rilassato le dita e ho preso uno dei brandelli di stoffa che tenevamo lì per lavarci.

Ho immerso lo straccio nel secchio di acqua tiepida, l'ho usato per strofinarmi il viso, il collo, il petto, le ascelle. L'ho passato sulla pelle infiammata del fianco e della caviglia. Mi sono pulita tra le gambe, tra le dita dei piedi. Ho indossato di nuovo i vestiti fetidi e sono uscita sotto il sole.

In cortile sono stata aggredita dal caldo insopportabile del pieno giorno, come se l'aria stessa fosse un gigantesco oggetto in cui farsi strada. La primavera più calda della storia, avevano detto al telegiornale quando ancora c'erano i telegiornali. Chissà se era ufficialmente estate o ancora no. E se fossimo riusciti ad arrivarci cosa ci riservava l'estate? L'estate in Virginia senz'aria condizionata e deodoranti. Senza il parco acquatico di Cherry, o i ghiaccioli mezzi sciolti nella loro bustina di plastica sottile. L'estate senza la brezza dal finestrino di un'auto in movimento, o il ticchettio ipnotico del ventilatore in camera di Knox al dormitorio. Sentivo già il sudore inondarmi le ascelle, il petto. Sono tornata di sopra a controllare MaViolet. Aveva gli occhi chiusi e il respiro pesante ma regolare. Mi sono costretta a restare seduta per un po' vicino al letto, ma non ho resistito a lungo. Cosa stavo facendo per aiutarla? Ho guardato la finestra nella sua posizione strana sopra di me, che gettava luci e ombre sul soffitto. Per tutto il tempo che sono rimasta MaViolet non ha aperto gli occhi neanche una volta.

Mentre cercavo di attraversare il resto di quel pomeriggio afoso ho visto i gemelli, giù al limitare del bosco, che portavano un grosso ramo caduto. Ho visto KJ e Jobari in ginocchio, nella polvere, e Imani che volteggiava poco più in là. Ho visto la signorina Edith su una sedia all'ombra, che insegnava a Yamileth come fare il punto dritto. Nei loro movimenti brevi e sfiniti ho sentito spegnersi tutta la mia ira. Oddio, ho pensato. Era solo un bambino. Cosa sto facendo? Cosa ho fatto?

Da'Naisha, ha detto qualcuno.

Era Carol, sul portico ovest. Il mio nome suonava sempre sforzato quando era lei a pronunciarlo. *Se non è troppo disturbo.*

Portava un'alta pila di ciotole e insieme anche un secchio di posate. La giornata mi era scivolata via dalle dita. Il sole iniziava a calare, infiammando le cime degli alberi. Era di nuovo quasi ora di cena.

Lascia, faccio io, ha detto Knox arrivando alle mie spalle. Avevo tenuto lo sguardo basso quel giorno, evitandolo il più possibile. Mi ha stretto la spalla prima di liberare il secchio dalla presa di Carol.

Quella sera dopo mangiato si sono messi tutti a raccontare i loro preparativi per il giorno a venire. Il signor Byrd e Devin avevano già preparato la Town Car, controllando le gomme e che partisse. Georgie aveva ispezionato le strade a valle per assicurarsi che fossero sgombre da sterpaglie e acqua. La signorina Edith aveva stilato una lista di numeri civici, e disegnato una cartina che andava dalla rotonda di First Street fino alla casa dei gemelli e alla zona in cui stavano i Flores. Knox ha aperto la mappa in modo che Carol potesse studiarla con lui, e insieme hanno tracciato col dito il percorso fino alla città e ritorno. Io ho annuito, anche se lo sapevo che non era del tutto sicuro: una parte di me lo sapeva.

So che volete andare voi, mi sono sentita annunciare al gruppo. *È un'idea sensata, lo ammetto. Ma vengo anch'io.* Pronunciando quelle parole ad alta voce ho provato sollievo.

Sentivo di dover andare perché solo io potevo trovare le medicine di MaViolet. E dovevo anche vedere in che condizioni era la nostra bifamiliare, se era ancora in piedi. Avevo bisogno di vedere gli scaffali di MaViolet, i suoi ricordi di una vita. Sulla mensola di mezzo c'era una fotografia di noi tre: lei, la mamma e io. Una mattina di Pasqua, molto prima che la mamma si ammalasse, molto prima che scoprissi che le mamme possono ammalarsi tanto da morire e lasciarti sola. Nella fotografia siamo una trinità di colori pastello, con la mamma nel mezzo, la borsetta di finta pelle che penzola da una catena d'oro. Casa di MaViolet era il nostro museo di famiglia, un museo in declino che avevo bisogno di vedere per l'ultima volta, fosse stato anche solo un cumulo di cenere.

Ezra ha detto che se andavo io doveva andare pure lui. Sognava ogni notte di ritrovare quegli uomini.

Sei troppo agitato, ha detto Elijah. *Se vai tu vengo anch'io.*

Perché voialtri parlate solo di tornare laggiù? ha detto KJ.

Devin si è alzato e ha preso la parola attirando lo sguardo di tutti. Ho visto la sua bocca aprirsi, quel luccichio dorato se sapevi dove guardare. *Dobbiamo parlare e ascoltare*, ha detto. *Dobbiamo collaborare.*

Anche rimettendosi seduto, ha mantenuto la nostra attenzione.

E Naisha credo che dovrebbe andare, ha aggiunto.

Ero sveglia, ha detto, e cocciuta, e avrei di certo preso le medicine se era possibile prenderle. E ha detto che avevo avuto io il buonsenso di portarci lì. A quanto pareva Ezra gli aveva raccontato che io e MaViolet eravamo discendenti di Monticello. *Abbiamo abitato in città o nei paraggi, nella contea per una vita come se tutto questo non ci riguardasse. Come vagabondi*, ha detto. *Ma chi lo sa chi era la gente di mia mamma, chi era la gente di mio babbo tanto tempo fa. Magari hanno dato a questa terra il loro sangue, il loro sudore e le loro lacrime, e chi li possedeva se n'è approfittato.*

Prima che lo mandassero a stare dallo zio, Devin aveva cominciato con una salda famiglia con tre puntelli: una mamma e un papà e una bella casa di mattoni su due livelli, non lontano dal liceo. Erano state le più ordinarie delle tensioni ad abbatterli, appena prima che entrasse nell'adolescenza: un lavoro perso, una depressione non curata, un episodio di violenza. Quel misto di tristezza e rabbia doveva essere filtrato poco a poco nell'organismo del Devin di dieci, undici e infine dodici anni. Quando avevo ricominciato a vederlo dalle parti di First Street, la sua bocca teneva prigioniero un silenzio di tutt'altro tipo, anche se quand'eravamo soli si lasciava sempre sfuggire un lampo della vecchia gentilezza.

È un rischio, ha concluso, *ma se Naisha crede di dover essere lei, se si fida solo di se stessa per fare questa cosa, allora che vada.*

La cartina ha crepitato tra le dita di Knox, e dalla tensione sul suo volto ho capito che stava riflettendo.

Non so, ha detto.

Che vada, ha insistito Devin.

Io vado, ho detto io.

La luce continuava a cambiare. Battendo le palpebre abbiamo lasciato agli occhi il tempo di abituarsi.

Poi Devin ha detto che sarebbe venuto anche lui. I gemelli avrebbero protetto tutti, ha detto; erano dei duri, gente di buon cuore, e dovevano rimanere alla casa, insieme. Ma io e lui saremmo andati con Carol e Knox a prendere le medicine e dare un'occhiata in città.

Andiamo e torniamo in un attimo, ha detto Devin.

* * *

Tutti quei giorni sulla montagna, e io e Devin avevamo fatto del nostro meglio per evitarci. Ma quella sera è stato stabilito: io e Devin saremmo andati tutti e due, alle prime luci del giorno, insieme a Knox e Carol. Però ci saremmo nascosti nel bagagliaio, perché la nostra pelle ci rendeva pericolosi. Quella notte sono rimasta sveglia nel letto ad ascoltare il canto degli insetti, e a chiedermi se non sarebbe stato meglio annullare tutto. Se mi fossi tirata indietro sarebbero andati lo stesso anche senza di me? E se fosse capitato qualcosa a Knox, a

Carol o a Devin mentre io restavo lì al sicuro? E se invece fossero andati, fossero riusciti ad arrivare in First Street ma non avessero trovato le medicine di MaViolet? Sono andata a sedermi accanto al letto della nonna, a parlare piano nel buio. *Mi manca casa, mi manca casa, mi manca casa, mi manca casa, mi manca casa.* MaViolet non ha risposto. Nel sonno il suo viso era contorto in un modo nuovo.

Il mattino dopo siamo partiti presto, prima del sorgere del sole.

Sorretta da gambe tremanti ho seguito Knox fuori dal nostro terrazzo, poi giù per le scale verso il Mulberry Row, dove ci siamo incontrati con gli altri: il signor Byrd e i gemelli. Ira e Carol. Devin è arrivato per ultimo, correndo verso di noi da un punto vicino allo stagno. Portava una maglietta senza disegni che con tutta probabilità si era fatto dare da Ezra, e il bianco acceso brillava in contrasto con la sua pelle. Il sentiero dritto di mattoni si srotolava dinanzi a noi, e svaniva tra i corpi neri degli alberi.

Mi sono guardata alle spalle e ho visto la cupola di Monticello, un'ombra contro il mattino che arrivava. Sotto, sul prato ovest, le bolle delle tende dei Flores rilucevano piano insieme al chiarore del bucato steso tra gli alberi. Giù per il pendio che portava all'orto i rami tremolavano sotto l'animata orchestrazione di zampe di fringuelli. I nostri attrezzi fiancheggiavano i sentieri rossobruni, il tutto glorificato dal cinguettio degli uccelli. Eravamo lì da pochissimo tempo ma quanto eravamo stati industriosi coi nostri sforzi dimessi! Saremmo scesi in città, mi sono detta, avremmo preso le medicine per MaViolet e saremmo tornati tutti senza problemi. Al nostro ritorno avrei lavorato sodo provvedendo a *tutto*: cibo, riparo, sicurezza. Vita. Libertà. Felicità.

Il nostro gruppo ha percorso a passo svelto il lungo sentiero, senza quasi parlare, ciascuno gravato dai propri pensieri, finché siamo arrivati alla Town Car del signor Byrd, liberata dalle sterpaglie il giorno prima. Fino a quel momento, a parte il bambino vicino alla strada, il nostro grossolano perimetro aveva tenuto. Il signor Byrd ha aperto il bagagliaio, pulito e sgombro a eccezione dei cavi della batteria. Si è levato un lieve odore di benzina che mi ha fatto rimescolare lo stomaco. Come avrei fatto a stare chiusa lì dietro senza sentirmi male, e con Devin accanto, poi! Il signor Byrd ha posato le chiavi sul palmo di Knox. *Guida come se volessi davvero arrivare*, ha detto.

Poi ci ha abbracciati tutti e lì stretti in cerchio abbiamo udito la sua voce illustrare il percorso più breve, oltre a una via alternativa. Ha concluso ribadendo la nostra missione: prendere le medicine di MaViolet. Dare un'occhiata alla strada, al quartiere, alla città. Procurarsi delle pile, se possibile. Alimenti non deperibili. *E vedete di tornare da noi*, ha concluso il signor Byrd, spostando con un calcio un sottile ramo caduto sulla strada. Ci siamo allontanati gli uni dagli altri.

Knox mi ha tratto da parte. S*ei sicura, Da'Naisha?*

E tu? ho detto io, e poi di nuovo, più gentile: *E tu?*

Carol ha abbracciato Ira e baciato la gallina bianca che si era portato fino ai piedi della collina; quella si è ritratta, perdendo alcune penne merlettate di rosso. Devin ha dato una pacca ciascuno a Elijah ed Ezra, poi tutti e tre si sono abbracciati. Knox ha abbracciato me e io ho premuto la faccia sul suo petto, pregando di nuovo come avevo pregato al capezzale di MaViolet due notti prima. Lasciaci vivere, ho pregato. Il sole ci ha raggiunto attraverso i varchi tra i rami, chiazzandoci le braccia di luce e facendo splendere una fila di ragnatele come mandala sparsi per i boschi intorno a noi che fino a un attimo prima erano invisibili. Ho pregato rivolta a un'entità informe e non mia, ho pregato un futuro indistinto, in silenzio: Per favore, facci tornare! Poi mi sono infilata nel bagagliaio, combattendo un tremito che di nuovo mi aveva invaso gli arti, tentando di farmi piccola.

Devin è salito dietro di me, col suo odore di sudore e legna bruciata, e ondate di calore si sono liberate dal suo corpo mentre mi si raggomitolava intorno.

In bocca al lupo, ha detto il signor Byrd, coprendoci con una vecchia trapunta pesante che sapeva di muffa.

Il bagagliaio si è chiuso con uno scatto, e in quell'oscurità stagna ho sentito il motore prendere vita tremando. Abbiamo cominciato a muoverci, dapprima lentamente, con le gomme che macinavano foglie. Il pizzicore di quella vecchia trapunta sulla pelle e il rumore della strada granulosa sotto di noi. Dall'oscurità immaginavo il mondo che scorreva fuori, luminoso, noi che procedevamo sotto il ponte chiaro e ci immettevamo sulla strada stretta che ci avrebbe condotti a casa.

Dietro il mio, il corpo di Devin era rigido. Sembrava voler evitare ogni contatto ma in quello spazio angusto non poteva che toccarmi. Sentivo le sue gambe, il suo petto umido di sudore. Mi avvolgeva i fianchi col braccio, proprio all'altezza del livido che pulsava. In quella mano stringeva una delle pistole dello zio, una rivoltella. Alle elementari Devin aveva vinto un premio importante che assegnavano allo studente migliore in storia. L'avevano premiato il giorno della consegna del diploma, su un palco in penombra, tutte le bambine in gonna e tacchi bassi, i bambini con la cravatta presa in prestito, troppo lunga e infilata dentro i pantaloni. Sul palco avevano levato una targa sotto la luce, promettendo a Devin che presto avrebbero inciso anche il suo nome in fondo alla lunga lista. Era alto anche all'epoca, ma quel giorno sul palco era timido, ingobbito, con la testa inclinata da una parte come a voler pareggiare la sfumatura dei capelli un po' storta. E adesso l'avevamo ridotto a farci da gorilla. E ci aveva difeso, quella notte in First Street e anche al padiglione dell'accoglienza.

Rieccolo pronto a difenderci, a difendere me. Ma che cos'altro sperava di ottenere?

Arriveremo presto, ho sussurrato, ansiosa di riempire il buio.

Devin ha parlato quasi nello stesso istante. *Naisha, lo so già.*

Sono rimasta letteralmente bloccata, le gambe rannicchiate e le braccia strette al petto. Ho stretto i pugni con una forza tale da conficcarmi le unghie nei palmi. *Sai cosa?* ho sussurrato.

Lui invece non lo sa, vero? È suo o mio?

Sentivo l'auto avanzare sulla strada stretta, pendendo prima da una parte poi dall'altra – era quella serie di curve a S – e lo stomaco mi si stringeva a ogni svolta. Eravamo passati sotto la taverna di assi bianche o accanto al legno nero della segheria emporio? Devin sapeva che ero incinta. Mi ero data tanto da fare per nasconderlo, e lui sapeva.

Non volevo che andasse così, ho detto.

Ho sentito Devin irrigidirsi per l'impazienza, per la rabbia, ma ha parlato con dolcezza. *Sei venuta tu da me*, ha detto.

Di punto in bianco abbiamo sentito l'auto frenare bruscamente e il rumore ha inghiottito le nostre parole. Poi abbiamo ripreso velocità, e abbiamo svoltato così in fretta che entrambi siamo scivolati da una parte. Mi si è riempito il petto di un empito elettrico, ma costretta in quello spazio angusto non avevo dove sfogare quell'energia. Ci siamo ritrovati a volare, e poi, con un sussulto, siamo precipitati nella quasi immobilità. Un rumore come di un'esplosione attutita.

La portiera di un'auto che si apriva, dei passi, e ho sentito il braccio di Devin irrigidirsi sopra il mio.

Ecco, ho pensato. Anche se Devin spara a chiunque aprirà il bagagliaio, anche se ci riesce… La testa mi si era riempita di nuovo del solito trillo, eppure lo scatto repentino della serratura del bagagliaio mi è arrivato nitido.

Non sono pronta, ho pensato.

Voglio finire l'università.

Voglio avere la mia prima classe di bambini di otto anni, guardarli segnare il banco col loro nome.

Voglio vedere mia nonna star bene.

Una luce abbagliante è penetrata nel bagagliaio e Devin ha spianato la pistola, ma era Knox, solo Knox, col viso svuotato di ogni colore e tutti gli spigoli come smussati. Knox mi ha tirato fuori dal bagagliaio e mi ha stretto a sé. Il suo corpo non mi sembrava familiare, era come se ribollisse di adrenalina e paura – o forse era il mio. Poi Devin è uscito e in un attimo era in piedi, la trapunta per terra davanti a lui.

Che c'è? Dove… ha balbettato.

Knox ha indicato giù per la collina. *Oh, cazzo! Arrivano!*

A metà di un vialetto ci eravamo schiantati contro un cancello che si era deformato ma non aveva ceduto, e stava arrivando qualcuno anche se non vedevo chi. Il cofano della Town Car era tutto accartocciato, e il bianco gonfio di un airbag riempiva il lato del passeggero. Ho fatto il giro correndo da quella parte. Ancora seduta, Carol mi ha guardato mezza stordita. Ho sentito un rumore come di scoppi.

Giù! Tutti dietro la macchina, ha detto qualcuno.

Hanno gridato il mio nome.

Era Knox.

Era Devin.

Knox è corso da me e insieme abbiamo tirato fuori Carol. Ci siamo rannicchiati nello spazio tra il cofano e il cancello piegato, con il corpo di Knox davanti a me e Carol, le braccia larghe come a volerci fare scudo. Devin era ancora vicino al bagagliaio aperto. Nella sua mano la pistola sembrava un giocattolo.

State giù, ha detto.

Di nuovo quel rumore, metallico, nitido. Ho visto foglie schizzar via.

Devin teneva la pistola puntata, il braccio come una freccia. Avanzava nella terra di nessuno con il corpo di taglio. Un passo dopo l'altro, riduceva la distanza. Doveva aver sparato anche lui, per rispondere al fuoco. Ho sentito un grugnito, poi delle grida che non erano le nostre. Quando ho sbirciato di nuovo ho visto due uomini nel bosco sotto di noi, in tute mimetiche verde foresta e marrone, e quel lampo di blu addosso. Uno era piegato in due, si stringeva la parte carnosa della coscia come un trofeo sanguinolento. Gli aveva sparato Devin? Probabile, perché l'altro aveva smesso di sparare e trascinava il compagno fuori vista.

Devin! ho strillato.

Gli sono comparsa alle spalle e l'ho afferrato per un braccio, anche se non è parso avvertire il tocco della mia mano. Non mi ha guardato e anzi ha sparato di nuovo. Strattonandolo devo aver modificato la traiettoria di quell'ultimo proiettile, perché è andato a vuoto. I due uomini erano spariti tra gli alberi, si nascondevano, o forse ripiegavano verso la loro macchina più sotto.

Dobbiamo andare, ho detto.

Devin si è voltato e ci ha guardato, ha visto ogni cosa. L'auto rovinata, la pistola che teneva in mano. Il volto rosso di Carol e Knox lì in mezzo, pallido per l'incredulità. Avevo ancora le dita sulla pelle di Devin, ma le ho ritratte. Senza altre parole ci siamo mossi tutti scivolando dietro il cancello rotto per arrivare sul vialetto asfaltato lì dietro. Insieme siamo corsi via, salendo verso l'alto.

X.

La strada era ripida e tortuosa. Un serpente d'asfalto che curvava da una parte e poi dall'altra, fiancheggiato da alberi. Correvamo inciampando verso l'alto, e ci fermavamo solo quand'eravamo a corto di fiato. Anche in quel momento, in preda al terrore, Knox mi ha toccato il braccio e mi ha implorato di dirgli che stavo bene. Non ho potuto fare altro che annuire.

Con voce strascicata, come fosse ubriaco, Knox ha raccontato cos'era successo lì sotto. C'era un pick-up, ci ha detto, abbandonato in mezzo alla strada, all'inizio del vialetto che in quel momento stavamo risalendo. Non era un'imboscata scomposta come quella descritta da Lakshmi, stavolta non c'era nessuno in vista, né a bordo né fuori. Knox sperava che il furgone fosse semplicemente rimasto senza benzina. Poi però, appena si erano avvicinati, aveva visto una testa sbucare dal cassone. Con un fucile puntato. L'uomo aveva intimato a Knox di fermarsi.

Lui però non si era fermato: Knox ci ha detto che sapeva di non potersi fermare.

Invece aveva rallentato e poi accelerato di nuovo, e all'ultimo secondo aveva svoltato a sinistra imboccando quel viale che ancora stavamo percorrendo a piedi. Ma l'uomo col fucile ci aveva seguiti. A dire il vero erano in due. Forse sapevano che c'era un cancello. Knox no. Quando se l'era trovato davanti aveva pestato sull'acceleratore, sperando di travolgerlo.

Per il corpo non è uno scherzo correre a lungo in salita. I sandali di Carol sbatacchiavano sull'asfalto, e il respiro di Knox era pesante tra una parola e l'altra. Io barcollavo in avanti con la gola foderata di paura, che aveva lo stesso sapore del fumo. La bocca mi si è riempita di saliva tiepida e muco finché a un certo punto ho dovuto piegarmi in due per provare a sputare, tossendo, scossa dai conati. Avevo voglia di vomitare, di sbarazzarmi di quel saporaccio, ma non è uscito niente.

Naisha, forza, ha detto Devin.

Ancora non riuscivo a guardarlo, ora che sapevo che sapeva; ma in verità ero sollevata che qualcun altro sapesse tutto.

Abbiamo ripreso la marcia, camminando di buon passo.

Erano gli stessi... ha fatto Knox.

Il blu, ho detto. *Anche quei tizi in First Street portavano delle fasce blu intorno al braccio.*

La paura ci spingeva a proseguire anche se l'aria scottava nei polmoni e Carol si voltava spesso a guardarsi indietro. Knox mi tirava per il polso, col pomo d'Adamo che saliva tutte le volte che lui mandava giù. Devin teneva sempre la pistola vicino alla gamba, come se fosse pronto a usarla o si fosse dimenticato di averla in mano. Certo che quegli uomini avevano bloccato la strada. Era stato imprudente anche solo convincermi che avrebbero fatto altrimenti. Avevo voluto credere che avessero deposto le armi, che si fossero strofinati via dalle mani la puzza di carburante e le avessero usate, quelle mani più pulite, per toccare le mogli o prendere in braccio i figli. Che presto le avrebbero impiegate per qualcosa di utile, per ricostruire, perfino. Perché chi mai poteva trarre beneficio da questa divisione?

Carol ha rallentato, vacillando in una chiazza di luce, e abbiamo sfruttato tutti quell'attimo per riprendere fiato. Non aveva detto un parola da quando l'avevamo tirata fuori dalla Town Car. Le ho scrutato il corpo in cerca di ferite, di un segnale di frattura. Sembrava illesa, ma aveva gli occhi troppo scuri, come se il centro marrone avesse fagocitato il bianco.

Hai sparato a quell'uomo, ha detto Carol a Devin. *Adesso verranno, ci troveranno e ci spareranno.*

Devin ha abbassato lo sguardo sulla pistola, se l'è infilata in fretta sotto l'orlo dei pantaloni e l'ha coperta con la maglietta, poi è tornato a guardare Carol.

Che volevi che facessi? ha chiesto.

Abbiamo ripreso la marcia e superato prima un guardrail, poi un canale. Abbiamo attraversato globi luminescenti di moscerini in volo. L'aria era intrisa dell'odore maturo e affumicato della tarda primavera.

Dove porta questa strada? ha detto Knox.

Ho capito dov'eravamo solo quando l'ho detto ad alta voce.
È il viale che porta al frutteto, ho risposto.

Abbiamo continuato a camminare più in fretta che potevamo, col sudore che ci colava lungo la schiena. Avevo tanta sete, ma avevamo lasciato la borsa con l'acqua e i viveri nella Town Car. Sentivo dei cani abbaiare in lontananza.

Dovremmo quasi essere in cima ormai, ho detto.

Finalmente il bosco ha cominciato ad aprirsi, cedendo il posto ai prati. Il sole ci illuminava la testa come un riflettore, scottandoci la pelle e dando una sfumatura ardente all'erba non tagliata. Le colline si srotolavano verso l'alto, percorse da graticci invasi dai rampicanti. Davanti a noi e a destra abbiamo avvistato un lungo parcheggio foderato di ghiaia. Dietro, file e file di meli, una macchia di fiori laceri e foglie consumate dal maltempo.

Un momento, la strada finisce qui, ha detto Devin. *Ora dove andiamo?*

Il parcheggio era deserto tranne che per qualche veicolo sparso. In fondo sorgeva una serie di strutture in stile granaio, di mattoni rossi, con tavoli da picnic disposti lungo il pendio là dietro. Quando lavoravo a Monticello i turisti salivano in macchina alla piantagione di Jefferson dopo aver raccolto la frutta dagli alberi. In autunno li vedevi con le zucche tra le mani, o che compravano caraffe di sidro o portavano i bambini a fare un giro sul trattore.

Non restiamo allo scoperto, ho detto.

Zigzagando nel parcheggio abbiamo cominciato a guardare dentro i finestrini delle macchine, saggiando le maniglie delle portiere, nella speranza di poterne mettere in moto una. Ma se anche ci fossimo riusciti, da lì dove saremmo potuti andare? Su quella collina ogni cosa, dal parcheggio fino agli alberi da frutto, era immobile, tranne noi. Mentre ci muovevamo sulla ghiaia abbiamo visto che l'edificio più vicino era stato gravemente danneggiato, il tetto era devastato. I detriti della bufera si erano accumulati in uno dei buchi, come il nido di un uccello smisurato. Dietro di noi si apriva la strada: ancora deserta, ma fino a quando? Ero certa che gli uomini sarebbero comparsi da un momento all'altro. Quanto poteva essere difficile aggirare la nostra Town Car, o il cancello? Forse avremmo sentito il loro pick-up – anzi, era più probabile che arrivassero con altri uomini, altri veicoli, altre armi.

Potremmo nasconderci in uno di quegli edifici, ha detto Knox.

Devin si è staccato dal petto la maglietta sudata. *Se ci nascondiamo lì quando arrivano che facciamo? Gli ho sparato, te lo ricordi?*

Non gli hai solo sparato, ha detto Knox. *Uno l'hai anche beccato*. La sua voce era di nuovo controllata, ma distante come quando cercava di risolvere un'equazione complicata.

Che cazzo volevate che facessi, tutti quanti? ha detto Devin. *Dovevo lasciare che vi sparasse? A voi e a me?*

Knox stava ancora riflettendo, lo sguardo fisso su un punto appena sopra Devin, come se la risposta fosse lì a galleggiare nell'aria. *Quando ho visto quei tizi*, ha aggiunto Knox, *ho capito che non mi potevo fermare. Perché c'eravate voi nel bagagliaio. Se fosse stato vuoto forse ci avrebbero fatto passare...*

Pensi che sia colpa mia, colpa nostra? ha detto Devin, toccandosi il petto, poi indicando me.

Lo sguardo di Knox è planato verso il basso, si è posato su Devin. *Non ho detto questo*, ha detto.

Sembrava che al corpo di Devin fosse stato dato un giro di carica di troppo, anche se i piedi rimanevano ben piantati a terra. *Ma davvero?*

Knox ha alzato le mani per difendersi, come aveva fatto quella prima sera, prima che Devin desse un pugno sul Jaunt. *Perché mi odi tanto?*

Perché hai bisogno di piacere a tutti? ha ribattuto Devin.

Io non sono come loro, ha detto Knox, con un'espressione che tradiva una tristezza nuova, o forse la stessa vecchia tristezza che mi aveva attirato in lui all'inizio.

Fai qualcosa, allora, ha detto Devin.

Knox ha lasciato ricadere le mani. *Che cazzo vuoi che faccia?*

A guardarli discutere il mio corpo è diventato pesantissimo – si respirava un senso di perdita, e non era soltanto mia. *Sono io che ho insistito per venire*, ho detto, con la voce che traboccava di quella perdita. *Siamo nella merda e ho bisogno che diate una mano a venirne fuori, tutti e due. Quindi finitela di litigare e date la colpa a me, okay?*

Devin e Knox sono stati zitti, soffocando altre parole, la disputa sospesa. Ci si sarebbero ributtati a capofitto se Carol non li avesse interrotti. Era andata verso il limitare del parcheggio, dove il terreno iniziava a digradare. Si è fermata a guardare verso nord, verso la città, proteggendosi gli occhi con le mani. *Che succede laggiù?* ha detto.

Ci siamo avvicinati per vedere ciò che vedeva lei.

Dietro le cime degli alberi una foschia impediva la vista, il fumo s'innalzava da un punto che a un primo sguardo pareva vicino alla strada sotto di noi. Un incendio spontaneo, forse, come quelli che scoppiavano sulla costa ovest, anche se a dire il vero il fumo era più circoscritto. Ho cercato di immaginare la terra sotto di noi come se la guardassi dall'alto. Che cosa c'era laggiù, a parte il bosco, tra noi e l'autostrada? Il fumo sembrava salire dalla zona in cui c'era la casa di cura di Blue Ridge, un complesso di edifici fatiscenti che tanto tempo prima ospitava i bianchi della città affetti da tubercolosi offrendo sole e aria fresca. Poi l'avevano usato in altri modi, e alla fine se l'era comprato l'università, anche se per molti anni era rimasto chiuso al pubblico. A Blue Ridge c'ero stata una sola volta, ai tempi del liceo, invitata da due ragazze bianche che avevo conosciuto ai corsi di merito. Ci eravamo dati appuntamento con due SUV carichi di giocatori di football nel parcheggio vicino al sentiero Saunders-Monticello. Insieme avevamo scarpinato nel buio pesto e scavalcato la recinzione, i ragazzi con gli zaini appesantiti dalla birra. Uno di loro sapeva che il custode quel finesettimana non c'era – non ci avrebbero mai scoperto, ci aveva assicurato. Eppure dinanzi a quegli edifici un tempo splendidi – una maestosa residenza con la facciata sigillata da assi di legno, una cappella grondante muschio e i giocatori di football che già trafficavano per accendere un piccolo fuoco sull'asfalto – non mi ero sentita al sicuro. Non ero rimasta.

Altre case in fiamme, ha detto Carol.

Knox ha detto, *Un falò, forse.*

Pensi che siano loro? mi ha chiesto Devin. *Sono loro, vero, Naisha?*

Mi sono tirata la scollatura tagliata della maglietta. *Possibile*, ho detto.

Santiddio, guardate la città, ha detto Devin.

Attraverso il drappo bluastro del fumo vedevamo file di impeccabili tetti rossi; poi però anche delle chiazze nere là dove avrebbero dovuto esserci le case sul lago. Un fumo oleoso si innalzava dalla zona di Belmont, a downtown e a nord era stata disegnata una strana scacchiera di danni con zone intatte intervallate da resti carbonizzati. Vicino all'università la gigantesca torre bianca dell'ospedale si era trasformata in un guscio annerito: la mia città era un patchwork di rovine.

Da'Naisha, ha detto Knox.

Quando mi sono girata a guardarlo c'era gente dietro di lui. Di là dal parcheggio, un gruppo di uomini era comparso là dove un attimo prima non c'era anima viva. Altri corpi sono spuntati alla spicciolata dagli edifici di mattoni rossi, andando a formare un denso cordone. Uomini, donne e bambini hanno circondato quel fienile cadente più vicino, rivelando poco a poco il loro numero: forse cinque volte le persone che c'erano sulla nostra montagna. Un terzetto di border collie è balzato abbaiando nello spazio che ci divideva.

Che facciamo? ha chiesto Carol.

La gente del frutteto è marciata verso di noi finché la fila non è arrivata a una distanza di appena tre macchine. Si è disposta in semicerchio intorno a noi quattro come un gigantesco ferro di cavallo, o una grossa corda che si tende. Volti rosa e volti bruniti ci scrutavano. Palpebre strizzate sotto cappellini da sole e da baseball. Mani che brandivano vanghe, asce, zappe, mentre solo la fila di uomini più interna portava lunghi fucili che teneva puntati verso terra. Le cose che avevano, così come il loro numero, suggeriva che non volessero farci del male, ma che avrebbero potuto.

Abbiamo alzato tutti le mani, perfino Devin. La sua pistola è rimasta infilata sotto l'elastico dei pantaloni, ma il sudore aveva reso semitrasparente la maglietta bianca, come un velo. Ti prego, ti prego fa' che non vedano la pistola di Devin, ho pensato.

Un uomo in jeans e camicia a scacchi si è staccato dal gruppo, spostandosi a metà strada fra loro e noi. Era muscoloso, e aveva il volto scarno segnato dall'età o dalla stanchezza. La sua era l'unica testa nuda, non coperta come nel caso degli altri. I capelli, color castagna e striati d'argento, gli ricadevano sulla nuca. Aveva quasi l'aria del contadino derelitto non fosse stato per il lampo che gli ho visto negli occhi. I collie, maculati di bianco e nero, uggiolavano obbedienti ai suoi piedi.

Tempi disperati, ha detto l'uomo. Dietro di lui la gente del frutteto ha annuito o si è schiarita la gola. Qualcuno ha battuto sulla ghiaia il manico del proprio attrezzo. *Quassù non vogliamo problemi*.

Sentite, ha cominciato Devin, il corpo già teso dall'impazienza irrequieta di prima, la stessa che sentivo anch'io in braccia e gambe. *C'erano questi fanatici, giù sulla strada, gente fuori di testa... ci hanno sparato, inseguito...*

L'uomo del frutteto l'ha interrotto. *Figliolo, noi siamo gente perbene.*

Ha guardato Devin, che sudava come sudavamo tutti, poi verso l'orizzonte.

Amico, stavano per ucciderci, ha detto Devin.

L'unica cosa a cui riuscivo a pensare era, Devin, rialza le mani, tienile su!

Questo qui, ha detto l'uomo, indicando Devin ma guardando Knox, Carol. Perfino me. *Fatelo calmare. Ha preso qualcosa?* La voce dell'uomo era così ferma che ci siamo guardati bene dal rispondere. Carol ha fatto un verso, come le fosse rimasta una parola incastrata in gola.

Porca puttana, ha borbottato Devin, ma ha levato in alto le braccia e si è immobilizzato fino a sembrare la statua di qualcuno colto in una posa di resa totale.

No, si è inserito Knox. *Ha detto la verità. C'erano degli uomini che bloccavano la strada. Non li conosciamo. Ci hanno sparato. Siamo convinti che ci seguiranno fin qui.*

L'uomo ha guardato Knox dall'alto in basso. *Noi non vogliamo problemi*, ha detto.

Aiutateci, ha detto Knox. *Dobbiamo andarcene. Dobbiamo tornare...*

Knox non ha finito la frase e i suoi occhi chiari hanno preso a vagare, come se avesse perso il filo e sperasse di ritrovarlo nell'aria caliginosa. Dove voleva tornare, di preciso? In First Street, all'università? Nello Stato di Washington?

A Monticello, ho detto io.

Le braccia ancora alzate mi tremavano per lo sforzo di mostrare loro che non avevo cattive intenzioni. Intorno a noi la gente del frutteto tossiva e fremeva, spostava nervosamente il peso da un piede all'altro come se il nostro tormento li avesse messi in agitazione. *Aiutateci a tornare a Monticello*, ho detto, costringendomi a parlare con la voce salda e tranquilla che avevo usato tantissime volte. Ma mi bruciava la gola come se mi avessero obbligato a inghiottire brace.

Ho capito che l'uomo del frutteto considerava la mia richiesta.

Abbiamo avuto dei visitatori interessanti, ha detto, lanciando un'occhiata agli altri, molti dei quali hanno annuito. *Ho paura che aiutare gente come voi ci creerà non pochi problemi.*

Come noi, ha detto Devin.

Andatevene per conto vostro o saremo costretti a darvi una mano a farlo, ha detto l'uomo.

Dovreste aiutarci, ha detto Knox. *Dovete...*

Carol ha fatto ancora quel verso, un richiamo trattenuto.

La fila di persone si stava già ritirando e solo una manciata di uomini, quelli che reggevano i fucili, è rimasta a guardarci. Ci siamo avviati verso il viale a passo incerto ma rapido, il petto stretto in una morsa. Avevamo messo una buona distanza tra noi e la gente del frutteto quando Carol si è voltata all'improvviso ed è partita di corsa verso di loro, con i sandali che sollevavano ghiaia. L'abbiamo afferrata ben prima che li raggiungesse trattenendola per i gomiti e l'abbiamo tirata indietro. Lei gridava rivolta oltre gli uomini, verso le nuche della gente del frutteto, fin quasi verso il primo fienile.

Lorraine! strillava, con voce sempre più stridula. *Lorraine!* Carol conosceva o credeva di conoscere una di quelle donne. *Ti ho visto, Lorraine! Ti prego, di' a queste persone di aiutarci!*

Ma Lorraine, chiunque fosse, non ha risposto.

XI.

A quel punto l'abbiamo capito, era innegabile: c'erano degli uomini bianchi armati che ci aspettavano per farci fuori sulla strada per la città. Eppure siamo rimasti sbalorditi nel trovare un nero solitario, senz'armi, legato, in attesa sulla nostra montagna quando vi abbiamo fatto ritorno.

Avevamo raggiunto Monticello gettandoci a testa bassa tra le fauci di un bosco sconosciuto più o meno a metà del lungo viale asfaltato del frutteto. Avevamo scalato gole, scalato argini così ripidi che le caviglie pulsavano di dolore. Legioni di zecche se ne stavano in agguato tra l'erba alta e ci aggredivano i polpacci, cercando di piantarsi nella pelle prima che le sfregassimo via. Esisteva, lo sapevamo, una robusta passerella di legno che ci avrebbe risparmiato qualche miglio di sofferenza, ma la via più semplice, come la strada subito sotto, ci esponeva ancora più del bosco al rischio di essere visti. Quando finalmente siamo arrivati grondavamo sudore, e sentivamo i polmoni in fiamme, il corpo gravato da una fame sorda e profonda.

Quando siamo usciti barcollando dal bosco vicino al padiglione dell'accoglienza il nostro terzetto di guardie – Lakshmi con Gary e Ira – ci è subito corso incontro. Ma non sono stati quasi a sentire il resoconto della nostra terribile avventura, e perché eravamo tornati a piedi, mezzi morti di sete. Ci hanno detto invece che c'era un altro sconosciuto su alla casa. Ira ha stretto Carol e Gary ci ha portato delle bottiglie di plastica riempite con l'acqua della cisterna, i capelli neri e blu che sgocciolavano come se ci avesse appena immerso la testa per via del caldo. Eravamo riusciti ad arrivare in città, in First Street? hanno chiesto. Abbiamo risposto di no.

Fareste meglio a sbrigarvi, ha detto Lakshmi. Aveva trovato un rossetto chissà dove; le sue labbra brillavano di un intenso color ruggine. *È su alla casa*, ha detto. *Meglio che vediate da voi.*

Siamo arrivati nel cortile sul retro e non c'era anima viva. Nessuno era al lavoro nell'orto, nessuno giocava nel giardino laterale, quello a gradini. Non c'era nessuno sulla terrazza sud o nei rifugi ricostruiti del Mulberry Row. Un vento rovente mi sferzava il corpo, e mi sentivo leggera, come se da un momento all'altro potessi raggiungere fluttuando l'architettura rigonfia delle nuvole che correvano sopra le nostre teste, proiettando a terra ombre bizzarre.

Carol e Ira sono andati verso il laboratorio tessile bianco sopra l'orto, ma Knox e Devin hanno seguito me. Insieme noi tre abbiamo attraversato rapidamente la serra e l'affollato studiolo di Jefferson. Quando siamo arrivati nella stanza di MaViolet abbiamo trovato la signorina Edith che sedeva dritta sulla sedia a lei riservata vicino alla finestra, le mani impegnate a lavorare. Appena ci ha visto ha alzato lo sguardo e si è rivolta a noi come fossimo bambini. *Prese le medicine? Le nostre case sono ancora in piedi?*

Io ho scosso la testa, ho dato un bacio sulla guancia a MaViolet. Mi pareva che fosse peggiorata nelle poche ore trascorse dall'ultima volta che l'avevo vista quella mattina presto. Aveva gli occhi ancora chiusi, ma sul volto le era comparsa un'espressione nuova, arcigna, una smorfia che volevo disperatamente cancellare. La stanza puzzava di corpi, di cenere, anche se forse l'odore saliva dalla nostra pelle, quella di Devin e di Knox e la mia. Alle mie spalle ho sentito Devin chiedere dov'era lo sconosciuto, e la signorina Edith ci ha indirizzato verso il fronte della casa puntando un dito inarcato, l'ago da cucito stretto fra i denti.

Sul davanti, di là dal portico est, verso i due montanti formati dai tigli gemelli, si erano radunati gli altri. Ho visto subito anche lo sconosciuto, a capo chino, seduto. Gli avevano legato i polsi e le caviglie alla sedia dipinta di nero. La maglietta e i pantaloni lunghi erano quasi del tutto a brandelli e una volta vicina mi sono accorta che era scalzo. Sulle prime ho pensato, Chi siamo noi per fare questo a una persona? Chi siamo diventati? Solo dopo mi sono resa conto del nostro errore: gli avevamo lasciato vedere quanto pochi eravamo.

Siete tornati! ha gridato Ezra, e i gemelli hanno preso Devin tra le braccia.

Dal gruppetto si sono levati i saluti, una fugace ma palpabile manifestazione di sollievo nel rivederci. Ma i loro abbracci erano come respiri stentati. Hanno utilizzato il resto dell'aria nei polmoni per chiederci della città, poi per raccontarci dell'uomo legato mentre ce ne stavamo dalla parte opposta del sentiero, per non farci sentire da lui.

Com'era casa nostra?

La tomba di papà, la casa gialla?

Gente in giro nel quartiere?

Hanno bloccato la strada, lo sapevo.

Quest'uomo... lo so! È arrivato così, senza scarpe. Continua a ripetere la stessa cosa!

Ci hanno detto che lo sconosciuto era quasi arrivato al portico est, poco dopo che eravamo partiti quella mattina. Era sbucato in silenzio dalla zona nord-ovest del bosco, evitando il padiglione dell'accoglienza. KJ, che stava giocando a nascondino e contava fino a cento sulle scale, a capo chino ma con gli occhi aperti, l'aveva visto per primo. Quando si era messo a urlare, Mamma Yahya era arrivata di corsa col bambino piccolo in braccio. Il signor Byrd era arrivato subito dopo, ma aveva lasciato dentro il fucile. Ci hanno detto che lo sconosciuto non si era fermato, camminava facendo oscillare le braccia molli. Non si era fermato neanche quando Yamileth aveva portato il fucile al signor Byrd. Nemmeno quando il signor Byrd l'aveva puntato, quel fucile, ordinandogli di fermarsi. Nemmeno quando Elijah era arrivato di corsa, parlando con voce sicura tanto quanto il suo corpo era imponente. La noncuranza del nuovo arrivato aveva scatenato un vasto panico che percepivamo ancora nell'aria intorno a noi dopo così tante ore.

Alla fine i gemelli, insieme, avevano atterrato lo sconosciuto perché non si fermava, però nessuno era riuscito a spararigli, a quel nero dallo sguardo folle che si avvicinava a mani vuote.

Io e i miei figli l'abbiamo legato, ha detto il signor Flores. *Non aveva addosso nessuna arma.*

Il signor Byrd ci ha considerati, noi tre che avevamo tentato senza successo di arrivare in città. *Dovete stare a sentire quello che ha da dire. Ormai l'avrà ripetuto un centinaio di volte.*

Il nostro gruppo è tornato indietro, è andato a circondare l'uomo scalzo.

Era ossuto, con la carnagione scura come la mia, e lercio. Sembrava sulla trentina e indossava una fusciacca blu intorno al braccio come i bianchi che avevano appiccato i fuochi, non fosse stato che il vessillo gli era scivolato giù dal bicipite smunto e penzolava intorno al polso come una manetta. Da vicino ho visto che era una bandiera della Virginia capovolta.

In disparte, Knox studiava il profilo dell'uomo.

Devin gli si è accucciato accanto ad altezza occhi.

Io mi sono avvicinata. *Che cosa vuoi?* ho chiesto.

Da vicino l'uomo puzzava di sudore e urina e feci. I piedi scalzi erano ricoperti di graffi e tagli sanguinolenti. Avevo una sete terribile dopo la lunga camminata, ma ho portato la bottiglia alla bocca screpolata dell'uomo. Quello ha bevuto avidamente finché non l'ho tirata via.

Digli quello che hai detto a noi, ha detto il signor Byrd.

Lo sconosciuto ha scosso i legacci. Ha alzato la testa, e prima di cominciare ha spalancato la bocca. Ha parlato in modo forzato, la dizione troppo precisa.

È per me un privilegio poter parlare in nome dei Veri Uomini, i Patrioti, ha detto. *Essi dicono, Siamo stati scelti per salvare dall'oscurità il grande Stato della Virginia. Essi dicono, Giuriamo di fare quanto necessario per riaffermare il nostro retaggio! I nostri monumenti! Noi stessi!* Presto capimmo che stava recitando qualcosa a memoria dalla fatica con cui pronunciava una parola dietro l'altra. *Si muovono – ci muoviamo – con agilità, con rettitudine in questo momento di caos! Non dobbiamo fallire così che a non fallire sia il commonwealth, l'America...*

Ascoltavo in silenzio cercando di capire, anche se in bocca sentivo torcersi la lingua. Ero pronta a intervenire, correggere o ribattere, ma era troppo: il suo aspetto squallido, il suo eloquio sconnesso, l'audacia delle parole.

È pazzo, vero? ha detto Ezra.

L'uomo continuava a parlare, s'ingarbugliava sui noi e i loro e poi tornava indietro per correggersi. Verso la fine dell'orazione ha tentato di alzarsi, dimenticando – presumo – di essere legato a qualcosa. Pareva che avesse provato più di una volta quel discorso, e sempre in piedi.

A ogni modo ha alzato la voce insieme allo sguardo. *Voialtri state violando una proprietà privata!* ha gridato, sputacchiando, in un crescendo d'intensità. *Voialtri avete un debito incolmabile! Siete in debito per la Sanità Pubblica, per le Case Popolari, per la Microcriminalità. Siete in debito per i vostri figli, che inquinano le nostre piscine e le aule pubbliche. Voialtri ci dovete questa Grande Casa, questo Grand'Uomo, poiché entrambi sono nostri!*

Ho ripensato a quella ragazza bianca, quella che era stata ammazzata dall'uomo in macchina, ma allo stesso tempo era morta col cuore devastato. Ho ripensato ai vari gruppi in cerchio attorno alla statua di Jefferson all'università o all'antico monumento che incombeva su un parco pubblico in città. Per me la minaccia in quei cimeli si era manifestata non appena avevo scoperto di più sulle circostanze della loro installazione. L'ansia era cresciuta nel vedere gli uomini tutto intorno lasciarsi andare a balli e canti spaventosi. A quanto pareva volevano ricordarsi come ammantato di gloria un fatto che la mia famiglia sperava che l'America non avrebbe mai dimenticato. Mentre lo sconosciuto parlava, sono stata catapultata ancora una volta indietro alla notte in cui avevo sbirciato dalle tapparelle a casa di MaViolet. Quel furgone bianco senza finestrini parcheggiato in strada, il ragazzino sanguinante che gli avevano scaraventato contro. Che cosa avevano fatto a quel ragazzo? Forse quell'uomo smarrito dinanzi a noi era stato rapito da un quartiere come il nostro? L'uomo ha guardato su, verso il tetto della casa, verso la bandoliera storta; nel profondo dei suoi occhi c'era un'ombra là dove avrebbe dovuto trovarsi la luce, dove avremmo dovuto vederci riflessi.

Consegnate la Casa! ha tuonato. *Consegnate la Casa entro quarantott'ore, o verrà liberata!*

L'uomo si è accasciato in avanti, ma è potuto cadere solo fino a un certo punto per via di come l'avevano legato. Gli ho riavvicinato alle labbra la mia acqua, anche se lo disprezzavo. Non riuscivo neanche a guardarlo dopo aver ascoltato quella cupa dichiarazione: ciò che pensavano di noi gli uomini di sotto, cosa speravano di fare. Pensavano che noi fossimo in debito con loro. Erano convinti che la loro sicurezza dipendesse dal fare in modo che non ci sentissimo mai al sicuro, neppure nel nostro stesso corpo. Le loro rivendicazioni, e il loro significato brutale, calpestavano l'essenza stessa della mia famiglia, MaViolet, la mamma e me. È stato in quel frangente che l'ho sentito, in profondità nella pancia e forse per la prima volta, quel legame contorto con Monticello come una corda o un ponte. Il mio legame di sangue e acqua, come di padrone e schiavo. I miei antenati avevano concepito questa casa e si erano insanguinati le mani per costruirla e mantenerla.

Avevo voglia di scrollare l'uomo scalzo come avevo fatto con quel bambino per la strada, al buio. Che fosse stato lui a dire di noi agli uomini? Era così che avevano scoperto che noi eravamo quassù, neri e armati e impauriti? Era lo stesso bambino o la mia furia sconsiderata era stata il seme che aveva fatto sbocciare l'odio in un ragazzino a caso? Comunque ho inclinato la bottiglia d'acqua. L'uomo ha bevuto avidamente, con l'acqua che gli colava giù dal viso.

Sarà stato per l'acqua, o perché sono una giovane donna, ma mi ha guardato come se mi riconoscesse. Con il volto pervaso da una sofferenza immane ha farfugliato qualcosa, all'inizio con voce incomprensibile, una voce incerta su dove andare. *Hanno preso le mie bambine*, ha detto l'uomo, con le lacrime che scorrevano, di nuovo lottando con le corde. *Hanno preso le mie bambine, hanno solo sette e tredici anni. Ora per favore lasciatemi tornare.*

* * *

Abbiamo lasciato andare lo sconosciuto dopo avergli legato intorno ai piedi delle strisce di stoffa a mo' di scarpe. L'abbiamo accompagnato nel bosco da cui era venuto, e poi sono corsa da MaViolet. Mi ha sorpreso di trovarla sveglia, lucida. La signorina Edith era ancora al suo capezzale, si dondolava e cantava un inno che MaViolet amava. Mia nonna aveva la bocca socchiusa e gli occhi lattiginosi. Il suo guardo ha vagato in alto e tutto intorno prima di posarsi sul mio volto.

Ma, ho detto. Le ho preso la mano.

Lei mi ha guardato intensamente, come se potesse vedermi attraverso. Ho visto la sua mascella fremere e i muscoli tendersi, sembrava lottasse per risvegliare la bocca, ma la lingua è rimasta sprofondata chissà dove e non è riuscita a proferire parola.

Ho schiuso le labbra, ancora crepate per la sete, pronta a raccontarle tutto. Dell'uomo scalzo e della gente del frutteto. Del bambino sulla strada che avevo picchiato e poi lasciato andare. Volevo dirle del mio corpo che si dispiegava verso la maternità – di quanto fosse sbalorditivo, di quanto fosse assurdo – ma ero terrorizzata.

Invece ho intonato qualche strofa di quel vecchio inno che stava cantando la signorina Edith, con la voce liscia e pronta contro il fondo della gola.

Amato Signore, prendimi per mano,
Guidami, portami lontano,
sono stanco, debole, sfinito.

Non potevo lasciarla lì così, quindi ho chiesto a Knox di radunare tutti, compresi i bambini. Gli ho chiesto di chiamarli in questa casa in cui le nostre impronte fangose segnavano i pavimenti di parquet. La casa in cui l'unto delle nostre dita smaltava le maniglie d'ottone e si era accumulato sulle corde di strumenti ormai scomparsi di cui non conoscevamo il nome ma con cui riuscivamo a strimpellare strane melodie. La casa in cui il calore dei nostri corpi, insieme al sudore, lasciava profondi calchi sui letti e sui cuscini delle poltrone.

Portali dentro, ho detto.

Pensavo che se ci fossimo radunati nello studiolo di Jefferson, quell'ambiente che ricordava un ufficio tra la stanza da letto e la sua biblioteca personale, avrei potuto tenere d'occhio MaViolet, desta e presente, mentre parlavamo. *Stanno arrivando quegli uomini*, le ho sussurrato. *Sono praticamente già qui.*

La verità era che l'avevo sempre saputo che erano in arrivo, prima ancora che ce lo dicesse l'uomo scalzo. Prima ancora del disfacimento: lo sventolio di quelle antiche bandiere, quei volantini pieni d'odio. Lo sapevo fin da bambina, da quando avevano ammazzato quella ragazza e dato la colpa al suo corpo. Era un nodo piantato a fondo nei polmoni, che mi ricordava di non respirare troppo facilmente. Avevo ereditato quella consapevolezza dalla mamma, e da MaViolet prima di lei. Ero nata che già sapevo.

Resisti, MaVi, ho detto mentre aspettavo che arrivassero gli altri. Ero accanto al suo letto, ancora aggrappata alla sua mano. Pensavo che era stato un terribile sbaglio trascinarla fin quassù, e per cosa? Dopo tutto quello che aveva sacrificato per me. Mi aveva fatto finire il liceo anche dopo che la mamma era mancata e avevamo il cuore a pezzi. Mi aveva spinto sempre avanti, verso quell'università importante – *E perché tu no, nipotina?* aveva detto. Aveva insistito perché continuassimo a batterci, continuassimo a sperare, anche nel nostro infinito dolore.

Uno dopo l'altro tutti sono comparsi nello studiolo e nella biblioteca vicina, le voci basse come a una veglia, le voci piene di paura dopo il fallimento della nostra spedizione e per quanto aveva detto l'uomo scalzo. Il signor Byrd ha parlato piano a MaViolet, che però aveva richiuso gli occhi. Per trovare posto nella stanza tutti si sono fatti spazio tra le cose di Thomas Jefferson: la sua scrivania con il famoso apparecchio per la scrittura, che consentiva a due pennini di muoversi a un tempo, creando facili gemelle per le sue lettere, per i posteri. I suoi tavoli e i mappamondi. Gli studenti si sono incuneati contro i davanzali delle finestre, badando a non urtare uno scrittoio di legno che reggeva un busto di avorio. Ira e Carol si sono stretti su un divano del colore della valigia di KJ, con Yamileth in bilico sul bordo, il viso sottile rivolto verso di me. Gli Yahya si sono insinuati tra uno strumento di misurazione e un telescopio, quasi tutti del colore dell'ottone o marrone ciliegio, come gli oggetti nella piccola mostra giù nel museo rivendicata dai bambini.

Devin è arrivato per ultimo, subito dopo KJ e i gemelli e Georgie, ma dalla direzione opposta. Doveva essere passato dalla serra con la facciata di vetro, scavalcando il giaciglio su cui io e Knox avevamo dormito ogni notte, uno accanto all'altra.

Non appena ci sono stati tutti Knox mi ha raggiunto. Appoggiandomi le mani sulle spalle, mi ha spinto a voltarmi e affrontarli.

Dobbiamo decidere, ho detto, con voce pervasa di fragilità o forse di competenza. *Subito*, ho detto. *Non c'è più tempo.*

È stato con quell'impeto di urgenza che gli altri hanno raccontato i dettagli della giornata. Ogni piccola storia si legava alla nostra più vasta, finché non è appartenuta tutta a tutti noi. Carol ha parlato degli uomini armati sul pick-up e Knox ha detto di come la gente del frutteto ci aveva mandato via. Il signor Byrd ed Elijah, con l'aiuto di KJ, hanno ripetuto la storia dell'uomo scalzo. Insieme, a turno, ci siamo dedicati a smontare e valutare il suo repellente messaggio.

Insomma, adesso prendono i neri e li tengono prigionieri, ha detto Ezra.

Devin gli ha posato una mano sulla spalla, per calmarlo o consolarlo, ma il contatto con l'esasperazione di Ezra non ha fatto che riattizzare la rabbia che si teneva dentro. *Cosa pensate che faranno alle figlie di quel tizio?* ha detto Devin.

Papà Yahya si è passato una mano tra i capelli che, se tirati indietro, trattenevano solchi increspati. Accanto a lui suo figlio gli ha toccato il gomito. *I piedi*, ha esclamato Jobari. *Glieli hai visti i piedi, papà? Diventano così anche i nostri?*

Ho raccontato a tutti del grande pennacchio di fumo che avevamo visto, del fatto che secondo noi gli uomini si erano radunati o accampati al vecchio sanatorio, vicino all'autostrada. Ho cercato di descrivere cos'avevamo visto guardando la città: gli edifici devastati dal fuoco e i danni sparsi che un manipolo di uomini non poteva aver causato. Cos'altro era successo laggiù? Cosa sarebbe successo? Quando ho descritto le rovine della nostra città mi è parso di avvertire lo sguardo di MaViolet, luminoso e ardente, sulla nuca.

Quarantott'ore, ha detto il signor Byrd.

Una rabbia nuova, una profonda angoscia e un rinnovato senso di terrore si sono diffusi nella stanza, sottolineati da tanti nuovi tic sui tratti dei nostri volti, da mani che si torcevano e piedi irrequieti. KJ è arretrato ed è finito contro la pendola del nonno, più alta di lui, appesa al muro della biblioteca. *Dov'è la mia valigia*, ha detto ai piccoli Yahya. *Dico davvero, l'avete presa voi, sono giorni che non la vedo.*

Il signor Flores ha detto qualcosa sottovoce, in spagnolo. Il figlio maggiore, Edward, gli ha fatto eco in un inglese impeccabile, con una cadenza nativa del nostro paese, del nostro stato, della nostra città, della nostra via: una sorta di preghiera.

Sotto di me Yamileth mi ha tirato per l'orlo lacero della maglietta, i capelli scuri che le scendevano come una cascata intorno al viso scarno adolescente. *Non possiamo lasciare che vincano*, ha detto, la voce roca carica di nervosismo. Io la pensavo allo stesso modo, ma stavo disperando. Quelli avevano dalla loro un sacco di persone, un sacco di veicoli e di armi. Come vincere contro quel loro sacro furore?

Mormoravamo tra noi e rivolti agli altri, tentando di risolvere quell'equazione impossibile, di trovare un risultato che ci favorisse. Il sole iniziava già a calare, come sempre cala, e lentamente la stanza si riempiva di ombre.

Non c'è più tempo, ho ripetuto.

Dobbiamo andarcene, ha detto Carol, alzandosi dal basso divano verde e muovendo un passo esitante. *Prendiamo quello che possiamo, e poi... andiamo via, punto, come abbiamo fatto prima. Possiamo andare dall'altra parte, via dalla città. Possiamo anche andare a piedi, semmai. Troveremo un'altra città. Ci accamperemo all'aperto...*

Ho fatto anch'io per spostarmi in avanti, ma il mio fianco ha urtato lo spigolo sporgente del leggio girevole alla mia destra, risvegliando quel vecchio livido, un febbrile pulsare. Volevo solo infilarmi nel letto con MaViolet, oppure correre. Ero veloce, ormai lo sapevo: potevo essere veloce. Ma accanto a me c'era MaViolet, che si rigirava sotto quelle lenzuola ruvide. Davanti a me, Jobari e Imani stavano aggrappati alle gambe di Mamma Yahya come se fossero molto più piccoli. Lakshmi ha sussurrato qualcosa a LaToya, e ho pensato al lungo, tremendo viaggio che si era sobbarcata per raggiungere la casa dei genitori, alla vecchia bandiera nascosta lì. Avvertivo ancora, come incastonata nelle tenebre, quella curva che avevamo preso troppo veloce, l'ascesa folle e poi lo schianto contro il cancello. Il rumore lasco dei sandali di Carol sulla ghiaia e il gemito che era sorto in me alla vista dei piedi martoriati dello sconosciuto. Mi pareva di sentire ancora i cani abbaiare in lontananza.

Dobbiamo rimanere insieme, ho detto. *Dobbiamo proteggerci a vicenda.*

La signorina Edith se ne stava sulla sua poltrona in camera, e mi guardava attraverso il tunnel che era il letto di MaViolet. *La Sua volontà*, ha detto. *Come in cielo così in terra.*

Ai suoi tempi, lo sapevo, la signorina Edith aveva manifestato con i gruppi della chiesa per le vie di Washington. E in città aveva vessato più di un funzionario affinché facesse il bene anche del nostro quartiere. Radunava la gente per farla parlare, per spingerla a esporre le proprie ragioni. Veniva regolarmente a trovare MaViolet ben prima del disfacimento e anche durante, e arrivava con pietanze fatte in casa e pettegolezzi. Conoscevo la signorina Edith come una persona che pregava con le azioni, che teneva alte sia la voce sia le mani. Ma quando ha detto "La Sua volontà" ho pensato che tanto valeva alzare le mani e seguire il sentiero dietro il cimitero di Jefferson fino a valle, oltre il padiglione dell'accoglienza. Sfilare nel parcheggio fino a dove avevano ritrovato le ossa sparse degli schiavi – nude, anonime – e sdraiarci su quel terreno ruvido e irregolare.

Riuscivo quasi a vederci laggiù.

Dovremmo combattere, ho pensato, ma ho tenuto a freno la lingua. Devo aver borbottato qualcosa, però, perché si sono voltati di nuovo tutti verso di me, ogni singolo membro di questa nuova famiglia che mi ero scelta. Perché si ama ciò che si ama? Ho provato un amore sconfinato in quel momento, per ciascuna delle anime in quello spazio ristretto, perché erano come me e diverse. Perché eravamo diventati parte gli uni degli altri. Amavo Knox, che mi teneva le mani sulle spalle come a farmi da scudo, con gli occhi tristi e seri puntati a terra. Amavo gli Yahya con i loro colori vivaci. E LaToya, con i capelli mezzi intrecciati mezzi no, che si girava a guardare dalla finestra; anche Ezra ed Elijah, come due facce della stessa medaglia. E Devin… Amavo Devin, anche se quell'amore complicava ogni cosa. Amavo tutti i bambini, che tossivano e giocavano, e la signorina Edith, sempre in prima fila tra i ribelli. Perfino i musi inquieti dei conigli, gli uccelli a caccia di mirtilli. Lo giuro, amavo la terra ricca e argillosa, e gli alberi, soprattutto gli alberi. Perché siamo tutti parte gli uni degli altri e insieme siamo sacri.

Combatteremo, ho detto, con voce incerta. Quando ho alzato gli occhi il mio sguardo si è impigliato in Devin, appoggiato con la schiena contro i libri, i rasta scomposti intorno alla faccia.

Per come la vedo io, ha detto Devin, *dobbiamo solo difendere questa collina. Respingerli con tanta forza da costringerli a passare oltre. Facciamogli vedere che questo pezzettino qui è roba nostra.*

Forse possiamo ingannarli, ha detto LaToya.

Facciamogli credere di non avere pietà, di aver perso ogni briciolo di cuore, ha detto il signor Flores.

Forse possiamo spaventarli, fargli credere che siamo fantasmi, ha detto la signorina Edith.

Potremmo costruire tipo delle barriere intorno alla casa, ha detto Ira.

Conosciamo bene la casa, la terra tutto intorno, ha detto il signor Byrd.

Magari riusciamo a tenerli impegnati quanto basta perché le cose tornino come prima. Questo era Knox.

Combattiamo! ho detto, la voce piena di furia, piena di speranza.

Combattiamo! hanno risposto tutti.

XII.

Abbiamo lavorato per un bel pezzo anche dopo il calar del buio, pianificando poi preparando, e infine abbiamo approntato un secondo avamposto lungo il confine orientale. Io ho retto la scala al signor Byrd, che si è arrampicato per caricare il grande orologio sopra la porta principale all'ingresso. Avevo notato il secondo quadrante, mi ha chiesto, sul fronte dell'edificio? E lo sapevo che, una volta caricato, quell'orologio faceva ogni ora un gong che si sentiva fin giù nella valle? Quando ho visto quelle lancette di nuovo in movimento ho compreso che non ci stavamo più nascondendo. Il tempo era ripartito.

Quando finalmente ho avuto un attimo di tregua, ho capito che non sarei mai riuscita a dormire. Interpretavo ogni cigolio in casa come un avvertimento, e quando chiudevo gli occhi mi sentivo leggera, priva di peso. Fluttuavo così in alto che vedevo tutta la nostra città baluginare sotto di me. Da quell'altezza straordinaria, tra i resti fumanti, vedevo radunarsi scure comitive di uomini che gettavano pezzi di legno vecchio tra le fauci di un falò: cornici di finestre con i chiodi sporgenti, assi viscide di licheni. Vedevo la gente del frutteto col cappello sul petto sognare sotto il tetto bucato del fienile, una visione limitata delle stelle. Vedevo le figlie scure dell'uomo scalzo dibattersi contro i legacci. Sentivo l'eco di tristezza che aveva pervaso la voce di Devin tante ore prima. *Sei venuta tu da me*, aveva detto.

Devo aver dormito un po'.

Mi sono svegliata al clamore del grande orologio, con le sue vibrazioni che mi pervadevano tanto che sono balzata in piedi nella stanza buia. Ho intravisto la figura addormentata di Knox sul giaciglio che condividevamo. Doveva essere venuto a letto poco dopo di me. Si è girato, mi ha cinto la vita con un braccio. All'improvviso ho ricordato tutti i pericoli che gravavano su di noi. Mi sono alzata più piano che potevo e ho attraversato la nostra piccola stanza, poi il labirinto di tavoli e sedie negli alloggi di Jefferson, gli occhi che si adattavano a fatica all'oscurità. Ed ecco che è affiorato il volto addormentato di MaViolet, gli occhi serrati e la bocca contorta in modo innaturale. La signorina Edith dormiva sulla poltrona accanto al letto; ha aperto gli occhi, ha visto che ero io e li ha richiusi.

Dovevo andare da qualche parte, ma dove? Ho attraversato il salotto verso il portico ovest. L'aria notturna era secca e calda sulla pelle.

Mi sono inoltrata sul sentiero di ciottoli, spostando le pietre con i piedi scalzi, e sono arrivata in silenzio sul prato, nel tentativo di cogliere un po' di brezza. Le tende della famiglia Flores erano ancora disposte in semicerchio al limitare del bosco. La luna calante era avvizzita ed erano arrivate nubi dense, tanto che il cielo era di un nero catrame. Era così buio fuori che non mi ricordavo neanche che aspetto avessero i lampioni. Buffo quanto avessimo contato sulla luce artificiale prima – l'alone azzurro del televisore dalla finestra di un vicino, i raggi lontani dei fari che rivelavano i bordi delle cose. Quanto mi piaceva quella luce così facile e abbondante: non mi rendevo conto della rovina che comportava abusarne. Ho camminato sull'erba, ansiosa di rivedere lo splendore della luna piena.

Ero quasi arrivata al laghetto fangoso quando ho percepito qualcosa addensarsi nel buio fitto dinanzi a me. Mi sono immobilizzata, in ascolto, col cuore che mi rimbombava nelle orecchie. Ho fatto un passo, poi un altro, senza neppure far caso all'erba ispida, alle punture degli insetti sulle caviglie. Ho teso le braccia nello spazio aspettandomi di toccare qualcosa di felpato, un manto fulvo o la grazia nodosa di un palco di corna. Ma il mio movimento sommesso li ha spaventati: ho sentito lo scalpiccio di zoccoli che si allontanavano.

Ero di nuovo sola.

Ho fatto un altro paio di passi e lì, nella parte più lontana della terrazza sud, c'era un'altra ombra, una persona accanto agli enormi tronchi delle querce. Man mano che mi avvicinavo ho capito che era Devin, il suo profilo familiare si stagliava nelle tenebre. Lungo una parete nella biblioteca di Jefferson ci sono dei ritratti racchiusi in cornici ovali, profili neri di persone importanti che Jefferson aveva conosciuto. Devin è una delle mie persone di rilievo. Quando l'ho visto, ho provato sollievo e qualcosa di più.

È colpa mia, mi sono affrettata a dire quando mi ha guardato, come a voler riprendere da dove eravamo rimasti nel bagagliaio, in quei momenti soffocanti prima che puntasse la pistola per difenderci. Devin non è sembrato sorpreso di vedermi: giocherellava con qualcosa, il suo accendino Zippo che chiudendosi faceva uno scatto. *E hai ragione*, ho proseguito. *Sono venuta io da te.*

Pensavo dicesse, Bene, e mi invitasse a tornarmene dal mio ometto del college, ma non ha aperto bocca. Quindi ho provato a rispondere alla sua domanda di prima, sulla questione della gravidanza. Gli ho detto la verità, che non sapevo se il bambino fosse suo o di Knox, men che meno se fosse una bambina. Nel dirglielo ho desiderato di poter sperare per lei.

Ma perché sei venuta da me? ha detto Devin.

Mi sono grattata il gomito, una puntura fresca. *Ho già detto che è stata colpa mia*, gli ho detto.

Devin ha fatto comparire una sigaretta da dietro l'orecchio e si è fatto rotolare fra le dita il fragile cilindro bianco. *Perché sei venuta a fare questo casino con me se ami lui?*

Il fatto è che c'erano sempre stati solo loro due. Prima Devin. Poi era passata un'infinità di tempo. E poi Knox.

E solo quell'unica volta, di nuovo Devin.

Ricordati di quel giorno, Naisha, ha detto, appoggiandosi all'ampio tronco ruvido dell'albero dietro di lui. *Come ho già detto, quello che hai fatto non è da tutti. Tirarsi fuori e però continuare a farsi vedere nel quartiere. È stato bello quando sei venuta da me, anche se lo sapevo che non saresti rimasta.*

Ora non si torna più indietro, ho detto.

Forse sì, forse no, ha detto Devin. *A ogni modo, quello che hai fatto non è da tutti: ci hai portato qui.*

Devin si è acceso la sigaretta con la fiamma salda dello Zippo. Era da quella prima notte che non lo vedevo fumare, ma in quel momento l'odore del mentolo ha riempito l'aria tra noi. Il bagliore mi ha permesso di vederlo con più chiarezza, l'accenno di barba sulle guance, la pelle bruna altrimenti liscia, le ciglia che gettavano lunghe ombre.

L'ultima, ha detto, poi come se niente fosse mi ha messo in mano lo Zippo.

Il fatto è, ha detto Devin, con voce esitante come un tempo, tanti anni prima, *che non importa neanche il perché, non più. Adesso quello che conta è il futuro, il futuro della tua bambina. Promettimi che non verrai più da me. Noi due siamo finiti. La gente come noi fa quello che deve. Ti sto chiedendo di andare a dirgli che è sua e di fargliela credere. Perché per come la vedo io adesso ha molte più possibilità con lui come padre. Diglielo, e per favore, per favore, non tornare più.*

Volevo dire qualcosa, discutere con lui forse. Volevo dire una cosa che tirasse su di morale lui e anche me già che c'ero, ma tra denti e lingua non mi si sono formate parole. Devin ha lanciato per terra la sua ultima sigaretta e l'ha spenta con la suola dello scarpone. Si è voltato a darmi le spalle con un gesto così assertivo che ho capito che non si sarebbe voltato. Si è avviato verso la sua remota stanza al limitare della terrazza, lasciandomi sola con quel piccolo oggetto di metallo in mano. Allora sono tornata in camera mia, dove Knox dormiva.

XIII.

Ieri abbiamo cominciato presto, come se non ci fossimo mai fermati. Erano passate quasi ventiquattr'ore da quando lo straniero scalzo era arrivato ad annunciarci le intenzioni degli uomini armati. Avevamo un altro giorno intero per prepararci, se quello che aveva detto era vero. Ne avevamo discusso ancora e ancora, cercando di stabilire se l'orizzonte temporale di cui aveva parlato fosse un trabocchetto. Forse quegli uomini erano già in marcia. O forse ci avevano recapitato una minaccia infondata nella speranza di spaventarci. Non c'era modo di saperlo con certezza.

Siamo andati avanti tutto il giorno, tra i rintocchi dell'orologio fresco di carica, decidendo chi erano i cecchini più bravi tra noi, individuando gli osservatori più facili da difendere. Ci siamo divisi le magre scorte di armi e munizioni, e abbiamo formato gruppi di pari forza come quando si fanno le squadre alle elementari, ciascuno con una base, un walkie-talkie e una buona visuale su uno dei punti cardinali, come la banderuola di Jefferson. Il signor Byrd e qualcuno degli altri hanno fatto la punta a dei pezzi di metallo per segnare un perimetro spinoso sotto il Mulberry Row. Gli studenti dell'SCFP hanno distribuito spray urticante e maschere. Non ci sembrava più sicuro mandare un emissario sulla cima di Montalto, ma Devin e i gemelli si sono arrampicati sul tetto inclinato per guardare giù e cercare di vedere cosa succedeva.

Mentre attraversavo la terrazza sud verso la nostra stanzetta non ho potuto fare a meno di notare come ci eravamo ancora una volta trasformati. Nelle ultime ore si erano agghindati tutti con oggetti vari trovati nella casa. Carol e Ira stavano raccogliendo cibo nell'orto, ma di tanto in tanto bevevano un sorso da due coppe jeffersoniane mezze ossidate. I maschi della famiglia Flores trascinavano dei tronchi per costruire un appostamento sul Mulberry Row, e il signor Flores portava un binocolo d'ottone che gli penzolava da un sottile nastro di cuoio. Georgie spaccava legna con Papà Yahya, che aveva abbinato i pantaloncini a una T-shirt troppo grande con scritto "La maglietta della salute di Jefferson", che avevo visto diverse volte nel negozio di souvenir. LaToya, che aiutava Lakshmi e gli altri studenti a dipingere un grande striscione, portava una collanina sottile con una conchiglia che le arrivava fra le clavicole. Perfino la cintura del signor Byrd, che gli teneva su i pantaloni khaki ormai sformati, aveva un'aria sospetta da pezzo di antiquariato. Ho sentito la signorina Edith fermarsi in cortile per parlare con lui. *Questi gigli turchi*, ha detto. *Guardali, vengono su che è un piacere. Immagino che ancora per qualche settimana non mostreranno la loro faccia arancione...*

Mi sono fermata appena dentro la nostra gigantesca finestra. Ero lì che guardavo lo spettacolo fuori quando Knox è comparso alle mie spalle e mi ha posato la mano sulla nuca. Eravamo stati indaffaratissimi per tutta la mattina, lui correva da una parte e io dall'altra, sempre controllando MaViolet nel frattempo. Facevamo tutti e due del nostro meglio, anche se non ci sembrava neanche lontanamente abbastanza. Oltre al metallo appuntito avevamo steso del filo spinato fra gli alberi, per far inciampare gli uomini o ferirli alle gambe se fossero arrivati di corsa col buio. Avevamo spostato le riserve di cibo e d'acqua verso il centro della casa. I bambini avevano scavato una buca vicino alla passerella est e l'avevano coperta con un lenzuolo e delle foglie.

E poi? ha detto Knox, pulendosi gli occhiali con l'orlo della camicia. La mia mente correva come impazzita: lanciavo una variabile dopo l'altra.

I bambini?

Li faremo stare nascosti con Mamma Yahya nel passaggio coperto, ha risposto.

E se provano a stanarci? ho detto.

Knox mi ha ricordato che i fratelli Flores avevano costruito quegli appostamenti allo scopo di abbattere gli uomini. Spararli. Scoraggiarli. *L'acqua ce l'abbiamo*, ha detto Knox. *Se loro aspettano, aspettiamo anche noi.* Knox si è rimesso sul naso gli occhiali, tutti storti da una parte. *E tua nonna?* ho detto.

Avevamo fatto del nostro meglio per tenerla comoda e al sicuro, ma era più di un giorno che non parlava e nemmeno beveva. Il suo letto puzzava di urina, e l'ultima volta che ave-vo provato a lavarla, con una bacinella e uno straccio, le avevo visto una serie di piaghe su tutto il corpo anche se eravamo stati attenti a girarla ogni tanto. Ogni respiro le lasciava il petto curvo come una domanda a cui forse non si poteva rispondere. Almeno se ne andrà in un letto, mi dicevo, cercando invano di provare una qualche sorta di sollievo. Avevano iniziato a lasciarle ai piedi del letto vasi o bicchieri traboccanti di fiori: digitali rosse, lillà, garofani del poeta. Un mazzo di tulipani sbiaditi. Che senso aveva che fosse qui, mi domandavo? Che importanza aveva?

E noi? ha detto Knox, facendomi voltare verso di lui. *È tutto a posto, Da'Naisha? Mi ami ancora... mi vuoi ancora?*

E tu vuoi me? ho detto, rigirando le sue parole, sentendomi sciocca e vulnerabile e come la bugiarda che ero e ancora sono. Lui si è tolto di nuovo gli occhiali e li ha posati sullo scrittoio, così che il suo viso brillava, nudo, aperto. Ha teso il braccio e io mi sono fatta vicina al suo corpo, perché volevo. Mi ha passato le braccia attorno, con grande attenzione, e in ogni punto in cui ha scelto di toccarmi mi ha fatto sentire preziosa. Le sue dita mi hanno sfiorato il collo, col pollice mi ha accarezzato la clavicola. Il suo mento annidato sulla mia scriminatura. *Anche di più, adesso*, disse fra i miei capelli. *Ti voglio anche di più, adesso. Ti amo anche di più.*

Sono incinta, ho detto nel suo petto.

Eh? ha fatto, afferrandomi le spalle e allontanandomi piano per guardarmi in faccia.

Sono incinta, ho ripetuto.

Sul volto di Knox si sono avvicendate le sensazioni al rallentatore, sorpresa, gioia, panico, poi di nuovo quella gioia, le mani grandi e tremanti sui due lati del mio viso. Ha portato la bocca sulla mia, sorridendo, piangendo, e le sue mani non mi hanno mai abbandonato. Continuava a baciarmi, ad allontanarmi da sé con quelle mani precise, finché non ho sentito un muro dietro il corpo. Finché il suo corpo non ha trovato il mio come fossero uno l'estensione dell'altro, una sensazione di piacere così grande che quasi ha riportato indietro il mondo. *Oddio*, ha detto, come un'imprecazione, come una preghiera. Credo di avergli fatto eco. *Dio*, abbiamo sussurrato. *Dio*, abbiamo pianto.

XIV.

C'è silenzio adesso, è quasi di nuovo l'alba. Mentre scrivo mi figuro gli uomini che si radunano sotto di noi, da qualche parte di là dal ponte rivestito di pietra. Il walkie-talkie sulla sedia ticchetta piano, e anche se il segnale non è ancora arrivato, quegli uomini stanno arrivando. Lo so come lo sanno i fantasmi, come lo sanno le madri.

Ieri pomeriggio non ho potuto fare a meno di notare che, immersi nei preparativi frenetici, i miei compagni avevano trovato tutti un modo di prendersi cura di sé e degli altri. Ezra aveva portato dal negozio di souvenir delle magliette pulite, e LaToya e Gary l'avevano aiutato a distribuirle. E Georgie, con l'aiuto di Carol, aveva pulito il primo piano della casa, spolverando tutto. Ira aveva giocato a scacchi con KJ, e il petto incavato del ragazzo si era gonfiato d'orgoglio. Mamma Yahya era uscita raggiante dal salotto, i capelli dei figli splendevano raccolti in trecce e ciocche fatte di fresco, come quelli di Yamileth. La signorina Edith e Lakshmi avevano chiesto una mano per preparare una cena umile: le uova messe da parte strapazzate e cotte sul fuoco, con cipolline e timo, pezzi di patate appena estratte dalla terra. Erbe selvatiche, ciliegie perfino, snocciolate e dolci. Non mangiavamo cibo caldo dal giorno che avevamo provato ad andare in città, e ci era sembrato un banchetto, quel pasto consumato tutti insieme, anche se i nostri cuori vacillavano, i nostri corpi avevano ancora fame. Il signor Byrd aveva recuperato una cassa di bottiglie di vino impolverate da qualche nascondiglio, e avevamo mangiato e bevuto, poi avevamo portato giù dei piatti per fare cambio con chi era di guardia e far sì che tutti prendessero parte ai nostri fugaci festeggiamenti, dato che sapevamo tutti cosa ci aspettava.

Prima avevo chiesto a Mamma Yahya se le andava di fare qualcosa anche ai miei capelli. Mi aveva fatto sedere con la testa sopra una bacinella, nel cortile di sotto, e mi aveva rovesciato mestolate d'acqua tiepida sulla testa. Le sue dita abili mi avevano pettinato e dopo, seduta per terra tra i suoi piedi, mi ero sentita quasi nuova. Una parte l'aveva lisciata, pettinando i capelli all'indietro e fissandoli con due bei nodi alla base della nuca. Prima di farmi alzare aveva ripiegato per me una striscia di stoffa e me l'aveva avvolta intorno alla testa, una corona colorata.

Avevo mangiato con gli altri, sorridendo a dispetto della paura, ridendo perché a volte bisogna ridere anche solo per respirare. Sentivo Knox che mi guardava con la sua nuova consapevolezza: questo contenitore che ero diventata. A un certo punto Mamma Yahya mi aveva passato il neonato, suo figlio. In braccio era pesante, la sua pelle delicatissima; profumava dell'acqua di lavanda con cui lei gli faceva il bagnetto. Avevo sentito il suo peso in grembo come una specie di correzione, come terra che ricade in una buca, ricca e piena d'aria nuova.

Avevo mangiato; poi ero andata di nuovo da MaViolet.

Ci ero andata sperando che fosse sveglia, che magari mangiasse anche solo un boccone e sentisse quant'era buono. Quando ero arrivata il suo corpo era ancora in quel letto, ma mia nonna Violet non c'era più. Nel vederla avevo pensato ai momenti subito dopo quei primi devastanti temporali. Le auto della polizia si erano allineate lungo First Street, e le luci intermittenti blu e rosse pulsavano nella finestra di MaViolet. All'inizio credevamo che li avessero mandati a dare una mano, ad accompagnare la gente ai rifugi, o a portare rifornimenti, cose necessarie dato che era andata via la luce. Sapevo che in quelle settimane, prima che smobilitasse, la polizia era stata incaricata di dare una mano altrove; all'università erano passati. Però quel giorno, nella via di MaViolet, la fila di agenti con casco e scudo antisommossa se ne stava lì a guardare le case ma non le persone dentro, come se avessero ricevuto l'ordine di non vedere. Per un periodo di circa dodici ore i poliziotti avevano fatto i turni per non far uscire né entrare nessuno. Neanche per le medicine. Neanche per procurarsi cibo o acqua. La addolorava, mi aveva detto quand'ero andata a trovarla, essere una vecchia eppure suscitare ancora tante accuse e tanta paura da far sì che la sua stessa città indirizzasse le proprie forze contro di lei. Ora MaViolet era lì distesa sul suo letto alto, gli occhi d'argento scheggiati di giallo come vetro mercurizzato. E io ero la sua unica parente ancora in vita. Le avevo messo una mano sulla testa e le avevo detto, finalmente, che ero incinta. Le avevo detto di essere decisa a vincere in qualche modo. Le avevo detto che avrei chiamato mia figlia Violet, come lei.

Poi ero corsa fuori sul prato per dirlo a Knox, per dirlo a tutti. Dovevano aver capito dalla mia espressione. Ero crollata in ginocchio e li sentivo, tutti intorno a me. Qualcuno mi aveva stretto la mano così forte che avevo sentito le unghie acuminate scavare, e il dolore si era fatto strada nel torpore, ricordandomi di respirare. Sentivo i singhiozzi, miei o degli altri, finché a un certo punto la sofferenza condivisa non era diventata quasi canto.

Ero tornata dentro e la signorina Edith mi aveva portato una bacinella d'acqua tiepida. Con fatica avevo svestito mia nonna, per pulire il suo corpo che poi avevo ricoperto con la vestaglia. Era stato Georgie a portarmi un rotolo di stoffa sbiadita, orlata di rosso cremisi, reggendolo sugli avambracci.

Il sole stava già calando quando abbiamo seppellito la mia MaViolet, il corpo avvolto in quelle tende. L'abbiamo seppellita lungo il sentiero chiaro, nella terra spalancata, morsa dalle nostre vanghe affondate nell'intrico di radici. Abbiamo calato il suo corpo nel terreno, insieme a un brandello della preziosa stoffa di Mamma Yahya, a metà strada tra il cimitero recintato di Jefferson e il cimitero degli schiavi in basso.

XV.

Knox mi ha svegliato qualche ora fa sul nostro giaciglio vicino alla finestra della serra. Ho sentito il suo sguardo addosso prima ancora che pronunciasse il mio nome nel buio.

Naisha, ha detto. *Non so cosa mi è passato per la testa, amore, ma siamo spacciati. Non abbiamo abbastanza di niente. Non abbiamo abbastanza gente, né armi, né niente. Ci spazzeranno via.*

Volevo dirgli, Lo so già. Ma ormai facevo una fatica terribile a deglutire, a formare delle parole. Sono riuscita a dirne un paio. *Siamo qui.*

Sono diciannove giorni che siamo qui sulla cima di questa montagnola. Diciannove giorni a esplorare cantine polverose e stanze inondate di luce, a tagliare nastri e toccare tutto: nostro. Perfino la cartina sbagliata dell'Africa, perfino le tende rosse alla francese. Ci siamo spinti fino al passaggio coperto e abbiamo esplorato la tenuta nella sua estensione. Ci siamo riuniti nella baracca degli schiavi ricostruita e immaginati il caldo soffocante nel magazzino del ferro. Diciannove giorni come diciannove anni, e questa mattina li ho sentiti, gli uomini che si preparavano sotto di noi nel buio che svaniva. Presto arriveranno nel fragore dal bosco e nell'orto, calpestando i cavoli – non c'è più tempo. Ora riesco quasi a sentirli.

Per favore sappiate che abbiamo combattuto con tutto ciò che avevamo, e abbiamo combattuto per vincere. Abbiamo lottato con i proiettili e a mani nude, con i megafoni e lo spray urticante, con lo scetticismo e la fede. Ho segnato i nomi di tutti, insieme alle date di nascita e al giorno della morte di MaViolet. Infilo queste pagine dentro il libro di Thomas Jefferson *Note sullo stato della Virginia*, annidate tra i suoi conteggi sulla larghezza dei nostri fiumi, l'altezza delle nostre montagne, i suoi limiti e le sue speranze. Infilerò di nuovo quel libro sullo scaffale nella biblioteca riservata alle guide museali, la stanza dove è appesa la fotografia di mia nonna. Adesso ci vedo una MaViolet maestosa, addirittura raggiante. Forse un giorno qualcuno ritroverà i nostri nomi, tra i libri o la cenere, e saprà che siamo stati qui, che anche noi contiamo.

Non so cosa succederà. Non so cosa sta succedendo altrove, fuori dalla nostra città, dal nostro stato. So solo che non permetterò loro di prendersi questo mio corpo. So solo che questa battaglia costerà qualcosa anche a loro. Il signor Byrd mi ha aiutato a preparare le bottiglie, a riempirle fino a metà di benzina e infilarci degli stracci. Ho lo Zippo di Devin in tasca, se si arriva a tanto. Possono anche sconfiggerci, ma non conquisteranno mai questa casa – non intatta. Se ritroveranno qui i nostri corpi, mi auguro che ci seppelliscano tra i due cimiteri, così che almeno alla fine possiamo stare insieme. Sepolti o no, veglieremo su tutto quanto succede qui, per sempre, sempre, insieme a tutti gli altri che sono vissuti e hanno sognato e sono morti qui. Che i nostri corpi riempiano lo spazio tra il vecchio e il nuovo, finché tutto risulterà indistinguibile, finché ciò che resta sarà un unico immenso bagliore d'anime che illumina la via di casa.

RINGRAZIAMENTI

Quest'opera prima non sarebbe stata pubblicata senza l'instancabile supporto e la feroce intelligenza della mia favolosa agente, Meredith Kaffel Simonoff, e l'immensa cura, l'entusiasmo e la generosità dei miei editori, Retha Powers, Barbara Jones e Kate Harvey. Siete tutti fantastici!

Grazie alle persone meravigliose di DeFiore & Company, tra cui Adam Schear, Colin Farstad, Emma Haviland-Blunk, Jacey Mitziga, Linda Kaplan e Parik Kostan; di Henry Holt, in particolare Allison Carney, Amy Einhorn, Caitlin O'Shaughnessy, Catryn Silbersack, Christopher Sergio, Gabriel Guma, Janel Brown, Jason Liebman, Jaya Miceli, Jolanta Benal, Maggie Richards, Maia Sacca-Schaeffer, Marinda Valenti, Nicolette Seeback, Patricia Eisemann, Rima Weinberg, Ruby Rose Lee, Sarah Crichton e Vincent Stanley; e a tutti coloro che hanno sostenuto questo libro ad Harvill Secker e Vintage.

Ringrazio con grande affetto Brooke Ehrlich e il suo team di Anonymous Content, soprattutto Becca Rodriguez e Jessica Calagione; grazie a tutto il Chernin Group, in particolare Peter Chernin, Jenno Topping, Kaitlin Dahill e Christina Porter; grazie anche alle splendide persone di Netflix.

Grazie all'incomparabile Roxane Gay, che con la sua prima story per "Negro di Controllo" ha gettato il seme di questa raccolta. Voglio anche ringraziare tutti a Best American Short Stories, in particolare Heidi Pitlor e Naomi Gibbs di HMH.

Grazie a chi nel mondo dell'editoria mi ha sostenuto nella scrittura di questa prima raccolta, in particolare Jaimee Garbacik e Mackenzie Brady Watson. Grazie anche a Rob McQuilkin. A tutti gli autori che hanno supportato il lancio di quest'opera prima o erano disposti a rispondere a una chiamata ansiosa, anche se mi conoscevano appena, come Nana Kwame Adjei-Brenyah. Grazie a LeVar Burton per aver scelto di leggere dal vivo "Negro di Controllo" nell'ambito di *Selected Shorts* alla Public Radio International. Sentirti leggere le mie parole è stato fantastico!

Mille grazie alle riviste letterarie e ai giornali che hanno pubblicato alcuni testi di questa raccolta: tutti a *Guernica*, in particolare Meakin Armstrong, Autumn Watts, Hillary Brenhouse e Morgan Babst, che hanno tirato fuori dal pantano "Negro di Controllo"; e i redattori di *Phoebe* e *Prime Number Magazine*, soprattutto Taylor Brown, che ha scelto "Il re di Xandria" come vincitore.

Grazie ai membri del mio gruppo di scrittura di lunga data, Kristen-Paige Madonia, Hope Mills Voelkel, Aaron Weiner, Raennah Lorne e George Kamide. Grazie al Young Writers Workshop della University of Virginia, WriterHouse, il Festival del Libro della Virginia, la libreria New Dominion e il nostro salotto di scrittrici, iniziato da Sharon Harrigan. Grazie alle persone che condividono storie locali di neri, come Charlene Green, John Edwin Mason e Lisa Woolfork. Grazie alle istituzioni come la Jefferson School che danno risalto a storie simili, e alla Thomas Jefferson Foundation per la sua conservazione e la cura della dimora di Thomas Jefferson, dove ho provato grande stupore ma anche profonda tristezza.

Grazie ai seminari e alle residenze artistiche che ho avuto il privilegio di frequentare, con i loro favolosi insegnanti e scrittori: Creative Nonfiction con Lauren F. Winner; FAWC a Provincetown, guidato da David Updike; i Tin House Summer Workshops, guidati da Aimee Bender, e di nuovo, dieci anni dopo, guidato da Claire Vaye Watkins (dove Lance Cleland ha cantato a squarciagola *Wonderwall*); le signore della Nimrod Writers, guidate da Cathryn Hankla e Charlotte Leslie Gregg; la banda di Doe Branch Ink, diretta da Marjorie Hudson; la Southampton Writers Conference, guidata di Lauren Groff; e la gente del VCCA. Grazie a tutti a Hedgebrook che nutrono e si prendono cura delle scrittrici come me e per i giardini lussureggianti e le deliziose casette dove potevamo sfogliare il registro con le voci di chi ci ha preceduto. Grazie alle mie sorelle Hedgebrook, Dana Fitz Gale, Elaine Kim, Ashley Lucas, Jaclyn Chan, Mahreen Sohail, Rena Priest, Zeeva Bukai, Margarita Ramirez Loya, Sonora Jha e Sadia Hassan, che insieme a me hanno dato da mangiare albicocche fresche ai lama.

Grazie mille a coloro che si sono offerti volontari per leggere e dare riscontri o offrire il loro supporto a queste storie al di fuori di qualsiasi ruolo e senza una buona ragione. Membri della famiglia e della comunità, amici e compagni di scuola passati, troppe persone da nominare, ma ci proverò: Adam Nemett, Amy Wissekerke, Beth Rader, Bradfield Davison, Conover Hunt, David A. Martin, Dolly Joseph, Eboni Bugg, Elizabeth Bales Frank, Ézé Amos, Jeanne Bollendorf, Jenn McDaniel Russo, Jessica Freemont, Jessica Kingsley, Jim Respess, Joanne Mann, Jody Hobbs Hesler, Julian Calvet, Lauren Ryan, Leslie M. Scott-Jones, Linda "Mimi" Hunt-Byrd, Marnie Allen, Mary Micaela Murray, Paul Rosen, Phil Varner, Rebecca Duncan, Sebastian Romero, Talia Kolluri, Taylor Harris, Victoria Dougherty, Vijay Owens e tutti voi che avete risposto alle vaghe domanda di una scrittrice sui social media.

Grazie a chi ha letto o tenuto lezioni sulle storie e i saggi che ho scritto. Grazie a tutti gli scrittori le cui parole mi hanno aiutato a vedere più chiaramente il mondo o il mio posto in esso.

Grazie a tutti i miei giovani studenti d'arte, siete una continua fonte di ispirazione. Spero non smetterete mai di imparare e di plasmare il mondo attraverso l'arte per sempre. Grazie ai miei cari amici e alle mie famiglie allargate, zie e zii e una miriade di cugini. Grazie a mia madre la cantastorie, a mio padre il giudizioso, a mio fratello maggiore con il suo cuore generoso, alla mia gentile cognata, e a mio figlio che-dice-sempre-la-verità. (Desidero tanto lasciarti un mondo migliore, ma temo che potrò solo lasciarti storie in cui ne sento una grande nostalgia.)

Grazie Billy, compagno nella vita e nella creazione artistica, per il tuo incoraggiamento, la tua dedizione e per avermi fatto ridere fino alle lacrime quasi ogni giorno. Grazie per aver reso ogni cosa più lieve, per aver scattato tutte le fotografie, e per il supporto tecnologico; per avermi portato ramen di primissima qualità o panini perfetti, e potrei continuare: ricordo tutto quanto. Tutto quanto è la nostra vita. Sei una stella luminosa.

INDICE